AF192108

Weglopen
VOOR HET LEVEN

RiNi Pietersen

novum ⏏ pro

Dit boek is ook als
e-book
verkrijgbaar.

www.novumpublishing.nl

© 2023 novum publishing

ISBN 978-3-99146-103-6
Geredigeerd door: Ine van Gerwe
Omslagfotos:
Zengine, Andrii Shablovskyi,
Francesco Scatena | Dreamstime.com
Ontwerp omslag, lay-out & typografie:
novum publishing

www.novumpublishing.nl

Climate neutral
Print product
ClimatePartner.com/16547-2201-1002

Apeldoorn, 2 juli 2001
Hein en Tineke

'Hein, het is half tien, kom nou eindelijk eens je nest uit!'
'Ja, ja.'
'Toe nou, de eerste lunchgasten staan om half één op de stoep,
je hebt toch nog wel wat voorbereiding te doen?'
'Ach mens, zeur niet, alles is onder controle.'
'Ik kan niet alles alleen, Hein. Alles is al schoon, de voorraad
aangevuld en de verwarming staat aan. Jij moet echt de keuken
regelen. De soep van de dag moet gemaakt worden, de jongens
in de keuken moeten een opdracht krijgen en gaan snijden.'
'Mens, zeik niet zo. Ik zei toch dat ik eraan kwam. Alles is
onder controle.'
Tineke stampt de slaapkamer uit en gooit de deur achter zich
dicht. Tegen de dichte deur schreeuwt ze:
'Het is ook altijd hetzelfde. Jij blijft iedere morgen in je bed
liggen en ik draai voor de gevolgen op. Ik ben het goed zat, luilak!
We hebben al zoveel moeite om het hoofd boven water te houden.'
Achter de deur hoort ze wat gemompel, maar geen beweging.
Ze stormt naar het restaurant en doet de laatste dingen om de
gasten te ontvangen. Ondertussen kijkt ze steeds op haar horloge.
Om tien over tien komt Hein met een slaperige kop de grote
keuken binnen sloffen en schenkt op zijn gemak een kop koffie
in. Daarna sjokt hij naar het aanrecht, bekijkt de inventaris en
haalt zijn schouders op. Hij gaapt eens uitgebreid en gaat beginnen aan zijn dagelijkse sleur.
De dag gaat zoals iedere dag: alles loopt gesmeerd. Tineke en
Hein lijken een goed op elkaar ingespeeld team. De klanten zijn
blij met hun maaltijd en Tineke glimlacht tevreden. Ze straalt

bij ieder compliment en lijkt zich lichter te bewegen. Zelfs haar ogen krijgen weer een lichte glans. Tijdens het werk maken ze grapjes met elkaar en met de gasten. Zo ontstaat er een ongedwongen sfeer in het restaurant en in de bar. Op een onbewaakt ogenblik kijkt Hein een beetje melancholiek naar zijn vrouw. Hij realiseert zich heel goed dat zijn mening er al jaren niet meer toe doet. Hij doet wat er van hem verwacht wordt. Hein werkt zich plichtmatig door het werk heen en om tien uur kan hij met een zucht de keuken afsluiten. Tineke kijkt hem glimlachend aan: 'Goeie omzet vandaag Hein, fijn hè?'

Hein kijkt zijn vrouw woedend aan: 'Daar draait het om, hè? De omzet? Is er dan niets anders belangrijk voor jou?'

Tinekes gezicht verstart en er komt een donkere blik in haar ogen: 'We moeten toch leven? Dat kan alleen als we omzet draaien of niet soms? Heb je misschien een ander idee?'

'Ja, dat weet je. Jij was diegene die een camping in Frankrijk wilde. Voor de zoveelste keer, Tineke: laten we samen die droom werkelijkheid maken. Ik stik hier; altijd hetzelfde, altijd die keuken. Ik wil de wind in mijn haren en vrij zijn!'

'Oh ja, daar hebben we Hein weer! Hij wil weer vrij zijn. Word eens volwassen man. We hebben een gezin, we hebben onze verantwoordelijkheden, zoals een dure hypotheek. Vrij zal je voorlopig niet zijn, hoor. Had even nagedacht voor je me zwanger maakte!'

'Nou is ie helemaal mooi! Heb ík jou alléén zwanger gemaakt? Had jij daar niks mee te maken? Je wilde maar al te graag, trut! Jij wilde het kind houden. Ik was voor abortus destijds. Weet je nog? Ik wilde nog reizen en van mijn jeugd genieten.'

'Rotzak, álles draait altijd alleen maar om jou!'

'Oh ja, daar gaan we weer. Alles ligt aan mij en jij bent onschuldig. Speel maar weer het zielige vrouwtje, met die luie kerel die nooit wat doet. Je hebt het slecht getroffen, hè? Altijd moet alles gaan zoals jij het wilt. Wat ik wil is niet van belang.'

'Hou nou op, Hein. Als je zo ongelukkig bent, donder dan maar op. Ik red me heus wel, hoor en als jij er niet bent zal de sfeer hier flink opklaren!'

Op dat moment komt hun zoon Pieter de kamer binnen. Weer ruzie, denkt hij en wil door lopen naar zijn kamer. 'Hé Pieter, luister eens. Ga jij met me mee naar Frankrijk? Samen een camping opzetten?' vraagt zijn vader.

Pieter schudt zijn hoofd en kijkt aarzelend naar zijn moeder. Maar van die kant krijgt hij geen hulp; ze kijkt weg.

'Nou Pieter, wat doe je? Zin in een avontuurtje?'

'Kom op, pa, zeur niet.'

'Hein, jij klootzak. Waag het niet die jongen zo voor het blok te zetten.'

'Als je er zo over denkt, dan ga ik maar.' Hein zucht en loopt de kamer uit naar boven. Hij pakt een grote rugzak en begint zijn spullen in te pakken. Tineke komt de slaapkamer binnen. Ondanks alles krimpt haar maag samen, gaat hij echt weg? Ze kijkt haar man aan en aarzelt. Heel even voelt ze de liefde die ze vanaf de eerste dag voor hem voelde door zich heen stromen.

Maar dan doet Hein zijn mond open en op hetzelfde moment voelt ze haar woede weer opkomen: 'Schat, ga met me mee. Even ertussenuit zal ons goed doen. Laten we gewoon even de boel de boel laten. Laten we even doen alsof we dit bedrijf niet hebben en plezier maken zoals vroeger.'

'Hoe kan je dat nou zeggen? We kunnen 't Heuveltje toch niet zomaar dicht doen? We zitten voor het hele weekend volgeboekt! Hein, ik ben dit zo zat. Ik kan dit niet meer.'

Hein pakt haar hand en zegt: 'Tineke, je ziet er de laatste tijd zo moe uit. Rust zal je goed doen en onze relatie ook! Ga een weekje met me weg. Toe nou, schat.'

Tineke kijkt hem met een ijzige blik aan. 'Hoe durf je te zeggen dat ik er moe uit zie. Natuurlijk zie ik er moe uit. Elke dag moet ik aan je trekken om je in beweging te krijgen. Elke dag moet ik zorgen dat niet alleen mijn taken, maar ook die van jou gedaan worden. Jij loopt weg voor elke verantwoordelijkheid. Ja, de leuke gastheer, die kan je goed spelen. Alle gasten vermaken met grapjes en grollen. Maar als puntje bij paaltje komt, komt alles op mij neer. Het restaurant, de kinderen, het huishouden, alles!

'Kinderen? Wat nou kinderen. Jan woont al lang niet meer thuis. Die heeft ons niet nodig. En Pieter ... nou ja, dat is Pieter, daar maken we goeie afspraken mee als we weg zouden gaan. Dat moet toch kunnen, schat?'

'Nee, dat kan niet. Je weet heel goed dat Pieter leiding nodig heeft. Dat zal de komende paar jaar nog zo zijn. Ik loop daar niet voor weg Pieter zit duidelijk niet goed in zijn vel. Hij heeft de laatste twee weken al twee keer op het politiebureau gezeten. Jij hebt alleen maar aandacht voor jezelf en je eigen ongemakjes. Jij vuile egoïst! En nou wil je dat ik met je mee ga? Nou mooi niet. Ik blijf hier.'

'Tineke, liefje ...'

'Maar geloof mij. Als jij nu die deur uitstapt, met die tas in je handen. En als je het nu waagt om weer voor een tijdje te verdwijnen, kan je weg blijven! Flikker dan maar op. Ik hoef je hier niet meer! Ik denk dat de kinderen en ik beter af zijn zonder jou.'

Hein buigt zijn hoofd en draait zich langzaam om.

'Als dat werkelijk is wat je wilt.' En met die woorden verdwijnt hij naar buiten en stapt hij in zijn auto.

2

Apeldoorn, 12 juli 2001

Tineke

Tineke kijkt op haar horloge: kwart voor twee. Waar zou Hein blijven? Ze had hem nu toch wel weer thuis verwacht. Meestal blijft hij maar een dag of twee, drie weg. Maar nu is het al meer dan tien dagen. Ze denkt weer terug aan die ruzie van vlak voor hij wegging. Hij was zo vreselijk boos de deur uitgegaan. Zou ze te hard voor hem zijn geweest? Een gevoel van verlorenheid steekt door haar heen. Hoe anders is het leven gelopen dan ze vijfentwintig jaar geleden bedacht hadden. Heel even staat ze zich toe om weg te dromen en waant ze zich op die mooie camping aan de Middellandse Zee in Frankrijk. Ze zucht. De werkelijkheid is harder. Nu woont ze boven de bar die ze samen elf jaar geleden gekocht hebben. Zij doet de bar en de bediening, Hein de keuken. Ze kunnen er een redelijke boterham mee verdienen en hun jongens kregen en krijgen altijd alles wat nodig is. Maar het gevoel dat het niet is geworden waar ze van droomde, blijft altijd knagen.

Ook tussen haar en Hein is het niet meer de 'echte liefde' waar Tineke op haar zestiende zo blij mee was. Hein is tegenwoordig vaak knorrig en ongelukkig. Boos op de wereld en op iedereen om hem heen. Met als hoogtepunt hun laatste ruzie; wat waren ze allebei woedend geweest. Eigenlijk is haar enige lichtpuntje de afgelopen jaren het moederschap. Jan is al vroeg in hun relatie geboren. Ze was nog maar net 22. Wat wist ze toen van het leven? Maar de zorg voor een baby gaf haar een gevoel van geborgenheid. En wat was Jan een schattige en rustige baby geweest. Hij lag altijd tevreden in zijn wiegje en later in de box te spelen, terwijl zij studeerde voor haar horecadiploma's. Ze heeft altijd gedroomd van een groot gezin. En groot was de teleurstelling toen een volgende zwangerschap op zich liet wachten. Ze heeft zichzelf vaak de schuld gegeven en een groot gevoel van falen gehad. Hein was in die tijd heel lief voor haar, maar zo druk met zijn sporten dat hij ook niet echt veel aandacht voor haar had.

Geheel onverwacht werd uiteindelijk Pieter nog geboren. Hij was een heel ander kind dan Jan. Altijd moeilijk, altijd dwars. Hoewel Pieter uiterlijk als twee druppels water op haar lijkt, is hij ook altijd in staat om het bloed onder haar nagels vandaan te halen. Ook Hein kan maar moeilijk met die dwarsigheid omgaan. Bovendien heeft hij een enorme drang naar vrijheid. Dat maakt dat hij de gewoonte heeft om regelmatig een paar dagen te verdwijnen zonder dat Tineke weet waar hij uithangt. Het kan haar inmiddels ook niet meer zoveel schelen. Ze gaat ervan uit dat hij toch wel weer terugkomt. Maar deze keer blijft hij wel erg lang weg.

De laatste tijd voelt ze zich niet zo lekker en valt het werk haar zwaar. Regelmatig heeft ze een vage buikpijn. En dan die vermoeidheid; te gek voor woorden zo moe als ze is. Zíj, die altijd kan werken en doorgaan, weet nu niet hoe snel ze moet gaan zitten na een uurtje bezig te zijn geweest. Ze denkt en hoopt dat het de overgang is, maar soms twijfelt ze daar wel aan. Ze heeft zich voorgenomen het toch maar met Hein te bespreken zodra hij thuis is.

Tineke kijkt nogmaals op haar horloge. Twee uur; tijd om de bar te gaan openen. Op het moment dat ze het bord buiten aan de straat zet, hoort ze een zware stem achter haar vragen:

'Is uw man thuis, mevrouw?'

Met een ruk draait ze zich om en kijkt recht in het gezicht van een politieagent.

'Eh, nee, die is een paar dagen weg.'

'Weet u waar uw man is?'

'Nee, dat heeft hij me niet verteld.'

'Rijdt uw man in een Volvo V70, blauw, met dit kenteken?' De agent laat haar een bekend kenteken zien. Tinekes gezicht betrekt en onzeker kijkt ze de agent aan.

'Mevrouw, gaat het goed? U trekt wit weg. Misschien is het beter als we even naar binnen gaan. Ik ben bang dat ik slecht nieuws voor u heb.'

Tineke knikt en loopt naar binnen.

'Wilt u koffie, thee, iets anders?'

Tegelijkertijd begint ze met een doek over de bar te wrijven. Het onvermijdelijke uitstellend.

'Mevrouw, ik wil dat u nu gaat zitten,' zegt de agent, terwijl hij een hand op haar schouder legt. Zacht dwingend brengt hij haar naar een van de dichtstbijzijnde stoelen.

'We hebben een blauwe Volvo V70, met dit kenteken gevonden in Zuid-Frankrijk. De auto is de bocht uitgevlogen en volledig uitgebrand. De inzittende heeft het niet gehaald. Helaas onherkenbaar verbrand. Naast de auto is een paspoort gevonden op naam van Hein Onderheuvel. Dus zijn we er wel zeker van dat het uw man moet zijn. Kan ik iemand voor u bellen?'

Tineke schudt haar hoofd. 'Ik snap het niet. Wat moet Hein nou in Zuid-Frankrijk?'

'Mevrouw, het is niet goed om nu alleen te zijn. Kan ik iemand voor u bellen? Of is er iemand waar u naar toe kunt gaan?'

'Pieter komt zo thuis,' zegt Tineke nauwelijks verstaanbaar 'maar als u Jan zou willen bellen, graag!'

Jan

Met een resoluut gebaar pakt Jan zijn papieren bij elkaar en schudt de man die tegenover hem staat de hand.

'Het is fijn om met u zaken te doen. Ik ga ervoor zorgen dat uw computersystemen helemaal up-to-date blijven.'

En met die woorden nemen ze afscheid. Hij loopt het grote gebouw uit, de zon in. Het is een heerlijke dag. Even speelt hij met de gedachte om de boel de boel te laten en lekker naar het bos te gaan voor een lange wandeling. Dan bedenkt hij dat de hoeveelheid werk op zijn bureau daar niet kleiner van wordt en plichtsgetrouw begeeft hij zich naar het gebouw waar zijn kantoor in is gevestigd.

Wat is hij blij met deze baan waar hij onlangs mee begonnen is. Het is een droombaan. De hele dag bezig met software en hardware aansluiten en ontwikkelen. Hij pakt zijn mobiel en belt Irene, zijn vrouw. 'Het ging goed, schat, die nieuwe klant is heel tevreden!' zegt hij.

'Fijn joh' zegt Irene 'kom je nu naar huis? Ik moet je iets vertellen.'

'Wat dan? Iets leuks?'

'Nee, dat zeg ik nu niet.' Hij hoort haar grinniken. 'Kom het nieuws maar hier halen!'

'Ben je zwanger?' De hoop klinkt door in zijn stem, ze proberen het al zo lang.

'Ik zeg niks.' Maar hij hoort de lach die ze inhoudt.

Laat het waar zijn, duimt hij, wat zou dat fijn zijn! Hij springt in zijn auto en wil naar huis rijden als zijn mobiel weer gaat: 'Jaja, het is zo, hè?' zegt hij.

'Eh... meneer Onderheuvel? U spreekt met Jansen, politie Apeldoorn. Kunt u zo snel mogelijk naar het huis van uw moeder komen? Ze heeft u nodig.'

'Ik kom eraan,' is het enige wat Jan zegt. Hij start de auto en geeft gas. Onderweg belt hij Irene om te vertellen dat hij later thuis is.

Pieter

Pieter fietst op zijn gemak naar huis. Deze laatste klus is toch maar weer goed gelukt. Mooi dat het nog een kwartiertje duurt voor hij thuis is, dan kan hij bedenken waar hij het geld laat. Mam mag het beslist niet vinden ... Hij weet maar al te goed dat hij zijn moeder erg verdrietig maakt, als ze zou weten hoe hij aan zijn extra geld komt.

En stel dat zijn vader het zou vinden ... ach die maakt zich niet druk. Veel te veel bezig met zijn eigen sores! En trouwens, hij is al meer dan een week weg. Tegen de tijd dat 'ie terug komt heb ik dit geld allang uitgegeven, denkt Pieter grinnikend bij zichzelf.

Met een vriend samen heeft hij in de Hoofdstraat een mevrouw die stond te praten, van haar portemonnee beroofd. Die kletstante had niet eens in de gaten dat de jongen die tegen haar op botste, zijn hand in haar tas stak. Pieter stond op de uitkijk met zijn fiets in de hand en zodra Karel bij hem was, zijn ze snel weggescheurd. Tegen de tijd dat het ontdekt werd, waren ze al niet meer te zien. Lachend hebben ze de buit verdeeld en zijn ze ieder hun eigen weg gegaan.

Eenmaal bij zijn huis kijkt Pieter verschrikt op. Wat nou? Een politieauto voor de deur? Is hij toch gezien? Hij stopt met trappen en aarzelt ... zou hij weer wegfietsen? Maar dan komt ineens de auto van Jan aanrijden. Jan springt eruit en botst bijna tegen Pieter op.

'Hé Pieter, waar kom jij vandaan? Wat heb je nu weer uitgevreten?'

'Wat doe jij hier?' vraagt Pieter.

'Kom gauw mee naar binnen! Er is iets met ma, ik werd gebeld door een agent.'

Tineke, Jan en Pieter zitten geschokt op de bank. De agent heeft uitgelegd wat de politie denkt dat waarschijnlijk gebeurd moet zijn: de bestuurder, Hein dus, heeft de macht over het stuur verloren in een bocht. De auto kwam tegen een boom en is in brand gevlogen. Helaas kon Hein niet ontsnappen, hij is onherkenbaar verbrand. De Franse politie heeft het lichaam nog niet vrijgegeven, maar dat zal niet lang meer duren want alles is duidelijk en het onderzoek is afgerond.

'U kunt uw uitvaartverzekering inschakelen voor het vervoer naar Nederland,' zei de agent. 'Ook kunt u overwegen zélf naar Frankrijk te gaan om het lichaam op te halen. Als er nog vragen zijn, kunt u contact met mij opnemen. Hier heeft u mijn kaartje.'

Als de agent weg is, kijken ze elkaar aan. Wat nu? Tineke zit met een wit gezicht op de bank, niet in staat om ook maar iets te doen. Ze reageert nauwelijks op wat Jan en Pieter zeggen. Dan neemt Jan de leiding: 'Ma, waar heb je de papieren? Ik zal de verzekering bellen en overleggen wat er gedaan moet worden. Pieter, jij gaat naar beneden om de bar weer af te sluiten. Hang maar een papier op de deur dat we wegens familieomstandigheden tot nader bericht gesloten zijn.'

Later die middag komen opa, oma en Irene er ook bij. Gezamenlijk proberen ze een plan te maken voor de crematie. Gelukkig is de uitvaartondernemer er ook. Die weet waar ze op moeten letten en waar ze aan moeten denken.

'Ik wil echt niet alle cliënten van de bar erbij,' huilt Tineke, 'laten we het alsjeblieft klein houden!'

'Ja maar, ma,' zegt Jan, terwijl hij de hand van Tineke vast pakt, 'die mensen willen toch afscheid van pa nemen. Die kans moet je ze wel geven. Pa was heel geliefd bij heel veel mensen.'

Maar Tineke houdt voet bij stuk. 'Dan is nu het volgende besloten,' zegt Jan: 'Waarschijnlijk komt het lichaam van pa de zeventiende aan in Nederland, op achttien juli komt er een advertentie in de krant, en de negentiende is er gelegenheid om afscheid te nemen voor iedereen die dat wil, zónder dat ma en de rest van de familie daarbij hoeft te zijn. Er komt een boek te liggen dat men kan tekenen. En dan de twintigste de crematieplechtigheid waar alleen wij en naaste familie en vrienden bij zijn.'

Pieter vindt het allemaal wel best. Pa is er niet meer, wat kan hem het schelen wie er afscheid neemt en wie niet. Hij vindt het allemaal stom dat gehuil, papa was toch al vaak weg, wie merkt het verschil? Hij, Pieter, zit er niet mee, iedereen gaat een keer dood; dat weet je toch. En nou zijn vader, oké beetje jong, maar het zal wel ...

Apeldoorn, 18 juli 2001

Pieter

Pieter wordt wakker en heeft gelijk de pest in. Vandaag zou hij met Karel en nog een paar gasten naar een concert gaan. Maar Tineke heeft het hem verboden. Ze vindt dat hij in deze situatie thuis moet zijn, misschien moet er nog iets besproken worden en dan wil ze dat hij erbij is. Maar de uitvaartondernemer komt toch nooit in de avond? Dan kan hij toch best even weg gaan met zijn vrienden? Hij loopt in zichzelf mopperend naar de keuken, zet een kop koffie en gaat zitten. Hij heeft zijn moeder de laatste dagen tot in de kleine uurtjes horen huilen en rond horen lopen nadat het tot hen allemaal doorgedrongen was dat pa niet meer terug komt. De rillingen lopen over Pieter zijn rug: je zal toch maar verbranden in je auto! Vreselijk. Die agent zei wel dat pa het waarschijnlijk niet gevoeld heeft want de klap tegen die boom was enorm, dus men denkt dat pa daardoor niet bij bewustzijn is geweest. Dat kunnen ze nooit zeker weten, denkt Pieter.

De uitvaartverzekering heeft alles geregeld. Pa's lichaam is nu thuis, nou ja thuis ... In het uitvaartcentrum. Pieter hoopt dat het allemaal snel voorbij zal zijn, hij wil weer zijn normale leventje terug, lekker met zijn vrienden op stap en weg bij de trieste, saaie sfeer thuis.

Hij hoort de brievenbus klepperen. De krant, denkt hij en staat op om hem te gaan halen. De uitvaartondernemer heeft geregeld dat de rouwadvertentie in het AD komt. Even kijken of het er in staat ... En ja hoor: op bladzijde achttien, tussen andere overlijdensberichten. Woest gooit Pieter de krant van zich af ... rotkrant ... hij stampt naar boven, naar zijn kamer en valt op zijn bed.

3

Le Grau du Roi, 18 juli 2001

Hein

Tot mijn verbazing lag er vanmorgen een Nederlandse krant bij
de kiosk. Het AD, en nog van vandaag ook! Het is hier in deze
uithoek altijd maar de vraag of en welke krant er geleverd wordt.
Het liefste lees ik het AD vanwege de vele sportpagina's. Ik loop
over de boulevard van het Franse plaatsje Le Grau du Roi, die langs
het 'Canal du Rhône à Sète' loopt richting het havenhoofd. Ik zie
een plezierboot vertrekken. In de verte varen er vissersboten op
de Middellandse Zee. Wat zou het mooi zijn om ook zo vrij met
een boot de zee op te kunnen. Aan de boulevard zijn diverse cafés
en restaurantjes gevestigd. Ze hebben bijna allemaal een terrasje
langs het water. Ik zie een mooi plekje in de zon, perfecte plek
om er mijn krant te lezen en er een kop koffie bij te drinken.
Ik ruik de zilte zeelucht en geniet. Wat een goed besluit vorige
week om er even tussenuit te knijpen. Even niets! Tijd om alles
op een rijtje te zetten. Tijd om die vreselijke ruzie met Tineke te
verwerken. En hoe toevallig dat die man vorige week zo'n mooi
bod deed op mijn auto. Kan ik nog wat langer hier blijven ...

Zoals altijd begin ik met het sportgedeelte. Uiteraard wordt
de etappezege van Erik Dekker in de Tour de France uitgebreid
bejubeld. Nederlands succes in de sport; daar geniet ik van.

De koffie is al op als ik aan het andere deel van de krant begin. Herman Brood, die een paar dagen geleden van het Hilton
Hotel is gesprongen in Amsterdam. Ik krijg er kippenvel van.
Die man moet toch wel heel wanhopig zijn geweest. De Etna in
Italië schijnt op uitbarsten te staan. Pfiew, gelukkig is dat hier
niet echt dichtbij. Dat lijkt me toch ook afschuwelijk, zo'n vul-
kaanuitbarsting van dichtbij. Mijn oog valt op een stukje tekst
tussen twee grote artikelen in.

APELDOORNER OMGEKOMEN IN FRANKRIJK
LE GRAU DU ROI: in het Zuid-Franse plaatsje Le Grau du Roi is een Nederlandse man H.O., 47, woonachtig in Apeldoorn, omgekomen toen zijn auto door onbekende reden uit de bocht vloog en daarna volledig uitbrandde. De politie tast nog in het duister.

Toevallig, denk ik, die man heet ook H.O. en komt ook nog eens uit Apeldoorn. En het is ook hier vlakbij gebeurd blijkbaar. Nou, maar niet te lang bij stilstaan. Ik blader door. Ineens lijkt mijn hart stil te staan, het zweet breekt me uit, wat staat dáár nou voor advertentie!? Zwart omrand!

> Waarom zijn er zoveel vragen
> Waarom is er zoveel pijn
> Waarom zijn er zoveel dingen
> Die niet te begrijpen zijn.

Het doet ons verdriet u te moeten informeren dat wij ten gevolge van een noodlottig ongeval afscheid hebben moeten nemen van onze lieve man en vader

Heinrich Helmut Onderheuvel

Chefkok en eigenaar bar-restaurant 't Heuveltje
20-08-1954   10-07-2001
Tineke
Jan en Irene
Pieter

19 juli is er gelegenheid om afscheid te nemen van Hein en een condoleanceregister te tekenen van 19.00 tot 20.00 uur in het uitvaartcentrum te Apeldoorn

De crematie vindt in besloten kring plaats.

Ben ík overleden? Ben ik die H.O. die verbrand is in die auto? Dat staat er toch? Mijn hart gaat te keer als een razende. Dat kan toch helemaal niet? Ik zit gewoon hier! Aan het water, in Frankrijk, in de zon! Hier moet ik goed over nadenken. Mijn eerste reactie is om Tineke te bellen; wat zal ze geschrokken zijn! En de jongens? Hoe is het daar mee...? Dan tik ik mezelf op de vingers.

Denk na, Hein, zeg ik tegen mezelf, je hebt al een hele tijd het gevoel dat je leven niet is geworden wat je altijd voor ogen had. Je bent het zat om maar te koken en te sappelen in het restaurant, waar je het zout in de pap niet mee verdient. De relatie met Tineke, zo mooi begonnen, is al lang niet meer wat het was. En dan die ruzie van twee weken geleden: zoveel onbegrip en woede van twee kanten. Nee ... Tineke is blij dat ze van je af is, dat maakte ze toen wel duidelijk. In haar ogen doe je nooit iets goed tegenwoordig, dus dan kan je toch net zo goed weg blijven? Daarom zit je nu toch hier in de Camargue ... Daarom heb je toch vorige week de auto verkocht om geld te hebben, om hier nog wat langer te kunnen blijven. Misschien is dit de oplossing?

Wat bedenk ik nu? Een mogelijke uitweg? Niet laten weten dat er een ander in die auto zat? Ondanks al mijn twijfels gaat mijn hart nu toch uit naar Tineke en de jongens. Tegelijkertijd zie ik mezelf hier blijven, misschien kan ik zoveel verdienen dat ik een bootje kan kopen en dan iedere zomer, met de vele toeristen die hier komen, het water op gaan? Ik voel me licht worden, wat een vooruitzicht...

Ik denk na over mijn situatie: men denkt kennelijk al dat ik dood ben. Niemand verwacht me dus meer. Ik ben helemaal vrij, alles mag en niets moet! Ik ben mijn hele leven al op zoek naar vrijheid, die heb ik dan nu, maar dit is wel erg 'vrij'. Ga ik Tineke toch missen? Ondanks dat ze me gezegd heeft te vertrekken en niet meer terug te komen? En mijn zoons? Maar ja, dit is eindelijk mijn kans. Ik kan mijn droom werkelijkheid maken.

Inmiddels heb ik de koffie ingeruild voor een koele fles rosé. Het ene moment denk ik: doen, dit is je kans. Het andere moment twijfel ik weer; is vrijheid hetzelfde als alleen zijn? Wil ik dat wel? Na een paar uur dubben komt er een boot voorbijvaren met lachende toeristen. Ze zwaaien en ik zwaai lachend terug. En dan valt mijn besluit: hier kan ik geen weerstand aan bieden. Dit heb ik altijd gewild. Ik beslis: het blijft zoals het nu is. Ik blijf hier en ga een baantje zoeken. Dan heb ik die boot zo bij elkaar gespaard, want ik heb weinig nodig alleen. Deze mogelijkheid voelt als een tweede kans en die grijp ik met beide handen aan.

4

Le Grau du Roi, 18 juli 2006

Helmut

Vandaag is het op de kop af vijf jaar geleden dat ik mijn eigen rouwadvertentie las. Het gevoel dat dat me gaf kan ik nog oproepen: schrik, gemengd met angst, verbijstering en eerlijk gezegd ook wel een beetje paniek. Maar vooral ook een gevoel van bevrijding. De beslissing die ik toen nam, daar ben ik nog steeds blij mee. Geen dag spijt gehad! Alhoewel soms weleens een beetje spijt, vooral als ik aan Tineke dacht, of aan mijn jongens. Maar eerlijk gezegd is dat allemaal wat weggeëbd. Ons gezinsleven lijkt uit een ander leven. Dat was van een ander mens, van Hein. En die man ben ik niet meer. Ik ben nu Helmut. Voor de mensen om mij heen ben ik een Duitser, die hier is blijven hangen.

Het was zo eenvoudig mij als Duitser voor te doen. Mijn moeder, Duitse van origine, sprak altijd Duits met me toen ik klein was. Dus na mijn besluit op dat terrasje ging ik verder onder mijn tweede naam en sprak ik Frans met een Duits accent. Niemand die mij in verband bracht met een Nederlandse Volvo, die uit de bocht vloog. Makkelijk toch? Tegenwoordig luister ik automatisch naar de naam Helmut.

Ik heb in mijn onderhoud voorzien door allerlei baantjes aan te nemen. Het was toen midden in de zomer. Ik heb boten geschilderd, als ober op terrasjes gewerkt, gras gemaaid op campings, paarden verzorgd. Uiteindelijk kwam ik als kok te werken in een cafeetje aan de haven van Le Grau du Roi. Koken is tenslotte mijn vak en gaat me het makkelijkste af. Maar net als thuis ging het me stierlijk vervelen. Iedere dag weer dezelfde gerechten, dezelfde toeristen, dezelfde opmerkingen. Ik dacht alweer aan weggaan, toen op een dag de eigenaar Jean zei dat hij me wilde spreken na sluitingstijd. Hij vertelde me over zijn broer Xavier, die een bedrijfje runde dat toertochten door de Camargue maakte met toeristen. Zijn broer zocht iemand die verschillende talen sprak en die als gids mee wilde varen op een van zijn boten. Daarom dacht Jean aan mij. Ik had tenslotte bij hem geen volle werkweek en kon zo wat bijverdienen. Mijn hart maakte een sprongetje, hier was mijn kans! Ik greep hem met beide handen. Ik maakte kennis met Xavier, de broer, en we kwamen overeen dat ik drie dagen per week mee zou gaan varen en de rest van de week bij Jean bleef koken. Ik voelde me een geluksvogel, alweer.

Het voordeel van al die verschillende baantjes is dat ik inmiddels bijna perfect Frans spreek. Het komt tegenwoordig nauwelijks nog voor dat ik met mijn mond vol tanden sta! Ik ben me ervan bewust dat het echt 'spreektaal' is. Volle zinnen blijft moeilijk en grammaticaal zal het wel niet kloppen. Maar ik communiceer met de mensen om mij heen en ze snappen wat ik bedoel. Dat geeft een goed gevoel. Het lezen van de Franse taal blijft wel erg lastig.

Inmiddels werk ik fulltime bij Xavier. Mijn droom is uitgekomen; ik zit alle dagen op het water! De zaken gaan goed, zo goed dat Xavier aan uitbreiden denkt. Ik probeer hem enthousiast te maken voor de visserij. Het lijkt mij geweldig om dagen te organiseren waarop we de ene dag vissen op sardientjes en de andere dag op makreel. Dagen genoeg en soorten vis genoeg: dorade, zeewolf, tonijn, om er een paar te noemen. Maar Xavier twijfelt erover, hij is zelf niet zo'n visser en weet er weinig van. Eigenlijk wil hij dat ik erin mee investeer. Dat wil ik wel en ik heb het geld ook gespaard. Maar zodra ik iets officieels moet doen, krijg ik een knoop in mijn maag: ik heb natuurlijk geen paspoort op naam van Helmut! Zelfs geen achternaam ... En mijn rijbewijs op naam van Hein Onderheuvel is geen optie. Mijn paspoort op mijn eigen naam ben ik trouwens kwijt geraakt, geen idee waar dat gebleven is. Maar ik spreek Xavier vanavond. Mijn plan is hem te overtuigen van het feit dat het allemaal van hem moet blijven en dat ik heel hard zal werken voor mijn deelname. Meer heb ik nu niet te bieden.

Om precies acht uur stap ik restaurant Le Gallion aan de Quai Colbert binnen. Ik kom hier graag, je zit aan het raam en alle bootjes, groot en klein, trekken aan je voorbij. De visgerechten zijn geweldig, vooral de *'plateaux de fruit de mer'*. Ook de *poissons à la plancha*, vooral die met de dorade, is heel lekker. Zelfs de *gardiane de taureau* is heerlijk. Ik vind het bijzonder dat een visrestaurant zo'n vleesgerecht op de kaart heeft. Ook al is dat gerecht het bekendste streekgerecht.

Aan ons vaste tafeltje, links in de hoek, zie ik Xavier al zitten. Hij kruipt altijd in de hoek, zodat hij de brug kan zien. Als hij met de boot langs de brug moet, heeft hij altijd mot met de brugwachter. En hij doet niets liever dan zich verkneukelen als het druk is met boten en de brug steeds open moet. Er ontstaat dan altijd een opstopping van het verkeer. De lokale bevolking die met de auto over de brug wil, kan dan altijd heel heftig gebaren en schelden. En dan zie je die brugwachter zenuwachtig worden. Ik ga tegenover Xavier zitten, ook mijn vaste plekje, uitkijkend over zee.

'Bonjour Helmut,' zegt Xavier, 'mooi op tijd!'

'Hallo Xavier, ik heb mij goed voorbereid,' zeg ik. 'Kijk eens, hier heb ik mijn voorstel voor je.' Ik leg een pak papieren voor hem en doe in stilte een schietgebedje. Ik wil hem niet laten merken hoe belangrijk dit voor mij is. Hij moest eens weten dat dit gaat over mijn jeugddroom: alles heb ik ervoor over als dit maar doorgaat!

'Neem een wijntje, Helmut, ik neem dit even door!' zegt Xavier.

Ik schenk een glaasje wijn in uit de karaf die al op tafel klaarstaat. Daar heb ik erg aan moeten wennen; de Fransen regelen alles onder het genot van een glaasje wijn, terwijl ik vaak snak naar een lekker biertje. Maar ik leef nu als Duitser tussen de Fransen en dus pas ik me aan. En eerlijk gezegd smaakt dat wijntje tegenwoordig prima.

Vol spanning houd ik Xavier in de gaten. Hij leest geconcentreerd, bladzijde na bladzijde, voor mijn gevoel tergend langzaam. Eindelijk, eindelijk legt hij met een frons de papieren neer en kijkt mij aan. Nog steeds die frons verdorie, wat gaat dit worden?

Dan gaat hij praten: 'Geweldige plannen, Helmut, héél interessant, maar ja wat een prijs! Veel meer dan ik kan uitgeven
om uit te breiden. Kan het goedkoper? Dat zal moeten, tenzij jij
meedoet? We werken prima samen, Helmut, als jij nou dit deel
op je neemt en zélf de investering doet, dan hebben we samen
een prachtbedrijf!'

Hier was ik al bang voor, eigenlijk snap ik precies wat hij
bedoelt, ik zou hetzelfde gedaan hebben. Maar ja, ik kán niet
gaan investeren; aan al die officiële zaken kan ik niet beginnen.

'Weet je, Xavier, ik wil geen eigen bedrijf hebben. Vroeger
beviel me dat al niet. Ik kan niet tegen die druk die een zaak met
zich meebrengt,' verzin ik, 'Kan je het geld echt niet bij elkaar
krijgen? Ik zweer je dat ik dag en nacht zal werken om het tot
een succes te maken! We praten dan niet over werkuren en vrije
dagen, ik zet me voor 200% in.'

Xavier kijkt me aan en ik zie dat hij aarzelt. Zijn zwijgen duurt
in mijn gevoel úren, maar dan begint hij te praten:

'Oké, je wilt dus een vissersboot kopen. En daarmee dagtochten organiseren voor de toeristen om te gaan vissen. Dat
betekent dus de aanschaf van een vissersboot, met genoeg plaats
voor toeristen die meegaan zo'n dag en dan nog het visgerei.
Moet er dan ook een lunch geregeld worden voor de toeristen?
En waarom moet de vis die gevangen is in ijs gelegd worden als
je binnen een dag terug bent? Als je alle dagen de zee op wilt, is
één boot dan genoeg? En als dat dan goed gaat, wil je investeren
in een pelagische trawler? Wat is dat voor een boot en waarom
zou ik die willen hebben?'

'Dat zijn een hoop vragen, Xavier, waar zal ik beginnen?' zeg
ik. 'Ik stel voor dat we beginnen met een kleine, snelle boot. Het
hoeft echt geen kotter te zijn. Ruimte voor dertig man, hengels
en aas en dan beginnen we gewoon met makreelvissen. We bieden voor een leuk prijsje dagtochten aan, compleet met lunch,
koffie, thee en een drankje na afloop.

Ik heb een beetje rondgekeken. Er is een bedrijf in Sète dat
dagen aanbiedt voor tweeduizend euro voor een groep van
twaalf personen. Er gaat dan een door de staat gecertificeerde

visinstructeur mee en dan gaan ze naar de volle zee op zoek naar prachtige vissen, vooral makreel. Ze gebruiken verschillende vistechnieken: trolling, whipped fly, broomé, casting. Ik ken die technieken niet allemaal. Maar dat is denk ik zo te leren. Zou het een idee zijn als ik eens bij dat bedrijf ga kijken? Dan kijk ik de kunst af en breng dat in ons bedrijf in de praktijk. Dan hebben we die instructeur ook niet nodig, want die zal duur zijn.

Als die dagtochten een beetje lopen, hoop ik dat we uit kunnen breiden. En zo'n pelagische trawler is het ultieme doel. Daar heb je vrieskasten aan boord en veel ruimte, dan kan je dagen weg blijven. Maar dat zal wel een paar jaar duren eer we dat kunnen bereiken.

Vol spanning kijk ik Xavier aan. Hij lijkt erg geïnteresseerd. Ik heb moeite met stil blijven zitten. Van ongeduld begin ik met mijn voeten te wiebelen.

Eindelijk reageert hij: 'Het lijkt me geweldig, Helmut! Laten we afspreken dat jij je gaat oriënteren. Sète lijkt me een hele goede plek om te beginnen. En ik ga mijn financiën op een rijtje zetten. We spreken af over een week weer hier bij elkaar te komen en dan praten we verder. Oké?'

'Goed plan, Xavier, ik spreek je volgende week.' Opgelucht stap ik het restaurantje weer uit en loop de boulevard op. Ik kijk op mijn horloge. Het is kwart over negen in de avond. De zon is inmiddels langzaam in de zee aan het zakken. Het geeft een adembenemend gezicht zo over het kanaal en de zee in de verte. Ik voel weer de energie door mijn lijf heen stromen die ik altijd voel als ik de zee zie. Fluitend loop ik terug naar mijn appartement.

De week vliegt voorbij en precies een week later zitten we weer aan ons vaste tafeltje. De wijn is ingeschonken en we zwijgen. Wie gaat het eerst praten? De stilte benauwt me, ik wil dit zo graag, maar ik dwing mezelf te wachten tot Xavier begint. Xavier schraapt zijn keel en zegt: 'Helmut, ik heb hier zin in! Maar eigenlijk vind ik nog steeds dat je zelf moet investeren: doe dat nou, joh, we zijn een goed team. Ik help je, de druk van een eigen bedrijf is niet zo groot als we het samen doen.'

Xavier kijkt me onderzoekend aan. Ik krijg een ongemakkelijk gevoel. Weet hij iets over mijn verleden? Hoe red ik me hier uit?

'Xavier, ik doe hier alles voor behalve investeren' zeg ik. 'Jij doet het of het gaat over.'

Het blijft weer lang stil en net als ik denk: nou, dat was het dan, ik ga op zoek naar ander werk, begint hij weer: 'Oké Helmut, dit is een prachtidee, met veel mogelijkheden. Teken je wel een overeenkomst dat jij verantwoordelijk bent voor het visserijgedeelte van mijn bedrijf? Durf je dat wél aan? Dan doen we het, ik heb er eigenlijk veel zin in!'

Eh, tekenen? De schrik slaat me om het hart, officiële papieren geven maar ellende voor een man zonder achternaam ... Maar dit is mijn droom, de dood of de gladiolen ... ik stem toe!

Xavier schudt mij de hand en zet alles in gang. Een maand later is al het zover. Ik mag mijn eerste visdagtocht gaan geven. Xavier heeft een boot gekocht bij een bedrijf in Marseille. Ik heb gezorgd voor hengels, aas, netten. Zoals afgesproken kon ik de rekening bij Xavier indienen en heb ik het geld van die investering keurig teruggekregen van hem. Toen we reclame gingen maken voor deze dagtocht, waren we binnen twee dagen volgeboekt. Dat belooft wat voor de toekomst! Op de avond voor de dagtocht bereid ik in de keuken van Jean persoonlijk de lunch voor. Een lekkere rijstsalade met mango en makreel, toepasselijk als je op makreel gaat vissen. Dan weten de mensen ook wat ze met de gevangen vis kunnen doen. Die ochtend wil ik om zeven uur vertrekken. Daarom ben ik een uur van tevoren op de boot om alles klaar te maken. Ik controleer de hengels en zorg dat bij elk setje een emmertje met aas staat. Het water is mooi helder en er staat een rustig briesje over zee. De perfecte omstandigheden om makrelen te vangen. Om half zeven beginnen de eerste mensen te arriveren. Ik installeer iedereen op een plekje op de boot. Precies om zeven uur varen we uit. De dag is een groot succes, tevreden mensen verlaten onze boot en ik ga opgelucht naar huis. Mijn hoofd vol met toekomstplannen.

Als ik mijn appartement binnenstap, is het al donker; het is een lange dag geweest. Ik ga douchen en plof daarna in een stoel.

Ik ben nog te druk in mijn hoofd om te gaan slapen. Verveeld open ik mijn e-mail, ik ben gelijk weer bij de tijd ... wat is dat voor afzender? helmutetHein@hotmail.com? Ik voel een rilling over mijn rug lopen. Ik slik de brok in mijn keel weg. Met bonzend hart open ik het mailtje.

Helmut, je sais qui tu es. Tu veux que je me taise? Alors tu me paies pour ça! Réfléchis, je vais m'y remettre. A bientôt, Hein ...

Allemachtig, wat is dat? Ik spreek inmiddels wel wat Frans, maar lézen is een ander verhaal. Wat stáát daar nou, het enige wat me duidelijk is, is dat het begint met Helmut en eindigt met Hein. Wat moet ik doen. Wie kan dit voor mij vertalen? Ik realiseer me dat ik dat aan niemand kan vragen zonder mijn echte identiteit te onthullen.

Ik loop naar de kast en schenk een borrel in. Ik giet het glas in een keer achterover. Dan schenk ik er nog één in. Daarna dwing ik mezelf te kalmeren en rustig na te denken. Waar komt die mail vandaan? Kan ik de afzender achterhalen. Wat staat er precies? Een vertaling is van levensbelang. Ik ga weer bij de computer zitten. Zou er via Google een woordenboek bestaan? Ik typ in de zoekbalk woordenboek Frans-Nederlands in. Het duurt een eeuwigheid voordat internet reageert. Ik tik met mijn vingers ritmisch op de tafel. Als de computer zover is, kan ik kiezen uit twee woordenboeken. Ik activeer er een. Je sais betekent: ik weet. De vertaling van qui is die/dat of wie. Tu es betekent: je bent. Ik weet wie je bent???? Even weet ik niet wat ik moet denken. Het zweet breekt me uit. Met enigszins trillende handen ga ik verder met de woorden in het woordenboek in te vullen. Tot de vertaling volledig is:

Helmut, ik weet wie jij bent. Moet ik hier over zwijgen? Dan betaal jij me daarvoor! Denk er over na, ik kom er op terug. Tot gauw, Hein ...

Ik ben compleet verbijsterd. Ik weet het nu werkelijk niet meer. Mijn keel is droog. Ik merk dat ik mijn adem heb ingehouden. Ik schenk mezelf nog een dubbele borrel in. Het is me een raadsel van wie dit mailtje afkomstig is. Een hele tijd blijf ik uit het raam staren, niet wetend wat te doen. Diverse opties schieten door mijn hoofd. Dan besluit ik dat ik het beste kan doen of er niets gebeurd is. Gewoon afwachten.

5

Pieter

'Ik heb die trailer aankomend weekend nodig. Je zorgt maar dat het op tijd in orde komt!' Boos stopt Pieter zijn telefoon in zijn broekzak en geeft de voederkar een duw. Deze botst tegen de staldeur op die met een grote klap openzwaait. Het paard in de eerste stal reageert door zijn oren plat in zijn nek te leggen en een bijtbeweging naar Pieter te maken.

'Stomme knol! Reageer toch niet zo overdreven altijd,' moppert Pieter door.

Met een nijdig gebaar gaat hij door met elk paard in zijn voerbak brokken te voeren. Naarmate hij verder de grote stal doorloopt, wordt het commentaar dat hij elk paard geeft steeds iets rustiger. Aan het eind, in de laatste stal rechts, staat zijn favoriete paard. Een grote zwarte hengst. Als hij dit dier zijn brokken heeft gegeven, blijft Pieter even staan om het dier aan te halen. Zachtjes praat hij tegen hem en hij aait hem over zijn fluwelen neus. Het paard reageert door even met zijn oren te spelen, maar eet rustig door. Door iets harder door zijn neus te blazen, klinkt er een tevreden bries. Pieter voelt de laatste boosheid uit hem wegvloeien. Hij slaakt een diepe zucht. Er moet nog een hoop gebeuren voordat hij op concours kan komend weekend. Maar het belangrijkste is dat er een trailer is. Anders is het erg lastig om de twee paarden die hij zou uitbrengen op het wedstrijterrein te krijgen. De bodem van de trailer is kapot en een kennis via zijn werk zou dit wel even fiksen. Maar blijkbaar is het een ingewikkeldere klus dan zijn kennis had gedacht.

Pieter kijkt op zijn horloge. Het is al negen uur. Hij heeft nog zes uur de tijd om vier paarden te trainen en de stallen schoon te maken, voordat hij zich weer moet melden bij de discotheek en nachtclub waar hij alle avonden werkt. Hij besluit te beginnen met de eerste twee paarden hun dagelijkse dressuurtraining onder het zadel te geven. Hij rijdt verschillende disciplines: dressuur- en springwedstrijden. Springwedstrijden vindt hij eigenlijk leuker om te rijden. Maar om een springparcours goed door te komen is een gedegen dressuurmatige opleiding van een paard heel belangrijk, vindt hij. De eigenaren van de stal verwachten van hem dat de paarden snel op hoog niveau presteren, zodat ze veel geld kunnen opleveren in de handel. Probleem alleen is, dat een gedegen, dressuurmatige opleiding geduld en tijd kost en dat is nou net wat hij niet heeft. De paardenhandel is een harde wereld. Er gaan grote bedragen in om en er spelen veel belangen mee. Zijn bazen zijn altijd aan het pushen. Hij wordt doorlopend uitgedaagd om de beste paarden te zoeken, op te leiden en te verkopen voor zo laag mogelijke kosten. Zijn grote droom is om ooit een eigen stal te bezitten, zodat hij paarden op zijn eigen manier kan opleiden en op wedstrijden kan uitbrengen, zonder al die druk. Maar ja, daar heb je veel geld voor nodig. En dat heeft hij nou net niet. Hij hoopt ooit nog eens een grote deal of kraak te kunnen maken. Dan kan hij stoppen met zijn baan in de nachtclub en zich volledig op de paarden richten.

Terwijl hij het tweede paard droog staat te wrijven na zijn training, gaat zijn telefoon. Pieter kijkt op zijn scherm. Zijn broer Jan. Geërgerd drukt hij de oproep weg. Het paard merkt zijn ergernis op en begint wat te draaien in de stal. Pieter geeft het paard een snauw, waarop het paard stokstijf blijft staan. Direct gaat de telefoon weer. Opnieuw is het Jan. Blijkbaar is het dringend.

'Ja, wat mot je?' begint Pieter.

'Waar ben je, broertje?'

'Op stal, waar anders?'

'Waarom was je niet bij ma? Ze had vandaag haar afspraak in het ziekenhuis en jij zou met haar meegaan.'

'Helemaal niet. Jij had besloten dat ik mee zou gaan. Ik had je gezegd dat ik andere dingen te doen had. Als jij vindt dat ma niet in staat is om zelf met de dokter te praten, ga je zelf maar met haar mee.'

Ondertussen ruimt Pieter het zadel, hoofdstel en poetsspullen van het tweede paard op en doet de twee getrainde paarden een halster om.

'Pieter, wees nou even redelijk. Ma heeft vandaag de uitslag van de laatste onderzoeken gekregen en de dokter heeft uitgelegd wat voor behandelmogelijkheden er nog voor haar zijn. Dit soort beslissingen laat je iemand niet alleen nemen. Omdat ik vorige week al mee geweest ben, kon ik geen vrij nemen. Daarom zou jij haar bijstaan. Ik moet wel het gevoel hebben dat ik op je kan rekenen, broertje. En ma heeft je ook nodig. Ook al denk jij van niet.'

'Man, zeur toch niet zo. Ik ben druk met belangrijkere zaken.'

Pieter verbreekt de verbinding. Hij zet de twee paarden die hij net getraind heeft in de wei en gaat aan de stallen beginnen. Voor gedoe met zijn familie heeft hij nu geen tijd. Als zijn vader niet zo stom was geweest om in Frankrijk te verbranden in zijn auto, had hij zijn moeder bij kunnen staan. Dan had Pieter dit gezeur de laatste jaren niet gehad. Nijdig gooit Pieter de eerste mest in de kruiwagen. De afgelopen vijf jaar flitsen door hem heen.

Zijn moeder was al vrij snel na de uitvaart in elkaar gestort. Eerst hadden ze aangenomen dat haar klachten het gevolg van de schok en het verdriet waren. Ze sliep slecht, was erg moe, had geen fut om iets te ondernemen. De bar en het restaurant, waar het toch al lastig liep zonder pa als de chef-kok, liet ze versloffen. Maar toen ze daarbij ook nog haar eetlust verloor en begon af te vallen had Jan er toch op aangedrongen om naar de dokter te gaan. Pieter vond het in eerste instantie maar aanstellerij. Ma moest zich in zijn ogen maar over de ellende heen zetten. In je verdriet blijven hangen is niet goed.

Wat heeft dit paard zijn stal smerig gemaakt, zeg. Normaal gesproken kan hij alleen de mest eruit scheppen. Nu is het stro ook heel nat en vies. Dan deze stal maar helemaal leeg scheppen. Hij zucht. Het is wel extra werk. Maar een paard in een smerige stal kan ook niet. Dat is niet goed voor zijn hoeven. Zijn gedachten gaan weer terug naar zijn moeder.

Hij was wel erg geschrokken, toen een paar weken later uit de onderzoeken van de dokter bleek dat het aantal witte bloedcellen in haar bloed veel te hoog was. Direct kwamen ze als rouwend, gebroken gezin in een andere stroomversnelling terecht. Er moest een beenmergpunctie worden gedaan. Uit die punctie bleek dat een bepaalde soort van haar witte bloedcellen zich abnormaal vermenigvuldigden en niet goed rijpten. Deze bloedcellen hebben een belangrijke taak bij de bestrijding van bacteriën of parasieten. Dit maakte haar vatbaarder voor infecties. Ze kreeg uiteindelijk de diagnose Chronische myeloïde leukemie (CML).

Weer boos gooit Pieter zijn kruiwagen leeg op de mesthoop. Hoe oneerlijk was die diagnose geweest. Zijn moeder, die altijd voor iedereen klaar stond. Die altijd die lapzwans van een vader de hand boven het hoofd had gehouden. Die zelfs in haar verdriet, goed praatte dat zijn vader alleen naar Zuid-Frankrijk was gegaan. Wat moest hij daar? Waarom was hij niet bij zijn vrouw geweest om haar bij te staan? Hij loopt naar de stal terug om aan de volgende stal te beginnen. Ook al zo'n smerige bende. Bah!

De dokter had hun uitgelegd dat deze ziekte in drie fasen verloopt. De eerste fase is de chronische fase. De meeste symptomen zijn nog onopvallend en behandeling in deze fase is erop gericht om te voorkomen dat fase één overgaat in fase twee. Ma kreeg direct allerlei medicijnen die de groei van de witte bloedcellen moest gaan remmen. Maar helaas kreeg ze hier veel bijwerkingen van: misselijkheid, overgeven, diarree, jeuk over haar hele lijf en nog steeds die vermoeidheid. Toen ze na ongeveer drie jaar worstelen aangaf dit niet meer aan te kunnen, stelde de dokter, ondanks het risico op complicaties, een beenmergtransplantatie voor. Daarmee begon de grote zoektocht naar een geschikte donor. De dokters kunnen namelijk niet elk beenmerg gebruiken. De donorcellen moeten zoveel mogelijk lijken op de cellen die vervangen moeten worden, om afstotingsverschijnselen te voorkomen. Ook moet het beenmerg afkomstig zijn van een familielid (grootste kans op een goede match) of een vrijwilliger.

Maar in alle gevallen moest de persoon die doneert goed gezond zijn, mocht geen drugs gebruiken en mocht in het afgelopen jaar geen operaties, tatoeages of piercings hebben gehad. Als eerste waren ze begonnen met kijken of opa en oma geschikte donoren waren, wat niet het geval was. Toen waren Jan en hij aan de beurt geweest. Ook Jan was niet geschikt. Maar hij, Pieter, wel. Op dat moment was hij in paniek geraakt. Hij was panisch voor naalden. En dan moest er met een grote holle naald bij hem iets uit zijn bot of uit zijn bloed worden gehaald. Hij was dus afgehaakt, op de vlucht geslagen. Net als zijn vader, flitst er door hem heen, die liep ook altijd overal voor weg.

De stallen zijn inmiddels allemaal leeggeschept. Tijd om vers stro te halen en de stallen op te strooien. Dat vindt Pieter altijd het leukste deel van de stallen schoonmaken. De geur van het verse stro en die strootjes die dan zo vrolijk in het rond dwarrelen. Het helpt om een licht gevoel van schaamte te onderdrukken.

Door in een dronken bui een tatoeage te laten zetten, had hij zichzelf een jaar uitstel gegeven. Hij kon het ook niet over zijn hart verkrijgen om helemaal nee tegen zijn moeder te zeggen. De teleurstelling die zijn moeder zo goed probeerde te verbergen, maar die altijd in haar ogen te zien was, zorgde ervoor dat Pieter het laatste jaar liever aan het werk was dan thuis. Daarom had hij naast zijn baantje bij de stallen ook die baan bij de nachtclub en discotheek genomen. Alhoewel zijn andere verdiensten nu ook makkelijker werden. Hij hoorde zo staand achter de bar natuurlijk wel alle roddels en alle deals en door handig op alle gesprekken in te spelen, hier en daar wat te manipuleren, was hij in staat om naast zijn officiële salaris nog een aardig potje achter de hand te organiseren. Wat hij met dit geld gaat doen, weet hij nog niet. Het is alleen al fijn om het te hebben.

De stallen zijn klaar. Pieter kijkt op zijn horloge: half één. Tijd om snel een boterham te eten en dan de laatste twee paarden te trainen. Vandaag gaat hij aan hun conditie werken aan de longe. Hij loopt al etend naar de kast om hoofdstel en longeerspullen te pakken.

Er was uiteindelijk een andere geschikte donor gevonden. Niet zo'n goede match als hij was. Maar wel geschikt. Zijn moeder had de transplantatie gehad. Wat een enorme hel was dat geweest. Eerst dat verblijf in die steriele kamer. Toen de hoop dat de transplantatie aan zou slaan. Maar nu het nieuws dat de transplantatie niet goed aangeslagen is. Nu kan zijn beenmerg haar nog een kans geven. En anders is de kans dat ze snel naar de derde, laatste, maar vooral ook dodelijke fase doorgaat heel groot.

Pieter wil er liever niet aan denken. Aan de ene kant die grote naalden in zijn lijf, aan de andere kant zijn moeder. Dan gaat zijn telefoon.

'Pieter'

'Ha Pieter, kerel, Jacques hier. Hoe gaat het?'

'Goed'

'Mooi. Zeg even over die deal. Morgenavond wordt het spul geleverd. Zorg jij dat je klaar staat om alles in ontvangst te nemen?'

En daarmee verdwijnt zijn dilemma naar de achtergrond. Morgenavond moet hij klaar staan, geen tijd voor Jan en zijn gezeur over zijn moeder.

6

Le Grau du Roi, 2 oktober 2006

Helmut

Het is nu oktober, het toeristenseizoen loopt op zijn eind. Sinds we zijn begonnen met de vistochten is het alleen maar drukker geworden. Wat ben ik blij met mijn beslissing om met makreel-vissen te beginnen. Om makreel te vangen is niet zo heel veel visserskunst nodig. De makreel is een felle roofvis en bijt in bijna elk soort aas dat hij tegenkomt. De beste resultaten bereik je door met meerdere scherpe haakjes te vissen. Aan deze haken zijn witte of bonte veren gebonden. Makrelen zijn vraatzuchtig: ze eten allerlei verschillende beestjes in het water, zoals kleine kreeftjes, garnaaltjes, vislarven en kleine visjes. Het maakt dan ook niet zoveel uit welke soort aas je gebruikt. Dus ook voor de dagtoeristen die nog nooit gevist hebben, is het makkelijk en ze gaan bijna altijd met een goede vangst van de boot af. En een tevreden gast vertelt het verder! Dat hebben we geweten: binnen een maand kon ik drie á vier dagen per week uitvaren met een volle boot enthousiaste vissers. Zelfs nu, in oktober, heb ik nog voldoende animo voor één dag in de week. Maar dat zal niet lang duren, het is al kouder en dan is het op het water niet fijn meer.

Met Xavier heb ik afgesproken dat ik nu toch eindelijk tijd ga maken voor een bezoekje aan dat bedrijf in Sète, dat zoveel verschillende manieren om te vissen aanbiedt. Ik wil daar een beetje ervaring opdoen en me al die voor mij nieuwe vistechnie-ken eigen maken. Daar kunnen we dan in het volgende seizoen weer ons voordeel mee doen.

Na die ene e-mail heb ik niets meer gehoord. Nadat ik de vertaling had gelezen, ben ik een tijd lang erg onrustig geweest. Ik had steeds het gevoel dat ik over mijn schouder moest kijken.

Elke keer als er iemand van de gendarmerie voorbijkwam, ging mijn hart toch wat sneller kloppen. Het voelt als een zwaard boven mijn hoofd, maar nu er geen vervolg op komt, is het wat naar de achtergrond van mijn bestaan geschoven. Alhoewel ... als ik 's avonds alleen thuiskom, vliegt het me nog steeds wel aan. Iedere keer als ik de computer aanzet, kijk ik onwillekeurig eerst of er niet weer zo'n mail is. Stel je toch voor dat iemand, wie het dan ook is, rond gaat vertellen wie ik werkelijk ben. Dan is alles wat ik hier opgebouwd heb weg.

Maar ergens diep in mijzelf denk ik dan toch aan Tineke. Als ik hier niet kan blijven, ga ik dan terug naar haar? Hoe zou het met haar zijn. Heeft ze al een ander? Ze denkt tenslotte dat ik dood ben, dus waarom niet? Zou ze schrikken als ik ineens voor haar neus sta of zou ze héél boos worden? Soms mis ik haar wel. Niet dat ik hier nooit met een vrouw samen ben geweest. Die toeristen bieden zich maar al te graag aan! Maar langer dan één hooguit twee nachtjes wil ik niet. Ik ben immers niet geschikt voor een langere relatie. Het is maar goed dat ik Tineke haar vrijheid weer teruggegeven heb. Ik hoop echt dat ze haar geluk heeft gevonden en dat ze niet meer zoveel ruzies hoeft door te maken zonder mij.

En mijn jongens ... Mijn jongens, daar denk ik ook best vaak aan. Jan zal wel prima gaan, die was van jongs af aan makkelijk. Ik ben ervan overtuigd dat hij goed terecht is gekomen. Toen ik naar Frankrijk ging, woonde hij net samen en was hij begonnen met zijn baan in de ICT. Wat die jongen met computers kan, daar snap ik niets van. Het bedrijf waar hij toen voor ging werken, wilde grof geld voor hem betalen. Zou hij inmiddels kinderen hebben? Dan ben ik opa ...

Maar Pieter is een ander verhaal. Pieter, het nakomertje, acht jaar jonger dan Jan. Tineke en ik hadden niet gedacht dat er ooit een tweede zou komen en toen ineens was daar Pieter. Pieter was van baby af aan al een moeilijk kind. Altijd dwars, altijd zijn eigen zin doordrijven. Vanaf zijn eerste schooldag lag hij al in de clinch met de juffen. Hoe vaak die jongen niet na heeft moeten blijven. Later op de middelbare school zat hij altijd bij het groepje jongeren dat herrie schopte. Als er een ruit van de school was gesneuveld, zat Pieter altijd bij de daders. Een zorgelijke situatie. Voor ik verdween was hij al tweemaal met de politie in aanraking geweest. Gelukkig geen ernstige misdrijven, maar toch ... Ik realiseer me dat Tineke dat nu alleen op moet vangen. Zodra ik daarover denk, dwing ik mezelf tot andere gedachten, ik heb mijn leven nu hier.

Genoeg om over te denken. Ik wil zodra het seizoen weer begint, starten met tonijn vissen. Het voorjaar is daar een goede tijd voor. Het vissen op tonijn vormt een echte uitdaging. Tonijnen zijn sterke tegenstanders die zich niet zomaar laten vangen. Ik zal wel wat 'eisen' moeten stellen aan welke toeristen hiervoor mee mogen. Een enigszins goede lichamelijke conditie is wel nodig. Hoe ik dat moet doen, moet ik eens met Xavier overleggen. We moeten dan langer dan één dag de zee op, want de beste vangst van blauwvintonijn is rond de Balearen en Malta. De Balearen zijn vanuit hier ruim vijftien uur aan een stuk varen. Dus dat moet dan een excursie van minimaal drie dagen worden. Malta is nog veel verder. Dat zou dan een weekexcursie kunnen zijn. Daar hebben we dan weer een andere, grotere boot voor nodig. Ik hoop Xavier zover te krijgen dat hij die wil aanschaffen. Maar goed, als hij dat nog te duur vindt, dan gaan we in het nieuwe seizoen verder met waar we nu zijn. Wie weet krijgen we het wel zover dat we alle dagen uit kunnen varen. Misschien is het een idee om een website te beginnen en zo meer klanten aan te trekken? Maar zodra ik over internet denk, komt die e-mail weer naar boven ...

Terwijl ik zo zit te mijmeren wordt er op de deur geklopt. Verbaasd, niemand komt hier ooit op bezoek, we spreken altijd af in een café of restaurantje, doe ik open. En daar staat Xavier.

'Helmut, sorry dat ik stoor, maar ik wil je spreken.'

'Kom binnen Xavier, wijntje?' Ik wil naar de keuken lopen om in te schenken.

'Nee Helmut, ik kom niet binnen, wil je mee gaan naar onze stamkroeg? Daar wachten nog meer lui met wie we moeten overleggen. Ik kom je halen.'

'Eh... oh goed, ik pak mijn jas.'

Ik sluit af en we gaan op weg. Ik ben nieuwsgierig, wat gaat er gebeuren? Maar ik ken Xavier inmiddels, vragen heeft weinig zin, hij praat als hij daar aan toe is. Hij zwijgt lang, maar als we bijna op onze bestemming zijn begint hij: 'Helmut, jij bent Duitser toch?'

'Ja,' zeg ik.

'Nou er zitten Duitsers op ons te wachten. Die willen van alles weten over ons bedrijf. Het lijkt erop dat ze willen mee doen, of investeren of zo. Ik versta ze slecht, hun Frans is abominabel, dus ik dacht aan jou. Jij kan waarschijnlijk goed met ze praten. En wie weet, als ze écht willen investeren kunnen we die grotere boot van jou wel aanschaffen!'

Mijn hart staat stil ... mijn Duits is prima, maar of ik nou zo'n zakelijk gesprek zal kunnen voeren, betwijfel ik. In een flits bedenk ik dat ik me hieruit moet redden. Maar hoe? Ik loop achter Xavier aan naar binnen, recht mijn rug en besluit dat het móet lukken. Duits is de taal van mijn moeder, ik kan dit.

Vastbesloten stap ik achter Xavier aan naar binnen. Hij stelt me voor en het gesprek begint na wat algemeen geklets. Al gauw heb ik door dat dit mijn pet te boven gaat en ineens heb ik een brainwave.

'Mensen ik stel voor dat we over gaan op het Engels, dan kan Xavier meedenken en praten' zeg ik.

Tot mijn opluchting wordt dit voorstel aangenomen en ik ben van de druk af om te doen of ik perfect Duits spreek! Nu hoef ik alleen nog maar mee te denken en zo af en toe een woord te vertalen naar het Duits ...

Een paar uur later stap ik mijn kamer weer binnen. Bezweet plof ik in een stoel. Ik heb het er best goed afgebracht, denk ik. Alhoewel één van die Duitsers vroeg wel welk dialect ik sprak, dus helemaal begrepen we elkaar niet. Maar goed, het kwam erop neer dat zij afspraken wilden maken om enkele dagen per seizoen de rondvaartboot van Xavier te huren, mét lunch en diner. Xavier heeft er een mooi prijsje uit kunnen slepen, dus dat ziet er goed uit. Jammer genoeg had Xavier dat over die

investering verkeerd begrepen. Maar dit is ook een goede ont-
wikkeling. Toch heeft dit hele gebeuren me weer aan het twijfelen
gebracht. Dat gedoe met dat Duits voelt zo onnatuurlijk; moet
ik zo wel doorgaan? Ik denk weer aan Tineke en onze jongens.
Waar ben ik mee bezig?

Dan denk ik weer aan al die dagen op zee van de zomer, het
buitenleven en die fantastische uitzichten en zonsondergangen
hier. Dit was wat ik altijd al heb gewild. En dan heb ik weer vrede
met alles; het is zoals het moet zijn!

De volgende dag heb ik een bespreking met Xavier. We zitten
weer op ons vaste plekje in restaurant Le Gallion. Xavier heeft een
aparte blik in zijn ogen, is er iets? Of denk ík dat maar? Xavier
slikt zijn eten door, neemt een flinke slok wijn, veegt zijn mond
af met zijn servet en dan begint hij te praten.

'Helmut, ik had gisteren het gevoel dat het gesprek met die
Duitsers niet naar wens verliep.'

'Hoezo? Xavier, je hebt toch een goeie deal kunnen maken?'

'Ja dat wel, ik verstond niet alles maar toch. Het leek alsof
jullie niet dezelfde taal spraken met al dat onbegrip en dat vertalen naar en van het Engels! '

'Maar Xavier, hoe kom je daar nu bij?' zeg ik en doe alsof
ik verbaasd ben. 'Je hebt een prachtdeal gesloten voor volgend
voorjaar, wat wil je nog meer. En ach ja, dat onbegrip, er zijn
zoveel dialecten, soms lijkt het een andere taal terwijl het toch
allemaal Duits is!'

'Hm,' zegt Xavier.

'Kom op, joh. Laten we plannen maken voor de komende
jaren, het loopt allemaal prima!' Daarmee probeer ik hem op
andere gedachten te brengen.

'Eh ja, je hebt gelijk' zegt hij en grijnst, 'het loopt inderdaad
fijn, hè?'

Opgelucht lach ik terug: 'We hebben een geweldige samen-
werking, Xavier, daar ben ik blij mee!'

'Maar Helmut, die trawler van jou met die gekke naam, dat
zie ik voorlopig niet zitten hoor. Zo'n investering durf ik echt
niet aan. Tenzij je mee investeert ... Kan je niet toch nog eens

overwegen om wel mee te gaan investeren? Dan spreiden we de kosten, maar ook de verantwoordelijkheid. Dan gaat een investeerder veel sneller mee in ons verhaal en kunnen we meer gedaan krijgen.'

In een flits begrijp ik dat hij mij weer wil overhalen. Geen sprake van, Xavier, denk ik, die kant gaan we niet op. 'Oké,' zeg ik 'er is nog zoveel te doen met die visserij, we wachten gewoon tot we aan die pelagische trawler toe zijn. We hebben geen haast, toch Xavier?' En ik grijns om te laten zien dat er nog plannen genoeg zijn. Hij knikt en we praten er niet meer over. Gelukkig, geen gedoe meer over mee investeren.

We ronden het gesprek af en ik ga naar huis. Als ik binnen kom, realiseer ik me dat slapen er nog niet van zal komen, mijn hoofd tolt nog van de Duitse, Engelse en Franse woorden door elkaar. Pff, wat zou het heerlijk zijn weer eens gewoon in het Nederlands te kunnen praten. Of niet? Om mijn gedachten te verzetten, ga ik achter de computer zitten, een beetje rondneuzen op internet ontspant altijd. Ik start mijn computer op. Terwijl de computer bezig is met alle processen nalopen, plopt er in mijn scherm een bericht op dat er nieuwe mail is binnengekomen. Ik open Outlook en mijn blik zoekt naar de afzender. Op dat moment staat mijn hart stil. Afzender: HelmutundHein@ hotmail.com. Mijn god ... wéér één! Ik sta op en loop naar het raam. Eerst een borrel inschenken. Even denk ik erover om de mail ongeopend weg te gooien. Gewoon doen alsof het er niet is. Als ik die mail niet heb gehad, kan ook niemand mij iets maken. Maar ja, dan zal er vanzelf wel weer opnieuw wat komen. Dat is ook zo met de belastingdienst en andere rekeningen. Ik open de mail. De mail is in het Duits deze keer! Wie zit hier toch achter? flitst door mij heen. Een vertaling heb ik niet nodig, het is me zo wel duidelijk:

Helmut, glaubst du wirklich du sprichst gut Deutsch?
Grüße Hein von mir, wir sehen uns bald.

7

Apeldoorn, 2 oktober 2006

Pieter

'Drie bier en twee cola!!'

'Cola met ijs?' Pieter kijkt de dame in kwestie aan: lang blond haar, mooi gevormd gezicht, amandelvormige groene ogen. Ze oogt wel wat jong. 'Mag ik je legitimatie even zien? Alcohol is alleen boven de achttien.'

Ze laat haar ID-kaart zien. Ze is net achttien jaar geworden. 'Komt eraan, liefje.' zegt hij met een verleidelijke glimlach. En hij draait zich om, pakt drie glazen en houdt ze een voor een onder de tap. Daarna schenkt hij twee cola in. De ijsblokjes drijven vrolijk in het glas rond.

'Dat is dan vijf munten.' Pieter kijkt haar nogmaals aan en knipoogt.

Met een rood gezicht geeft ze de vijf munten en loopt met het dienblad vol glazen naar haar vriendengroep terug. Ze kan het toch niet laten om stiekem over haar schouder even naar Pieter te kijken.

Pieter grinnikt in zichzelf. Ze zijn ook allemaal hetzelfde. Hij weet dat hij er goed uitziet. Althans, de dames die zo op een avond in de discotheek komen, hebben altijd alle aandacht voor hem. En hij voor de dames. Niet dat hij uit is op een relatie. Dat is niet voor hem weggelegd, vindt hij. Maar ach, zo af en toe een scharrel. Een man heeft ook zo zijn behoeftes. Hij kijkt op de klok. Bijna kwart over twaalf. Nog twee uurtjes bardienst en dan de tent gaan afsluiten. Het is redelijk druk voor een vrijdagavond. In een ooghoek ziet hij in aan de rechterzijde van de dansvloer een ruzie ontstaan. Als de ruzie dreigt over te gaan in een vechtpartij, geeft hij de uitsmijter bij de deur een teken en samen rennen ze naar de plek van onrust toe.

'Heren, houden we het gezellig?' zegt Pieter met een autoritaire stem.

'Waar bemoei jij je mee?'

De ruzie tussen de drie jongens gaat door. Vuile blikken worden er over en weer naar elkaar geworpen.

'Heren, klaar nu, hier binnen wordt er niet gevochten. Dat doe je maar buiten.'

Pieter maakt zich groot en gaat tussen de drie jongens in staan. Ondanks dat hij niet de langste is, dwingt hij respect af door zijn houding. Heel even lijkt het erop dat de ruzie toch gaat escaleren. Een van de jongens maakt een stompende beweging naar de ander. Op datzelfde moment aarzelt Pieter niet en haalt uit. Hij stompt vol met zijn vuist op het oog van de jongen. Langzaam zakt de jongen met zijn handen op zijn oog door zijn knieën op de grond. Direct laat iedereen zijn agressieve houding varen.

'Ik zei dat het klaar was. Hier binnen wordt niet gevochten.' zegt Pieter. Hij trekt de jongen overeind.

'Kom jongen, we zullen even wat ijs voor je oog pakken.'

De rest van zijn bardienst verloopt rustig. Zonder verdere akkefietjes en zonder ruzie. Om twee uur worden alle bezoekers met zachte hand naar de uitgang begeleid. Op het moment dat Pieter de tap af wil sluiten, hoort hij een zachte stem achter hem zeggen:

'Heb je nog telefoons?'

Pieter kijkt op en ziet de jongen staan die hij eerder op de avond een klap op zijn oog had gegeven. Als hij niet direct reageert, zegt de jongen:

'Ik heb gehoord dat jij nieuwe smartphones hebt. De nieuwste.'

Pieter kijkt over zijn schouder waar zijn collega-uitsmijter is en knikt bijna onherkenbaar.

'Ben je op zoek dan?'

De jongen knikt, ook bijna onzichtbaar.

'Voor hoeveel verkoop je ze?'

'250'

'Kan ik er één zien?'

'Blauw, rood of zwart?'

'Eh'

'Kom morgen om vier uur naar café 't Heuveltje. Geld contant, gepast meenemen. Ga aan de bar zitten op de rechterhoek. Ik kom dan wel naar je toe en neem ze alle drie wel mee. Denk erom: kom niet naar mij toe.'

Het is al ver na lunchtijd als Pieter de volgende dag wakker wordt. Dat is mooi, zit zijn moeder tenminste niet meer in de woonkamer. Die is dan al bezig met het opstarten en openen van het café. Hij heeft even geen zin in een gesprek met zijn moeder. Alleen al naar haar kijken, geeft hem een ongemakkelijk gevoel. Ze is nu bezig met een kuur om aan te sterken, zodat ze binnenkort de voorbereidingen kan ondergaan voor een beenmergtransplantatie. Met zijn beenmerg ... Hij ziet er heel erg tegenop. Hij loopt de keuken in, zet een kop koffie en gaat een tosti maken.

'Goedemiddag lieverd, lekker geslapen?' hoort hij achter zich. Shit ...

'Hai ma, ja hoor.'

'Tosti pindakaas met currysaus? Wat lijk je toch op je vader met eten. Altijd die bijzondere combinaties.'

'Lekker toch.'

Pieter gaat aan de keukentafel zitten en verdiept zich in zijn telefoon. Hij hoopt dat zijn moeder de keuken uitgaat. Maar ze komt bij hem aan tafel zitten.

'Mis je je vader?'

'Mwoh'

'Kom op Pieter, ik probeer een normaal gesprek met je te voeren. Probeer nou een keer niet van die oergeluiden als antwoord te geven.'

Pieter staat op om zijn tosti te pakken en kwakt een grote klodder currysaus ernaast op zijn bord. Hij zucht een keer diep en schenkt een kop koffie voor zichzelf in.

'Jij ook?'

Zijn moeder knikt. 'Lekker.'

'Tuurlijk mis ik hem. Maar ik snap nog steeds niet wat hij in Zuid-Frankrijk moest. We zijn daar nog nooit geweest. Hoe is hij daar terecht gekomen?'

'Die streek kennen je vader en ik heel goed.'

'Dus jij weet waar pa verongelukt is? Je kent het daar?'

'Ja Pieter, opa en oma namen mij vroeger altijd mee op vakantie naar de Camargue. Dan kampeerden we daar. Het is er geweldig. Voor jullie geboren werden, zijn je vader en ik er samen geweest en het was onze droom om daar een camping te gaan beginnen.'

Pieter kijkt zijn moeder onderzoekend aan. Zíj een camping beginnen? Samen met pa?

'Maar waarom was pa daar dan?'

'Geen idee, je vader ging wel vaker op pad, hij had soms behoefte aan alleen zijn. Dat geeft toch niks? Hij kwam altijd weer terug, dat vertrouwen had ik!'

'Ja, ja, behalve die laatste keer dan! Ik vind het behoorlijk stom dat hij daar alleen was, zonder jou. Misschien had ík het daar ook wel willen zien, maar daar dacht hij niet aan zeker. Hij dacht altijd alleen maar aan zichzelf!'

'Hé, doe nou niet zo negatief over je vader! Hij is hier niet. Hij kan het je niet uitleggen. Niemand weet wat zijn redenen waren om naar Zuid-Frankrijk te gaan. Dus probeer een beetje aardiger over hem te denken!'

'Tuurlijk, verdedig hem maar weer. Ik blijf het gek vinden. Was hij soms toch op zoek naar een camping om over te nemen?'

'Daar hadden we geen geld voor, dus dat zal niet.'

'Een camping ... Gek idee! Is het een mooie streek? In de buurt van het strand?'

'Ja, het is de Rhône-delta. Er wordt ook zout gewonnen, op meerdere plaatsen zie je van die hoge zoutbergen liggen. De wateren kleuren vaak roze van de vele flamingo's, er zijn rijstvelden en overal lopen wilde paarden. Jij zou het er naar je zin hebben!'

Wilde paarden? Pieter ziet handel en vraagt verder: 'Wat voor camping wilden jullie?'

'Gewoon een camping, maar het liefst aan het water, zodat je vader met toeristen kon gaan zeilen en vissen. Dat was zijn droom, het water op en er dan ook nog aan verdienen. En ik zou dan de camping beheren. Het is helaas altijd een droom gebleven.'

'Waar heeft pa dan precies dat ongeluk gehad? Weet je dat?'

'Ja, gek genoeg zowat naast de camping waar ik vroeger altijd kwam. Op de grote weg naar het dorp, in een rotonde heeft hij de macht over het stuur verloren en is op een boom geknald.'

'Dronken zeker?'

'Verdorie Pieter, jij met je rotopmerkingen! Je weet best dat je vader niet dronk. Klets niet zo!'

'Nou, je hoeft niet boos te worden, zou toch kunnen?'

'Nee, dat kan níet als iemand nooit drinkt!'

'Zullen we er gaan kijken?'

Maar Tineke geeft geen antwoord meer, ze is woedend en draait zich af. Pieter haalt zijn schouders op, verdiept zich weer in zijn telefoon en eet zijn tosti. Hij moest zo ook nog de nieuwe telefoons pakken voor die jongen. Misschien moet hij zich toch eens verdiepen in die streek waar zijn vader zich dood heeft gereden. Wat zei zijn moeder nou? De Camargue? Als het een streek met veel wilde paarden is ... dat biedt perspectieven. Hij is toch al van plan om zijn handeltjes in spullen die van de vrachtwagen af waren gevallen te verruilen voor handeltjes in de paardenwereld. Hij heeft wel oren naar paarden. Valt veel meer in te verdienen. Hij kijkt op van zijn telefoon en ziet dat zijn moeder op de bank ligt. Verdorie, weer te moe om wat te doen. Hij voelt even een steek van spijt.

'Mam, blijf jij nog maar even liggen. Ik zal 't Heuveltje wel vast gaan openen. Ik hoef pas om vijf uur te werken, dus tot die tijd neem ik wel het van je over.'

Tineke antwoordt niet. Ze slaapt. Eigenlijk wel goed zo. Dan kan ze ook niet zien dat hij met die jongen smartphones uitwisselt. Ze zou zich diep schamen als ze zou weten dat hij op deze manier extra bijverdiensten heeft.

Stipt om vier uur stapt de jongen de bar binnen. Zijn oog is flink blauw geworden, ziet hij. Eigen schuld, flitst door Pieter heen. Het is nog niet heel druk in de bar, toch zitten er wel aardig wat mensen te borrelen. Precies goed voor een ruil zoals deze. Onopvallend loopt Pieter naar de jongen toe.

'Wil je ze nog steeds zien?'

De jongen kijkt even om zich heen en knikt. Het lijkt wel of hij zenuwachtig is. Even twijfelt Pieter of hij hier wel goed aan doet. Maar de kick van het doen van iets wat eigenlijk niet mag, wint het van zijn twijfel.

'Hier heb ik de zwarte.'

'Mooi, maar die is zo gewoon. Je had ook nog een rode, zei je gisteren?'

Pieter pakt de zwarte weer aan, stopt hem in zijn zak en pakt uit een andere zak het rode exemplaar. Op dat moment komt er een politieagent de bar binnen. De agent kijkt zoekend in het rond. Pieter voelt zijn knieën knikken. Niet nu! denkt hij. Hij draait met zijn rug naar de agent toe, zodanig dat hij tussen de jongen en de agent staat. Zo kan de agent niet zien wat er gebeurt.

'Vlug kiezen!' snauwt Pieter naar de jongen.

'De rode.' En de jongen schuift een envelop met geld over de bar naar Pieter toe. De telefoon stopt hij in zijn zak.

'Biertje?' vraag Pieter hem.

De jongen knikt.

'Komt eraan.'

Met een grote glimlach op zijn gezicht draait Pieter zich om en loopt weer naar de andere kant van de bar. Hij kijkt onderweg de agent recht aan en knikt vriendelijk naar hem. Het is de wijkagent maar.

8

Apeldoorn, 16 oktober 2006

Pieter

Pieter wordt wakker na een vervelende nacht. Hij heeft lang wakker gelegen en tóen hij eenmaal in slaap viel, was hij onrustig en steeds even wakker. Vandaag gaat het gebeuren! Vandaag krijgt zijn moeder zijn beenmerg.

Om het hele proces voor te kunnen bereiden, heeft hij twee weken geleden in het ziekenhuis een training gehad in zichzelf te injecteren. Hij ... die bang is voor naalden! De eerste paar keren was het zweet hem uitgebroken. Hij was zelfs een keer bijna flauw gevallen. Maar hij heeft doorgezet. En nu heeft hij de afgelopen vijf dagen zichzelf tweemaal per dag een injectie gegeven. De vloeistof in de injectie zorgt ervoor dat zijn stamcellen vanuit zijn eigen beenmerg naar zijn bloed gaan. Via zijn bloed kunnen ze die stamcellen er weer uit halen en bij een ander transplanteren. Eigenlijk viel het best mee. Hij was wel wat moe en had een beetje pijn in zijn botten. Maar dat had niet veel te betekenen en hij was er voor gewaarschuwd. Zijn moeder moest ook voorbereid worden. En dat proces was vele malen zwaarder. Ze heeft zware chemokuren gehad met daar bovenop een totale lichaamsbestraling. Alleen de ogen, hart, longen en nieren werden afgeschermd. Zo weten de dokters zeker dat alle 'slechte cellen' dood zijn, maar er gaan ook goeie cellen kapot. En dan krijgt ze dus vandaag stamcellen uit Pieters bloed en kan haar lichaam hopelijk weer even mee.

Pieter kleedt zich aan en eet zijn ontbijt. Nog voordat hij zijn ontbijtboel heeft kunnen opruimen, staat de taxi die hem naar het ziekenhuis zal brengen al voor de deur. Toch met enigszins lood in zijn schoenen stapt hij in de auto. De rit naar het ziekenhuis gaat veel sneller dat hij eigenlijk wil. Alle stoplichten zitten mee. Hij wordt voor de deur afgezet en loopt naar de afdeling waar hij zich moet melden. Bij elke pas dichterbij de afdeling zijn er meer spieren in zijn lijf die hem de andere kant optrekken. Hij onderdrukt een gevoel van paniek. Als hij zich gemeld heeft, moet hij plaatsnemen in een wachtruimte. Na ongeveer vijf minuten komt er een zuster aanlopen.

'Ben je zo ver, Pieter? Over vijf minuten komen ze je halen om naar de behandelkamer te gaan.'

Pieter knikt, maar zegt niks. Eigenlijk zou hij nog steeds hard weg willen lopen. Maar dat kan hij niet meer. Dat pad heeft hij al bewandeld bij de vorige keer dat er sprake was van een been-mergtransplantatie. Dus gaat hij gedwee met een knoop in zijn maag achter de zuster aan die hem even later ophaalt. Zodra hij in de juiste kamer is, vraagt de zuster:

'Moet je nog naar het toilet? Dan kan je beter nu even gaan, de eerstkomende uren is daar geen gelegenheid voor en moet je het op een po liggend op bed doen!'

Voor de zekerheid gaat Pieter nog even plassen en gaat dan op bed liggen. Doodeng vindt hij het. Ze hebben hem precies verteld wat er gaat gebeuren ... Daar komt al een broeder met een tray vol spullen. Zijn ellebogen worden ontsmet met een bruinig spul en dan zegt de broeder:

'Dit gaat even pijn doen, dat weet je, hè? Rustig blijven liggen, het is zo klaar.'

Pieter zegt weer niks, knikt en doet zijn ogen stijf dicht. Dan voelt hij een enorme pijn in zijn ene elleboog, zijn ogen schieten open en hij wil zijn arm terug trekken. Maar een zuster heeft zijn arm in een houdgreep en roept:

'Stil liggen, stil liggen!'

Even later gebeurt hetzelfde bij zijn andere elleboog en daarna wordt het rustig. Voorzichtig kijkt Pieter in het rond. Zijn bloed komt uit één elleboog, stroomt naar een machine, daarna weer terug naar de andere arm en zo Pieters lijf weer in. Blijkbaar worden de stamcellen door die machine uit zijn bloed gehaald. Hij zucht; dit gaat vier tot vijf uur duren, dus hij gaat maar makkelijk liggen en laat het over zich heen komen. Moe van alle doorwaakte nachten van de afgelopen weken valt Pieter in slaap.

Vierenhalf uur later komt dezelfde broeder weer om alles los te maken. Dat is zo klaar en Pieter mag weer bewegen. Er staat weer een zuster paraat om hem naar zijn eigen kamer te brengen. Daar mag hij zich douchen. Hij laat de warme stralen over zijn hoofd en rug lopen. Hij voelt de spanning van de afgelopen dagen uit zijn lichaam wegvloeien. Na het afdrogen en aankleden komt er een zuster binnen:

'Pieter, wil je vanmiddag bij je moeder zijn als jouw cellen bij haar ingebracht worden?'

'Eh, mag dat?'

'Ja, je moet wel in steriele kleding, maar je moeder wil je graag zien, dat snap je.'

Pieter knikt weer. Hij heeft eigenlijk weinig trek om naar die akelige naalden te gaan zitten kijken. Dan bedenkt hij wat zijn moeder allemaal heeft moeten doorstaan om tot hier te komen. Het is niet meer dan logisch om dan ook hierbij aanwezig te zijn, voor haar.

Ook dit duurt weer enkele uren. Aan het eind van de dag, als zijn moeder doodmoe naar haar eigen afdeling gaat, kan hij naar huis.

'Pieter, we bellen je volgende week hoe het gaat en hier is je afspraak voor de controle over een maand.'

Dat zijn de laatste woorden van de zuster. Ze geeft hem een schouderklopje en hij kan gaan. Gelukkig staat Jan hem op te wachten en samen gaan ze naar huis. Pieter logeert een paar dagen bij Jan en Irene. Tineke vond het een naar idee dat Pieter na zo'n behandeling alleen thuis zou moeten zitten. Dus voor haar gemoedsrust heeft hij toegestemd.

Voor Tineke is de tijd na de transplantatie extra spannend. Haar lichaam moet de stamcellen van Pieter accepteren en zo een nieuw eigen beenmerg opbouwen. Er bestaat de mogelijkheid dat het lichaam van Tineke het beenmerg afstoot. De kans dat dit gebeurt is klein, het is immers de vorige keer ook goed gegaan. Maar zij is in een slechte conditie waardoor er toch verschillende complicaties op kunnen treden. Daarom moet zij nog een tijd in een steriele ruimte in het ziekenhuis blijven. Door de behandeling is haar weerstand naar het nulpunt gezakt en kan zelfs een verkoudheidje fataal zijn. Wanneer de bloedwaarden weer op peil zijn en er ook verder geen problemen zijn, mag zij naar huis. Eenmaal thuis zal ze nog lange tijd nodig hebben om op krachten te komen.

9

Le Grau du Roi, 25 maart 2007

Helmut

De winter is weer voorbij. Langzaam maar zeker krijgen we weer steeds meer aanvragen voor visdagen. Xavier heeft weer elke dag rondvaarten. Het toeristenseizoen gaat weer beginnen.

De tijd ging afgelopen winter traag, uiterst traag ... Sinds die Duitstalige e-mail gaat eigenlijk alles me te langzaam. Nu ik er goed over nadenk, heb ik sindsdien geen rust meer gehad. Het blijft maar door me heen spoken: eerst een Franstalige mail, daarna één in het Duits en daarna niks meer. Het eerste wat ik 's morgens doe, is mijn mail openen. Maar nog steeds geen vervolg. Wat gaat er gebeuren? Wie stuurt me dit? Gaat hij (of zij?) me chanteren? Het laat me maar niet los. De onzekerheid maakt me lam. In de avond kom ik maar moeilijk in slaap en als ik dan eenmaal slaap, heb ik onrustige dromen over e-mail, internet, Tineke, de kinderen en de politie. Zou het eigenlijk strafbaar zijn wat ik heb gedaan? Ik wilde alleen maar niet gevonden worden, zodat ik dit mooie leventje op kon blijven bouwen. Ik had eigenlijk nog nooit stilgestaan bij de juridische kant van het verhaal. Totdat die e-mails kwamen ... Ik heb de hele winter maar wat rondgehangen. Zoekend op internet naar de identiteit van de afzender(s). Helaas heb ik niks kunnen vinden. Het grootste deel van de dagen sjokte ik wat doelloos rond door Le Grau du Roi. Er waren natuurlijk geen toeristen die rondvaarttochtjes of vistochtjes wilden. Ik heb wat bij kunnen verdienen bij Jean in de keuken, maar lol heb ik er niet in gehad. Ik deed het voor het geld.

Xavier heeft me al twee keer gewezen op het feit dat ik in Sète zou gaan praten om meer informatie te verzamelen over toeristische visdagen. Dat had ik eigenlijk deze winter willen doen. Maar ik kan het niet opbrengen; ik lijk wel verlamd. Ik kijk uit naar het echte begin van het toeristische seizoen. Dat zal me wel weer afleiden. Stiekem heb ik zin om weer de zee op te gaan. Gelukkig staat de eerste tocht voor volgende week weer gepland. Eindelijk weer eens wat anders dan thuis zitten wachten voor mijn computer.

Die middag vergaderen Xavier en ik weer op ons vaste stekje. Zoals altijd grinnikt hij om de brugwachter die druk is en ik ... ik kijk naar de zee en hoop op betere tijden, op zilte zeelucht en wind door mijn haar, eindelijk even geen zorgen. We praten over koetjes en kalfjes. Maar tijdens het toetje begint Xavier:

'Helmut, heb je er nog wel zin in dit bedrijf op te bouwen? Er komt geen initiatief van jouw kant en je doet niet wat afgesproken is.'

'Ach Xavier,' mompel ik, 'ik heb in een winterdipje gezeten, maar nu alles weer begint, gaat het beter, dat verzeker ik je.'

Ik wil koste wat het kost vermijden dat Xavier de waarheid ontdekt. Het kan toch niet zo zijn dat ik dit kwijt ga raken.

'Geen excuses, Helmut. Ik heb je van de winter, ondanks dat er geen tochten waren, toch een kleine toelage gegeven. Maar je zou wel voorbereidingen treffen en informatie verzamelen en daar merk ik niks van! Je zou in Sète nieuwe vistechnieken gaan leren en plannen uitwerken hoe we de visdagtochten uit kunnen bouwen. Je hebt mij wel de financiële risico's laten lopen.'

'Je hebt gelijk,' geef ik toe, 'ik beloof beterschap, geef me alsjeblieft nog een kans, Xavier.'

'Hm,' zegt Xavier, 'dit kan zo niet, er moet iets veranderen, Helmut.'

'Heus Xavier, je zult zien, zodra we weer gaan varen gaat het beter. '

'Het is dat er zoveel aanvragen zijn, dus ik moet wel, maar dit is je laatste kans, Helmut.'

En met dit dreigement eindigt ons gesprek. Met lood in mijn schoenen ga ik weer naar huis, terug naar mijn in-box en die dreiging uit onbekende hoek.

Eenmaal thuis ga ik op bed liggen. Ik kijk niet eens of er mail is. Ik ben ten einde raad. Ik weet dat ik me moet vermannen. Er valt niks te doen tot er wéér een mail komt. Ik ben ervan overtuigd dat die komt, alleen wanneer? Wist ik maar van welke kant de dreiging kwam. Ik word gek van deze onzekerheid. Ik besluit naar het strand te gaan. Het geluid van de golven werkt altijd rustgevend. Het is vandaag eigenlijk de eerste mooie dag sinds weken. Dus even een tijdje op het strand doorbrengen, is misschien wel goed. Kan ik even uitwaaien. Ik neem een biertje mee en ga op pad.

Eenmaal daar kijk ik naar de golven en hoor ik het kalmerende gekabbel. Ik probeer alles op een rijtje te zetten en realiseer me dat ik al maanden in een kringetje ronddraai: Franse mail, maanden niks, Duitse mail, weer maanden niks. Waar gaat het naar toe: chantage? Gaat het om geld? Of wil iemand me kapot maken?

Het is nu bijna zes jaar geleden dat ik de beslissing nam om hier te blijven. Nooit spijt gehad, maar nu? Ik weet het niet, dit is geen leven. Steeds maar op je hoede zijn. Ik wil het niet, maar steeds denk ik aan Tineke. Zij is altijd degene geweest waar ik mee kon praten als dat nodig was. En nu is het nodig en is ze er niet. Het gemis en de spijt overvallen me als een tropische regenbui en drukken zwaar op mijn schouders. Had ik dan toch anders moeten beslissen?

Onwillekeurig denk ik aan de tijd toen ik Tineke ontmoette. In die tijd zat ik in een hele moeilijke periode. Ik had toen het gevoel door alles en iedereen verlaten te zijn. Mijn ouders en zusje waren omgekomen bij een ongeluk. Ik was als enige overgebleven. Ik moest óf naar een kindertehuis óf bij opa en oma gaan wonen. Ik was een stoere bink van veertien en gaf aan dat het mij niet uitmaakte ... dus werd er door anderen besloten wat er met mij gebeurde. Ik ging naar mijn grootouders. Zij woonden in Apeldoorn en daarom moest ik verhuizen. Ik kwam als dorpsjongen terecht op een stadse havo. Ik paste er niet, was altijd boos. Ik schopte tegen alles en iedereen aan en weigerde iets aan schoolwerk te doen, waardoor ik onvoldoende na onvoldoende haalde. Tot ik bij Tineke in de klas kwam. Zij kreeg mij aan het praten. Bij haar kon ik mijn verdriet om mijn ouders kwijt. Een verdriet dat er echt wel was, hoewel ik dat voor niemand wilde weten. Vanaf dat moment waren Tineke en ik onafscheidelijk. We werden het mooiste setje van de school. Iedereen keek tegen ons op. Met een hele vriendengroep achter ons konden we de hele wereld aan. Wat hebben we veel gefeest en leuke dingen uitgeprobeerd.

En nu? Nu zit ik weer in de penarie en wat is mijn eerste gedachte? Kon ik maar met Tineke praten. Sukkel die ik ben. Ik eis van mezelf dat ik verder denk. Tineke is niet hier, dat is afgebroken. Doorgaan, Helmut! Zie je dat nu, ik noem mezelf al Helmut: het beste bewijs dat alles voor elkaar is. Ik besluit daar bij de golven dat ik door ga zetten, dit is mijn leven. Het leven dat ik altijd al wilde en dat heb ik nu. Ik ga er iets van maken, en als iemand het me moeilijk wil maken: kom maar op!

Tevreden met mijn besluit ga ik naar huis. Ik neem mij voor zo snel mogelijk naar Sète te gaan en weer plannen te gaan maken voor de toekomst. Dat ben ik verplicht aan mezelf, maar eigenlijk ook aan Xavier. Hij heeft me de kans gegeven dit leven op te bouwen. De volgende dag voeg ik de daad bij het woord: ik ga gelijk naar Sète. Opgewekt loop ik naar Xavier en vraag hem zijn auto te leen, dan kan ik op één dag heen en terug. Xavier is blij dat ik eindelijk weer initiatief toon en hij geeft me de sleutels. Zo komt het dat ik 's morgens om tien uur al Sète binnenrijd.

Sète is een van de grootste vissershavens van de Middellandse Zee. Zodra je er aankomt, ruik je de zee al. Het ligt aan het Étang de Thau, een lagunemeer van de Middellandse Zee, dat gebruikt wordt voor de zoutwinning. Grote oppervlakten met ondiep water dat daar in de zon verdampt. De velden waar al veel water verdampt is, kleuren roze. Een heel bijzonder gezicht. De stad is gesticht dankzij Lodewijk XIV, die het Canal du Midi met de Middellandse Zee wilde verbinden. Zo creëerde hij een haven voor zijn koninklijke galeien en tegelijk kon zich een exporthaven voor de Languedoc-producten ontwikkelen. De haven ligt in het centrum van de stad. Het is een komen en gaan van allerlei vissersboten en -bootjes. Wat verderop ligt de ferryhaven met schepen die naar Marokko varen, maar ook de handelshaven met torenhoge stapels containers en enorme hijskranen.

Ik slenter langs de oude haven en loop naar de visafslag. Daar zitten ook vissers die hun netten aan het repareren zijn. Ik maak een praatje en kom zo van alles te weten over hoe het er daar aan toe gaat. Ook de verschillende vistechnieken komen voorbij: Vissen met netten, hengels natuurlijk, maar ook Trolling / Whipped fly / Broomé / Casting/ Chumming. Van veel van deze technieken heb ik nog nooit gehoord, laat staan dat ik ze weleens gebruikt heb. Maar deze vissers willen graag vertellen wat ze allemaal weten en hoe ze in hun onderhoud voorzien. Ik luister en probeer zo veel mogelijk te onthouden. Ik bedenk dat het misschien handig is om bij verschillende vissers in de leer te gaan. Om de echte kneepjes van het vak te leren. Eén ding is zeker: dit gaat allemaal te ver voor ons beginnende bedrijf. Ik zal met Xavier moeten overleggen dat we meer tijd nodig hebben voor we verder kunnen om uit te breiden. Tijd om dit allemaal te leren. Maar ook om het geld te hebben voor dit soort investeringen! Als ik aan het eind van de middag naar huis rijd, duizelt het me van de vele informatie. Maar ook voel ik me weer wat lichter en optimistischer gestemd. Het drukt de dreiging wat verder naar de achtergrond en geeft me weer wat hoop voor de toekomst. Wat is het allemaal interessant en leuk en wat geeft het een hoop mogelijkheden!

Ik breng de auto terug naar Xavier en spreek met hem af om morgen alles samen op een rijtje te zetten. Dan ga ik naar huis, maak een makkelijke maaltijd en besluit tijdens het eten op de computer al die vistechnieken op te zoeken en te bekijken. Ik wil een uitgebreid verslag maken voor Xavier en ook op een rijtje zetten in welke volgorde we de verschillende dingen zouden kunnen gaan inzetten. Maar zodra ik mijn computer open, schrik ik me wild: weer een rare mail. Net nu ik het even van me af heb gezet...

Afzender: HelmutisHein@hotmail.com

Hallo Helmut. Waar jij was vandaag? Maanden jij
thuis zitten en ineens jij hele dag bent weg. Ik hoop dat
jij gezellige dag had. Want je fijne dagen bijna op zijn!
Groetjes aan Hein.

In het Nederlands notabene, waar komt deze mail nou weer
vandaan? Het is iedere keer net een andere afzender. Maar ik
ben ervan overtuigd dat steeds dezelfde persoon erachter moet
zitten. Ik heb hier zo genoeg van. Nou weet ik nog niks. Ik probeer
tegen beter weten in een antwoord te sturen met mijn vragen.
Maar het komt, evenals bij de andere twee mails terug met de
melding dat mijn mail niet te bezorgen is. Ik sla hard met mijn
vuist op tafel. Wie is dit toch? Iemand die zowel Nederlands,
Frans als Duits spreekt? Alhoewel het Nederlands van dit mailtje
grammaticaal niet het beste is. Alsof iemand een tekst van een
andere taal naar het Nederlands vertaald heeft. Toen de eerste
mail kwam, verdacht ik alle Fransen die ik kende. Ik ben zelfs
nog een tijdje bang geweest dat Xavier mij doorhad. Maar die
heeft zoveel in goede zin voor mij betekend en hem beschouw
ik als mijn beste vriend hier in Frankrijk. Na de Duitse mail
dacht ik dat hij verstuurd kon zijn door die Duitsers waar we
mee gesproken hadden, diezelfde dag dat de mail kwam. Maar
nu? Nu heb ik echt géén idee! Ik heb al zes jaar geen Nederlander
gesproken. Dus wie moet dit zijn? Ik moet wéér afwachten tot
deze idioot eindelijk laat weten wat hij of zij wil. Ik blijf maar
zoeken op internet, in de hoop meer duidelijkheid te krijgen
over de afzender. Voor ik het weet is het drie uur 's nachts. Over
een paar uur heb ik een afspraak met Xavier. Ik moet stoppen
met deze nutteloze zoektocht en wat slaap zien te krijgen. Ook
de informatie over mijn uitstapje naar Sète moet nog op papier. In vogelvlucht ga ik alle vistechnieken na en noteer wat
belangrijke zaken.

Chumming: als ik het goed begrijp gooi je dan vis en visres-
ten in het water waar vissen op af komen. En dié vissen vang je
dan. Dat lijkt niet zo moeilijk.

Trolling: zonder veel moeite kan iedereen al slepend met kunstaas een snoek of snoekbaars vangen. Wanneer roofvissers het hebben over 'trollen' of 'slepen' dan bedoelen ze vaak dat ze gaan varen terwijl ze ondertussen kunstaas achter de boot aanslepen. Het is een heel relaxte manier van vissen. Je hoeft niet te werpen en terwijl de hengel ligt te wachten in de steunen, kun jij rustig wachten op alle dingen die komen gaan. Lijkt mij ideaal voor toeristen. Toch kun je als visser zeker invloed hebben op de vangsten. Niet alleen je aaskeuze kan het verschil maken, ook de snelheid, de route en de afstand tussen jou en je kunstaas kunnen erg veel invloed hebben op de uiteindelijke vangst. Misschien is dit voor ons wel een optie. Ik moet niet vergeten dit met Xavier te bespreken; er zit hier, dacht ik, niet veel snoekbaars.

Ik heb geen energie meer om verder te zoeken. Dit lijkt me genoeg voor ons gesprek van morgen. Ik kom niet met lege handen bij Xavier, dus eerst maar eens slapen.

10

Apeldoorn, 12 april 2007

Pieter

'Pieter, ik ben weer thuis!' Tineke trekt haar jas uit en hangt hem op de kapstok. Daarna loopt ze door naar de keuken. Pieter zit achter zijn laptop aan de keukentafel.

'Mooi. Wat zei de dokter?'

'Alles is nog steeds goed. Mijn bloed vertoont nauwelijks nog afwijkende waarden. Dus de dokter is heel positief.'

'En wat zei hij over die vermoeidheid?'

'Die vermoeidheid is normaal. Waarschijnlijk een bijwerking van de medicijnen. Ik moet gewoon op tijd mijn rust blijven pakken. Maar er is nu geen reden om te denken dat ik op korte termijn weer heel ziek zal worden. Fijn hè?'

'Zeker. Gefeliciteerd.'

'Wat ben jij aan het doen?'

Pieter kijkt op van zijn laptop en kijkt zijn moeder aan. Haar gezicht is intens wit, met grote kringen onder haar ogen. Je kan echt zien dat ze moe is, flitst door hem heen. Even aarzelt Pieter, dan haalt hij adem en zegt:

'Ma, ik zou graag een poosje weg willen, denk je dat dat kan? Jan en Irene willen je helpen met 't Heuveltje, dus dat is geregeld.'

'Ja hoor, ga maar, dat zal je goed doen. Waar wil je naar toe?'

'Ik weet dat jij dat een half jaar geleden geen goed idee vond. Maar ik had gedacht naar de Camargue te gaan.'

Tineke kijkt hem nadenkend aan. Dan zegt ze: 'Ik heb eens nagedacht, Pieter. Misschien is het toch wel een goed idee als je daarheen gaat. Het zou je wat rust kunnen geven als je ziet waar je vader dat ongeluk heeft gehad. Het is bovendien een prachtige streek met veel paarden. Dat zal je interesseren.'

Pieter knikt: 'Daarom wil ik er ook naar toe. Maar alleen als jij het ermee eens bent en als ik weg kan voor je gevoel.'

'Ga maar gerust, ik moet wel kalm aan doen. Maar ik red me prima.'

'Heb je nog tips voor me, wat ik allemaal kan gaan zien?'

'Ach joh, de gewone toeristische attracties wijzen zich vanzelf. Maar het zou leuk zijn als je mijn vroegere vriend Xavier zou kunnen vinden. Die zal je graag wegwijs maken, denk ik.'

'Xavier? Wie is dat?'

'Toen ik met opa en oma daar ieder jaar met vakantie ging was Xavier ook altijd op dezelfde camping. We waren heel goede vrienden. Zijn ouders hadden een rondvaartboot. Die lag aan de kade van Aigues Mortes, maar hun kantoor was toen nog gevestigd in Grau du Roi. Misschien is het daar nog wel. Het was toen al de bedoeling dat Xavier dat bedrijf zou overnemen, dus ik denk dat je hem daar wel zal vinden. Als je uitlegt dat je mijn zoon bent, zal hij je welkom heten, denk ik.'

'Heb je hem goed gekend?'

'Ja, heel goed. We zijn een paar jaar erg verliefd geweest. Maar ja; liefde op afstand hè? En we waren toen ook nog zo jong. Ik denk dat ik vijftien was toen ik hem voor het laatst gezien heb. We waren altijd iedere vakantie dat ik daar was met zijn vieren: Xavier en ik met de broer van Xavier, Jean en zijn vriendinnetje Jeanne LaRue.'

'Heb je nog contact met die mensen?'

'Ach, niet zo veel. Soms.'

'En waar was dat ongeluk van pa?'

'Op de D62, vlak bij de camping. Makkelijk te vinden denk ik. Tenminste als de omgeving nog hetzelfde is. Ik ben er al zó lang niet geweest.'

'Oké, bedankt mam.'

'Wanneer denk je te vertrekken? Het is nu voorjaar. Het zal nog niet zo druk zijn met toeristen. Maar de natuur is dan wel heel erg mooi daar. Lijkt me het perfecte moment om met de streek kennis te maken.'

'Mm, ik moet nog het een en ander hier afhandelen. Dus ik denk dat ik met een dag of drie vertrek. Ik neem de grote auto mee, akkoord?'

Tineke geeft haar zoon een korte knuffel en knikt instemmend.

Vier dagen later, om twee uur in de nacht, vertrekt Pieter. Op weg naar Zuid-Frankrijk. De makkelijkste weg is via Maastricht, dan tanken in Luxemburg, om vervolgens de Route du Soleil af te rijden. De reis verloopt voorspoedig, maar ter hoogte van Beaune merkt Pieter dat hij wat slaperig wordt en trek krijgt. Hij stopt bij een wegrestaurant en neemt even de tijd om wat te drinken en te eten. Na een ommetje over het parkeerterrein kan hij er wel weer tegen en begint hij aan het laatste stuk van de reis. Na Lyon is het aardig druk op de weg, zodra hij de heuvels bij Valenciennes bereikt, komt hij in de file terecht. Ongeduldig trommelt hij op zijn stuur. Vervelend dit oponthoud, hij had willen doorrijden.

Na Orange neemt hij de afslag voor de A9 richting Barcelona. Hier is het veel rustiger en nu schiet het op. Een klein uurtje later is hij bij de afslag Gallarques. Dat lijkt op de kaart de snelste weg richting Aiques Mortes. Het stadje waar hij volgens mama moet zijn om die Xavier te vinden. Na die afslag rijdt hij een kwartiertje later Aiques Mortes binnen. Wat een apart stadje, schiet het door hem heen, met die grote muur er omheen en dan die grote zoutbergen aan de zuidkant van de stad. Pieter parkeert zijn auto aan de buitenkant van de muur en gaat het stadje binnen. Hij komt op een hoofdstraat, waar het ondanks het feit dat het nog geen toeristenseizoen is al aardig druk is. Hij geniet van de sfeer en de drukte van alle winkeltjes en terrasjes. Onverwachts stuit hij op een pleintje midden in de stad, vol terrassen met middenin een standbeeld van Lodewijk IX, de heilige.

'Bonjour,' hoort hij ineens iemand zeggen: 'Are you on holiday?'

Een hele mooie, blonde vrouw vraagt hem of hij op vakantie is. Pieter knikt enthousiast en ze beginnen een praatje in het Engels. Het wordt steeds gezelliger en uiteindelijk bestellen ze een maaltijd en een fles rode wijn erbij. Als het tijd is om op te breken, realiseert Pieter zich dat hij nog geen slaapplaats heeft.

'Kom met mij mee,' zegt Chantal, 'ik werk op de camping hier vlakbij. Daar is vast nog wel een stacaravan vrij, want het is nog niet druk. Dat is goedkoper dan een hotel.' En zo komt Pieter op camping La Petite Camargue terecht, de camping waaraan zijn moeder zulke geweldige herinneringen had. Moe van de reis, met daarbovenop bier en wijn, valt hij vroeg in slaap.

De volgende morgen wordt hij wakker naast Chantal. Even weet hij niet waar hij is. Maar dan schiet hem de reis van gisteren weer te binnen en waar hij nu is. Hij rekt zich eens uit en gaapt. Chantal nestelt zich nog wat dichter tegen hem gaan. Voorzichtig haalt Pieter haar arm van zijn buik af en stapt uit het bed. Het was zo gezellig geweest gisteravond dat Chantal hem gevraagd had bij haar te blijven slapen. Pieter kleedt zich aan en stapt de stacaravan uit. Een geur van versgebakken brood, vermengd met paardenlucht dringt zijn neus binnen. Er trekt een blij gevoel door hem heen. Zijn moeder had gelijk. Dit is echt een plek voor hem. Hij besluit de camping te gaan verkennen. Gisteravond had hij bij het binnenrijden van de camping de stallen en de rijbak al zien liggen. Daar gaat hij straks naar toe. Terwijl hij het pad richting de receptie volgt, ziet hij diverse pleintjes met stacaravans, tenten die verhuurd kunnen worden en plekken waar iemand met zijn eigen caravan of tent kan staan. Aan het einde van het pad ziet hij de receptie en daarachter een plein. Aan zijn rechterhand is een klein speeltuintje en een jeu-de-bou-lesbaan. Aan zijn linkerhand is de campingwinkel. Recht voor hem is de ingang naar het zwembad. Vlak daarvoor staat een klein houten chaletje waar stokbrood en croissants verkocht worden. Pieter koopt een baguette en twee croissants en loopt weer terug naar de stacaravan. Chantal zal inmiddels ook wel wakker zijn. Samen genieten ze in de Franse zon van hun ontbijt. Chantal blijkt deze week drie dagen vrij te zijn. Pieter besluit het er nog een paar dagen van te nemen en pas als Chantal weer gaat werken naar Xavier te gaan zoeken. Samen brengen ze een paar ontspannen dagen door bij het zwembad. De camping blijkt ook een romantisch terras te hebben, waar je kan genieten van diverse streekgerechten. Terwijl ze tijdens het avondeten zo over het binnenplein kijken, wenst Pieter heel even dat hij de tijd stil kan zetten en hier nooit meer weg hoeft.

Op vrijdag moet Chantal weer bij de receptie werken. Voor ze aan het werk gaat, zegt Pieter:

'Chantal, mijn vader is hier bij een auto-ongeluk omgekomen. Volgens mijn moeder was dat op de weg naar deze camping toe. Heb jij enig idee waar dat kan zijn?'

'Wat erg, Pieter, is dat lang geleden? Ik heb nooit van een dodelijk ongeluk hier gehoord.'

'Eh ja, het was in 2001. Juli 2001.'

'Ach, vandaar dat ik er niks van weet, ik werk hier pas sinds 2004.'

'Geeft niet, ik zoek het wel uit,' zegt Pieter.

Hij besluit dat hij eerst Xavier wil vinden voor hij verder zijn eigen plan gaat trekken hier. Dan kan hij gelijk bij hem informeren over het ongeluk van zijn vader. Hij rijdt met zijn auto weer terug naar het plaatsje Aigues Mortes. Zijn moeder heeft gezegd dat hij vlakbij het centrum moet zijn, daar waar de rondvaartboten liggen. Als hij de rondweg door Aigues Mortes volgt, ziet hij ze al liggen. Vlakbij de stadsmuur is een grote parkeerplaats. Daar zet hij zijn auto neer en loopt hij naar de kade. Er liggen verschillende rondvaartboten, van verschillende eigenaren, met de bijbehorende kassa's aan de wal.

Hij gaat naar de eerste kassa en vraagt naar Xavier. Daar kennen ze hem niet. Vol goede moed gaat Pieter naar de volgende kassa. Weer probeert hij in een paar Franse woorden, gecombineerd met Engels zijn vraag duidelijk te maken. Pas bij de derde kassa heeft hij beet. De persoon achter de kassa kent Xavier en refereert naar hem als *'le patron'*. Alleen voor zover hij het begrijpt is *le patron* niet in Aigues Mortes, maar bij het hoofdkantoor in Le Grau du Roi. Hij krijgt een kaartje in zijn handen geduwd met daar achteraan een tirade in het Frans hoe hij moet rijden. Pieter spreekt niet echt de Franse taal, dus gaan alle woorden op elkaar lijken en laat hij zich meevoeren op de melodie van woorden. Hij knikt begrijpend en neemt met een knikje afscheid. Terwijl hij naar zijn auto terugloopt, kijkt hij op zijn horloge: bijna half twee. Tijd genoeg om naar Le Grau du Roi te rijden en daar poolshoogte te nemen. Het is maar een kort ritje en onderweg geniet hij van de flamingo's die hij in het wild ziet staan. Pieter herinnert zich dat hij de borden rive gauche moest volgen. Hij parkeert zijn auto vlakbij de boulevard en gaat op weg. Lopend over de boulevard, vraagt hij nogmaals naar Xavier. De vriendelijk ogende meneer wijst naar een lange man van Tinekes leeftijd met een gebruind gezicht. Pieter stapt erop af en stelt zich voor.

'Waarom heb je mij opgezocht, kennen wij elkaar?,' zegt Xavier.

'Eh nee, maar u kent mijn moeder.'

'Je moeder, wie is dat dan?'

'Tineke, uit Nederland. Ze kent u van vroeger, toen ze hier als jong meisje met vakantie kwam.'

'Ach, ben jij de zoon van Tineke? Mijn vriendin van vroeger?'

'Ja, dat vertelde mijn moeder me tenminste.'

Xavier kijkt verbaasd naar deze jongeman die zomaar aan kwam lopen op zijn werk en hem te spreken vroeg. Wat een aparte knul: klein van stuk, breed geschouderd, blond haar in een staartje en een open blik. Ja, ja, deze knaap lijkt sprekend op Tineke, het is een jongen natuurlijk, maar die blik en dat haar ...

'Jij bent dus de zoon van Tineke, ik zie het ineens! Wat leuk, hoe heet je en wat kom je hier doen?'

'Eh, ik ben Pieter, ik ben benieuwd naar deze omgeving na alle verhalen van mijn moeder. Bovendien zit ik in de paardenhandel. Een vriend van me is op zoek naar een apart paard en ik dacht dat ik dat hier zou kunnen vinden. Bovendien is mijn vader hier een aantal jaren geleden verongelukt en ik wil de plaats zien waar dat gebeurd is.'

'Zo, zo, dat is heel wat. En wat kan ík voor je doen dan?'

'Ik ben op zoek naar werk. Als ik wat verdien, kan ik langer blijven en me naast dat werk goed oriënteren op de paardenhandel. U heeft toch rondvaartboten? Misschien kan ik meevaren? Ik wil alle klusjes doen die u voor me heeft.'

'Welke talen spreek je?'

'Nu ja, Nederlands natuurlijk en Engels. En ik spreek een heel klein beetje Duits.'

'Tja. ik zou eens moeten nadenken. Heb je een momentje? Ik help even deze klanten hier verder en dan praten we erover.'

Pieter knikt en doet een stapje opzij. Hij neemt de omgeving in zich op. Hij ziet een lange boulevard, met op het eind twee havenhoofden met rotsen. Op de rotsen staan allerlei mensen te vissen. Door het kanaal waar hij naast staat, ziet hij allerlei boten varen. Dure privéboten, maar ook vissersboten. Dit zou ideaal voor pa zijn geweest, flitst door hem heen. Nou snapt hij wat zijn moeder had bedoeld, dat ze hierheen hadden willen gaan. Er gaat iets magisch van deze plek uit.

'Zo, ik ben weer beschikbaar jongen. Ben je een beetje handig met het onderhoud van vissersspullen?' vraagt Xavier.

Op dat moment gaat Pieters telefoon. Gespannen kijkt hij op het scherm. 'Sorry,' zegt hij tegen Xavier, 'ik moet echt opnemen, het is mijn broer.'

Als hij de verbinding verbroken heeft, ziet Xavier tranen in zijn ogen.

'Ik moet naar huis,' zegt Pieter, 'mijn moeder is erg slecht. Maar ik kom terug, alhoewel dat wel een paar maanden kan duren. Mag ik dan weer contact met u opnemen?'

'Natuurlijk,' zegt Xavier, 'doe je moeder de groeten en wens haar beterschap!'

Pieter knikt en gaat naar buiten. Terwijl hij naar zijn auto loopt kijkt hij weer naar de haven. In de verte ziet hij een man op een vissersboot staan die zijn kant op kijkt. Daarna ziet hij de man de stuurhut van de boot induiken. Het profiel van de man heeft iets bekends. Iets aan de manier van bewegen doet hem aan thuis denken. Verbaasd blijft hij staan en tuurt nog eens goed in de verte. Kent hij die man? Waarom komt dat profiel hem zo bekend voor?

Maar dan realiseert hij zich dat hij haast heeft, hij moet naar huis; zijn moeder is niet goed.

11

Le Grau du Roi, 20 april 2007

Helmut

Ik ben al de hele dag op mijn boot aan het werk. Er is aardig wat onderhoud te plegen. Maar mijn hoofd is er niet echt bij. Sinds die Nederlandse mail weet ik het echt niet meer. Van wie komt dit toch en waarom? Ik zou willen dat eindelijk duidelijk wordt hoeveel geld die persoon van me wil. En als het geen geld is, wat wil hij of zij dan? Waarom duurt dit zo lang? Hoeveel mails komen er nog voor ik dat weet? Ik word gek van deze situatie. Mijn benen voelen vaak zwaar aan en ik heb dagelijks een bandgevoel rond mijn borst. Soms lijkt het zelfs wel of ik niet goed door kan ademen. Ik loop op het voorste dek van de vissersboot en kijk op. Ik zie in de verte Xavier bij zijn kantoor met iemand staan praten. Het lijkt een jonge knul van een jaar of twintig. Hij is wat kleiner dan Xavier, breedgeschouderd en flink gespierd. Hij heeft blond haar dat hij in een staartje naar achteren heeft vastgebonden. Xavier praat met zijn handen en voeten dus het zal wel een buitenlander zijn. Al pratende draait die jongen iets mijn kant op en ik kan zijn gezicht nu van de zijkant zien. Ik blijf stokstijf staan. Mijn god, net Tineke, denk ik. En tegelijkertijd schiet door me heen: Pieter? Mijn Pieter? Nee dat kan niet! Ik kijk nog een keer goed. De gelijkenis is zeer treffend. Het kan bijna niet missen. Inmiddels loopt de jongeman weg bij Xavier en kijkt turend mijn kant op. Is dat echt Pieter? Wat doet hij nou hier? In een flits draai ik me om. Als hij me nou maar niet gezien heeft. Ik ga er als een haas vandoor, vlug, vlug de stuurhut in. Pff, stel je voor dat ik Pieter echt tegenkom! Of zou hij me niet meer herkennen? Maar als Pieter hier is, zou Tineke er dan ook zijn? En Jan? Nog een dilemma erbij. Acuut komt het bandgevoel rond mijn borst weer opzetten. Wat moet ik doen? Waar kan ik heen? Thuis wil ik niet zijn omdat er zo weer een e-mail kan komen en nu kan ik niet naar buiten omdat Pieter en weet ik veel wie nog meer daar rondloopt ...

Na een kwartier herpak ik me weer. Er is werk aan de winkel. Omdat het niet anders kan, probeer ik gewoon door te gaan. Niet alleen wil ik dat zelf graag, maar voor mijn gevoel kan ik het tegenover Xavier niet maken alles te laten versloffen. Inmiddels is het toeristenseizoen echt gestart. We varen weer minstens drie dagen per week uit met mensen die graag willen vissen. Ik regel alle dagen; zorg voor een goede, toepasselijke lunch en de mensen zijn erg enthousiast. Later vanmiddag heb ik weer een vergadering met Xavier in ons favoriete restaurantje. Ik bereid me voor en zorg dat ik op papier heb wat we in mijn ogen kunnen doen om meer toeristen blij te maken.

Op het moment dat ik bij Xavier aanschuif aan ons vaste tafeltje valt me op dat hij anders naar me kijkt. Zijn anders zo gezellige manier van praten komt zo gespannen op mij over. Of komt dat door mij? Twijfel ik overal aan door die vreselijke e-mails? Verdenk ik nou mijn beste Franse vriend? Ik dwing mezelf gewoon te doen. Er is niks aan de hand. Ik zit met mijn baas en vriend een zakelijk gesprek te hebben over ons goed lopende bedrijf. Xavier praat mee en als ik het goed bekijk, zegt hij niks wat mijn achterdocht kan rechtvaardigen. Kom op, Helmut, verzet je, zeg ik tegen mezelf. En zowaar: het gesprek neemt een vriendschappelijke wending.

'Tot nu toe vissen we met de toeristen alleen nog op makreel,' zeg ik tegen Xavier, 'er is ook vraag naar vissen op dorade. Zullen we dat gaan organiseren?'

'Goed idee,' zegt Xavier, 'weet je er genoeg van om dat te gaan doen?'

'Jazeker,' zeg ik, 'de dorade is familie van de baars. Hij heeft stevig wit vlees, wat vooral lekker is als je 'm grilt. Dorades leven in scholen op een diepte van 150-300 meter. Ze worden ongeveer 70 cm lang. We hebben stukjes makreel nodig als aas.'

'Zoek jij daar voor de lunch een goed recept bij, Helmut?' vraagt Xavier. 'ik heb gehoord dat de mensen laaiend enthousiast zijn over het feit dat ze een lekkere lunch mét recept krijgen van de vis die ze vangen. Dat geeft een goeie pr en dus meer mensen!'

Ik knik, dit is mijn vak. Hier ben ik goed in.

'Je weet, je kunt altijd in de keuken van Jean terecht als je iets moet bereiden,' gaat Xavier verder, 'en Helmut ... ga zo door. Zoals je je een paar maanden geleden gedroeg is niet goed. Blijf meedenken en meewerken, zoals we hebben afgesproken!'

Ik knik en verzeker Xavier van mijn goede bedoelingen, maar ondertussen voel ik de zwaarte op mijn schouders drukken en de band om mijn borst trekt beetje bij beetje strakker. Het lijkt wel een tie-rip. Als je eraan trekt, wordt het strakker, maar losser lijkt niet te kunnen.

Na ons gesprek ga ik met lood in mijn schoenen naar huis. Ik word verscheurd door de drang mijn e-mail te openen om te kijken of er weer één is, en mijn gevoel om het maar niet te willen zien. Maar als ik eenmaal thuis ben, wint de drang om te wéten het: ik open mijn mail en blijf er bijna in:

Afzender: HelmutisHein@hotmail.com

Hello Helmut, or should I say Hein? How are you today? When do you want to meet me?

Allemachtig! In het Engels? Wie is dit toch? Ik weet het niet meer, wat moet ik nou? Volkomen verbijsterd klap ik mijn laptop dicht, schenk een wijntje in en ga in een makkelijke stoel zitten. Denk goed na, zeg ik tegen mezelf. Wie ken ik die zowel Frans, Duits, Nederlands als Engels spreekt? Het moet toch één en dezelfde persoon zijn? Of is het een complot van meerdere mensen, allemaal met een andere nationaliteit? Xavier spreekt Frans en is goed in Engels. Maar die kan het gewoon niet zijn. Xavier en Jean zijn al die jaren goede vrienden van mij geweest. Die Duitsers die hier een paar maanden geleden waren, verdacht ik tóen van die Duitse mail. Maar die spraken weer nagenoeg geen Frans. De Nederlandstalige mail was grammaticaal slecht;

dat kan door iedereen met een woordenboek gedaan zijn, want ik zou geen Nederlander kennen die me nu te na zou komen. En Engelstalig? Tja, dat kan toch iedereen zijn, die taal leert iedereen tegenwoordig. Kortom, ik kom wéér niks verder. Ik krijg mijn hoofd niet stil, ik draai maar rond om al die talen en mensen heen. Wie o wie doet me dit aan?

De volgende morgen word ik in mijn stoel wakker. Heel voorzichtig probeer ik mijn nek te draaien. Die voelt erg stijf van het lang in de verkeerde houding liggen. Zodra mijn hoofd helder is, komt er maar één ding in me op: het moet Xavier zijn. Dat is de enige persoon die weet van mijn bestaan hier, die weet het ook als ik een dagje weg ben zoals die dag naar Sète. Dat stond in die ene mail. Misschien weet hij meer van de Duitse taal dan hij mij laat geloven. Trouwens, het zou ook Jean nog kunnen zijn, of ... Jean en Xavier samen? Ik neem me voor ze allebei goed in de gaten te houden de komende tijd. Ik zal normaal mijn werk doen alsof het me niks doet allemaal, dan zullen ze wel reageren. Maar hoe ga ik dat doen? Ik ben moe van het slaaptekort. Ik heb hoofdpijn van slapen in een stoel zonder steun voor mijn hoofd. Met veel moeite dwing ik mezelf te gaan douchen en schone kleding aan te doen. Voor ik de deur uitga, zet ik de komende dag op een rijtje: eerst naar Xavier om de planning van de komende dagen door te nemen. Dan naar Jean om in de keuken een salade voor morgen voor te bereiden. Komt goed uit dat ik ze vandaag alle twee zal zien.

Bij Xavier aangekomen, forceer ik een vriendelijke glimlach en praat ik over koetjes en kalfjes voor we tot zaken overgaan. Xavier reageert zoals altijd: vriendelijk en kalm. Ik kan eigenlijk niets ontdekken dat niet klopt. Zoals altijd maken we prima afspraken voor de komende dagen. Ik blijf goed op zijn gezicht letten, maar zie niets bijzonders. Zodra ik bij Jean kom schenkt hij een wijntje in en we kletsen wat af over recepten met vis erin. Tsjonge wat gezellig eigenlijk. Ook aan hem niets te merken wat anders is dan anders.

Zodra ik, laat in de middag, thuiskom moet ik mijn idee herzien. Jean en Xavier zijn mijn vrienden. Het geeft geen pas ze

te verdenken van zoiets als chantage of wat het dan ook mag
zijn. Maar wie of wat dan? Vertwijfeld ga ik in mijn stoel bij
het raam zitten, ik vertik het om mijn inbox te bekijken. Stel je
voor dat er weer een mail is! Dat kan ik nu echt niet aan. Eerst
maar eens slapen en bijkomen. Eenmaal in bed val ik als een
blok in slaap. Na een paar uur schrik ik ineens wakker. Hoorde
ik iets? Bij de deur? Ik hou mijn adem in en luister, nee ... niets.
Komen ze me nou hier dwarszitten? Ik ga voor de zekerheid bij
het raam en de deur kijken, niets te zien. Ik kijk op de klok. Het
is pas half twee. De nacht is nog maar net begonnen. Ik strompel
terug naar bed. Ik wil proberen nog wat extra slaap te pakken.
Maar nu kan ik niet meer in slaap komen. Ineens overvalt mij
een gevoel van heimwee. Mijn gedachten gaan automatisch naar
Tineke. Wat mis ik haar op momenten als deze. Kon ik haar dit
maar vertellen, vragen wat zíj zou doen. Wat zou er gebeuren
als ik gewoon weg zou gaan, terug naar huis? Terug naar Tineke
en de jongens? Dan zou deze pestkop geen reden meer hebben
me te achtervolgen, want dan zou mijn in-leven-zijn geen geheim meer zijn. Het gevoel om aan dit idee gehoor te geven is
even héél sterk, zo sterk dat ik bijna opsta om te gaan pakken.
Maar dan stel ik me Tinekes gezicht voor als ze me zou zien.
Schrik omdat ik niet dood ben? Woede om wat ik haar heb aangedaan? Of misschien wel de koele, koude blik van iemand die
het allemaal niets meer kan schelen, en die dat hoofdstuk van
haar leven al heeft afgesloten. Ze had tenslotte bij onze laatste
ruzie gezegd dat ik niet meer terug hoefde te komen. Of zou ze
blij zijn? Omdat ze spijt heeft van haar woorden en dat ze me
weg had gestuurd. Dat laatste verdien ik niet, bedenk ik me ...
ik denk aan hoe woedend Tineke kan worden als iets haar niet
bevalt. Dat brengt me terug in de realiteit, ik kan niet meer terug, ze zal het me nooit vergeven. Daarvoor is er al te veel tijd
verstreken. Dus moet ik ergens in mezelf de kracht vinden dit
aan te kunnen. Voorlopig maar weer wachten tot er nog een mail
komt. Als die komt tenminste. Ik val weer in een onrustige slaap,
met veel onprettige dromen. De volgende morgen doe ik wat ik
altijd doe en ga weer 'gewoon' aan het werk. Het leven neemt

weer zijn 'gewone' gang en ik doe 'gewoon' mee. Het bedrijf loopt goed, alhoewel de groei van het aantal visdagen wat minder is dan Xavier en ik hadden verwacht.

Als ik een dagje vrij ben, besluit ik Xavier te vragen of ik met zijn auto weer naar Sète kan gaan. Dan ben ik er even uit en bovendien, wie weet wat voor ideeën ik opdoe daar. Ik weet dat Xavier een dagtocht heeft, dus ik loop op mijn gemak naar de kade waar zijn boot ligt. Uit de verte zie ik de vlag van zijn toerboot al wapperen en tegelijk valt me een rij toeristen op die bij de kassa staan. Fijn voor Xavier, denk ik, dat verdient lekker vandaag. Zoals ik al verwacht had, krijg ik zo zijn autosleutels. Ik ga naar Sète en loop daar rond in de haven. Maar ik merk dat mijn hoofd er nu ook niet bij is. De hele middag loop ik wat doelloos rond en zit ik een hele tijd voor me uit te staren over de zee. Het is een komen en gaan van vissersboten. Tegen etenstijd schuif ik aan op een terrasje. Daar word ik bediend door een alleraardigste vrouw. Heel even heb ik de neiging om op haar voorstel in te gaan om samen naar haar huis te gaan. Maar ik heb er de puf niet voor en houd de boot af. Zonder enige nieuwe inspiratie ga ik weer naar huis en ik kruip vroeg mijn bed in. Mijn dromen zijn onrustig. Tineke, de jongens, t Heuveltje, de vissersboot, een camping, de e-mails, het speelt allemaal door mijn hoofd.

De volgende dag sta ik frisser op dan ik in tijden ben geweest. Ik heb het allemaal wat genuanceerder in mijn hoofd. Ik weet tenslotte niet zeker of het Pieter is geweest daar bij Xavier. Ik dwing mezelf om aan het werk te gaan. Ik wil vroeg bij de vissersboot zijn. Er gaan zestien mensen mee vandaag. Eerst langs Xavier voor een korte bespreking. Zodra hij me ziet begint hij: 'Hé Helmut, goed dat ik je zie. Ik heb zo'n interessante knul ontmoet, de zoon van een vroeger vriendinnetje van me. Een Nederlander die de plaats wilde zien waar zijn vader een paar jaar geleden omgekomen is. Hij zit in de paarden en is op zoek naar een speciaal paard voor een vriend van hem. Hier in deze streek zijn natuurlijk de specifieke Camargue paarden. Je weet wel die mooie witte. Leuke knul, veel plannen, hij zou hier best willen werken, zei hij. Handig, hij spreekt ook zijn talen, maar zijn Frans is slecht. Toch zie ik wel mogelijkheden. Lijkt het je wat als we hem erbij aannemen en hem vragen om ritjes te paard aan te gaan bieden of zo?

'Oh eh ... natuurlijk Xavier, als het jou wat lijkt,' zeg ik, omdat ik niet anders kan. 'Wanneer kan hij beginnen?'

'Nog niet,' zegt Xavier. Verbeeld ik het me nou of kijkt Xavier me indringend aan?

'Hij moest eerst weer naar huis, er is iets met zijn moeder aan de hand. Ik begreep het niet helemaal. Maar hij komt over een paar maanden terug. Dat heeft hij me beloofd.'

Ik knik en weet niks te zeggen. Als ik naar de boot loop, herhaal ik in mezelf nog eens wat Xavier precies zei. 'De zoon van een vroeger vriendinnetje? Zijn vader hier in de buurt omgekomen? Dan is het dus toch Pieter. Maar Xavier en Tineke? Waar kennen die elkaar nou van? Dan had ik daar toch wel van geweten? Nog een paar maanden ... het lijkt alsof de tie-rip weer een tandje strakker wordt aangetrokken.

12

Onderweg naar huis, 20 april 2007

Pieter

Terwijl hij naar zijn auto loopt, maakt Pieter in gedachten een lijstje van de dingen die hij moet doen. Allereerst naar de camping gaan om zijn spullen op te halen. Dan bij de receptie naar Chantal vragen en haar uitleggen waarom hij plotseling weg moet. Het is ook handig om wat te eten en te drinken te kopen voor onderweg. Hij besluit dat het voor de snelheid het handigste is om dat in het winkeltje van de camping te doen. Ondanks dat dit veel duurder is dan in een supermarkt. Als Pieter een uurtje later de snelweg opdraait, kijkt hij op de klok in de auto: tien over twaalf ... Zou hij vannacht om twaalf uur thuis kunnen zijn? Vast wel wat eerder, het is ongeveer nog twaalfhonderd kilometer rijden. Elf uur vanavond thuis is zijn doel!

Rond zes uur beginnen zijn ogen te prikken. De cola die hij bij zich had is op en de sandwiches ook. Hij stopt op een grote parkeerplaats en doet zijn stoel even achterover. Hij sluit zijn ogen en laat de vermoeidheid over zich heen zakken. Even een kleine powernap. Als hij wakker schrikt, kijkt hij op zijn horloge. Hij heeft ruim anderhalf uur geslapen en op zijn telefoon ziet hij dat hij een oproep van Jan gemist heeft. Hij belt gauw terug:

'Met Jan, waar zit je, broertje?'

'Eh... ter hoogte van Langres, geloof ik'

'Wat ben je van plan, rij je door naar huis?'

'Ja, dat was wel mijn bedoeling, ik moest toch snel thuis zijn?'

'Dat wel, maar zo'n haast heeft het nou ook weer niet. Neem rustig ergens een hotel en kom dan morgen aan. Is dat niet beter dan nu doorscheuren?'

'Nee hoor, het gaat best. Weet je, ik ga nog even wat eten en dan rijd ik door. Dan denk ik vannacht rond twee uur thuis te zijn. Oké?'

'Als je dat wilt prima. Maar kom dan naar ons huis, anders maak je ma wakker en zij heeft haar slaap hard nodig. Dan kunnen we gelijk even bijpraten voor je haar ziet. Goed idee?'

'Oké,' zegt Pieter, 'tot over een paar uur dan! Doei.'

De rest van de reis gaat prima, geen files of wegwerkzaamheden. Om tien voor twee 's nachts draait Pieter bij Jan de oprijlaan op. Het licht brandt nog. Zou Jan op hem gewacht hebben? Dan gaat de voordeur open en staan zowel Jan als Irene in de deuropening. Jan heeft zijn arm om Irene heengeslagen. Irene laat haar schouders wat hangen en heeft een droeve blik in haar ogen.

'Oei,' schiet het door Pieter heen, 'het nieuws is vast slechter dan ik dacht, als ze zo laat nog op me gewacht hebben.' Heel even heeft hij het idee om de auto in zijn achteruit te zetten en weg te rijden. Wil hij wel weten wat ze te zeggen hebben? Maar dan vermant hij zich, stapt hij uit en loopt met een geforceerde glimlach zijn broer en schoonzus tegemoet.

'We zien elkaar sneller dan gedacht, luitjes,' glimlacht hij. Maar Jan en Irene lachen niet terug. Integendeel, ze zien er bloedserieus uit.

'Kom snel binnen, Pieter,' zegt Irene, terwijl ze hem een knuffel geeft. 'Wil je iets drinken?'

'Een biertje graag, ik hoef niet meer te rijden,' grijnst Pieter.

'Ga jij maar vast met Jan in de woonkamer zitten. Ik zal het even pakken. Zal ik er ook wat boterhammen bij doen? Je zal vast wel trek hebben na zo'n lange reis.'

Pieter steekt zijn duim op en loopt achter Jan aan. Even later zitten ze met zijn drieën in de kamer. Afwachtend kijkt Pieter van Jan naar Irene en weer terug. Jan en Irene kijken elkaar aan en aarzelen. Pieter voelt ineens een knoop in zijn maag; zijn moeder zal toch niet al dood zijn? Maar dan begint Jan te praten:

'Pieter, vlak nadat jij vertrokken was, werd ma ineens niet lekker en heel erg moe. Ze hield zich groot tegenover ons en probeerde het te verbergen. Maar het viel Irene op dat ze zo wankel liep. Toen we ernaar vroegen, gaf ze toe dat ze het idee had dat ze achteruit ging.'

'Goh,' zegt Pieter 'een paar dagen geleden kwam ze nog zo opgewekt van de dokter terug. Alles was goed. Ze stimuleerde mij zelfs om weg te gaan. Hoe kan dit nou zomaar?'

'De dokter in het ziekenhuis heeft ons uitgelegd dat de witte bloedcellen ineens weer zijn toegenomen. Dat verklaart de vermoeidheid. Het is wel heel vreemd zó snel na een transplantatie. Maar deze ziekte kan heel onverwacht en grillig verlopen. Helaas is er niets meer te doen dan chemo. Maar dat heeft ma geweigerd.'

'Geweigerd?'

'Ja, geweigerd. Ze is het zat om steeds misselijk en doodmoe te zijn. Ze heeft het dus opgegeven.'

De ogen van Jan zijn vochtig als hij Pieter aankijkt. Pieter kijkt weg ... Hij slikt een paar keer en zegt met schorre stem:

'Hoe lang nog?'

'Dat is nu niet te voorspellen. Met een beetje geluk nog een paar maanden. Maar het kan ook een kwestie van dagen zijn. Daarom moest je terugkomen, snap je?'

Pieter knikt. Hij is ineens doodmoe en zucht.

'Zullen we nog een paar uur gaan slapen?' stelt Irene voor, 'Zal ik morgen met je meegaan naar ma, Pieter?'

'Graag' zegt Pieter en hij sjokt naar de logeerkamer. Hij gaat op het bed zitten en dan eindelijk komen zijn tranen. Wat een rotzooi zijn vader verbrand in een auto en nu zijn moeder zó ziek.

13

Helmut

'Xavier, ik heb even wat tijd nodig voor mezelf. Ik wil graag een week vrij om wat zaken op een rij te zetten.'

'Maar Helmut, we zitten midden in het drukke seizoen. We hebben de hele week dagtochten gepland. Dat is erg lastig!'

Die reactie had ik wel verwacht. Maar ik heb mijn plan gemaakt en hou mijn poot stijf.

'Dat weet ik wel, Xavier. Maar ik kan anders niet verder. Je hebt gemerkt dat ik van de winter al in een dip zat. Ik merk dat ik het werk elke dag steeds zwaarder ga vinden. Als ik nu geen actie onderneem, gaat het niet goed.'

Xavier kijkt me aan. Vermoedt hij iets? Of is dat mijn frustratie, omdat ik inmiddels iedereen om me heen blijf verdenken? De afgelopen maanden zijn hels geweest voor mij. Elke dag die onzekerheid, elke nacht die onrustige dromen. Continu het gevoel dat ik over mijn schouder moet kijken en de angst die op me afkomt als ik mijn computer opstart. Ik trek het gewoon niet meer.

'Wanneer ben je terug en waar ga je heen?'

'Ik ben volgende week vrijdag terug. Waar ik heen ga, weet ik niet. Ik zie wel!'

Dat ik naar Sète ga, gaat hem niks aan. Ik heb daar de laatste keer dat ik er was een leuke vrouw ontmoet en ik wil haar weer zien. Ik moet nodig mijn verleden achter me laten, niet meer aan Tineke denken, er zijn meer visjes in de zee vol vrouwen. En mijn jongens? Zeker Pieter wil ik even achter me laten, of hij nou hier is geweest of niet. En of hij nou terugkomt of niet. Dat geeft mij even rust. En als ik weg ben zie ik ook mijn inbox niet. Allemaal winst, dus dit gaat gebeuren.

Xavier kijkt afkeurend naar me.

'Ik vind dit geen pas geven, Helmut. Ik hou er niet van als mensen hun afspraken niet nakomen.'

'Ik kom mijn afspraken wel na, Xavier. Maar ik heb echt even tijd voor mezelf nodig.'

'Waarom dan, Helmut? Wat is er toch met je aan de hand? Ben je ziek?'

'Nee, nee, nee, gewoon wat slecht geslapen de laatste tijd. Er zijn wat spoken uit mijn verleden die ineens weer langskomen. Daar moet ik weer mee in het reine komen. Heus, geloof me maar. Een weekje vrij en ik ben er weer volledig. Ik ben echt volgende week vrijdag weer terug en dan sta ik weer paraat om er vol tegenaan te gaan.'

'Vooruit. Maar volgende week sta je er weer en dan niet over een paar weken weer komen zeuren dat je vrij moet hebben.'

Opgelucht loop ik terug naar huis om te pakken. Veel hoef ik niet mee te nemen. Ik heb geen andere plannen dan lekker een beetje op het strand hangen, in de zon zitten en plezier maken met hopelijk dat leuke vrouwtje dat ik vorige keer gezien heb. Zou ik haar kunnen vinden? Ik denk het wel, ik weet waar ze werkt als serveerster, dus dat moet lukken.

Ik kan de auto van Xavier natuurlijk niet lenen, dus ik ga met het openbaar vervoer. Eerst moet ik met de trein naar Nimes. In Nimes moet ik overstappen op de trein naar Sète. Het is een lange, saaie reis van bijna drie uur. Eenmaal aangekomen zoek ik gauw een pensionnetje en ga vroeg naar bed. Opgelucht haal ik adem. Wat een rust: geen inbox om gespannen naar te kijken, geen zoon die zomaar op kan duiken. Kortom, even ontspanning.

Na een goede nacht – ik heb geslapen als een blok – vertrek ik opgewekt naar het strand. Laten we maar eens beginnen met een frisse duik en mijn ochtendtraining. Compleet verfrist en opgekikkerd door de training, besluit ik om die middag op zoek te gaan naar Janine, die leuke serveerster. Grappig, zodra ik een tafeltje neem in het restaurantje waar ze werkt, komt ze aanhollen. 'Bonjour Helmut, ben je er weer?' Ze lijkt waarachtig blij me te zien. Tijdens de hele maaltijd werpt ze me smachtende blikken toe. Ik krijg knipogen en het lijkt alsof ze elke keer expres iets langer voorover gebogen blijft staan als ze me een nieuw glas drinken brengt, zodat ik even in haar decolleté kan gluren. Gedurende de maaltijd worden er gevoelens in mij wakker die ik sinds Tineke niet meer gevoeld heb.

Die avond wacht ik tot Janine klaar is met haar werk. We gaan samen nog ergens wat drinken en het wordt heel gezellig. Als ik haar thuis afzet, zegt ze de woorden waar ik al die tijd op gehoopt heb: 'Wil je bij mij binnen nog even koffie drinken?'

De volgende morgen word ik laat wakker. Ik heb in geen maanden zo goed geslapen, wat zeg ik, in járen! Janine ligt niet meer naast me. Ik kijk nieuwsgierig in het rond. Haar slaapkamer ziet er heel anders uit nu het licht is. Ik rek me nog eens uit. Waar zou ze eigenlijk zijn? Lang hoef ik niet te wachten; ze komt binnen met een blad met koffie, croissantjes en jam. Een echt Frans ontbijt. Heerlijk! We genieten er samen van, zonder veel woorden. De strakke band om mijn borst lijkt iets losser te worden.

'Wat ga je vandaag doen? Moet je werken?' vraag ik.

'Mijn vakantie begint vandaag en ik heb beloofd morgen naar mijn ouders in Aigues Mortes te gaan.'

'Oh,' zeg ik, 'jammer, ik wilde nog wat tijd samen doorbrengen.'

'Waarom ga je niet mee?' vraagt ze.

'Wat doen we dan vandaag?'

'Nou, lekker naar het strand en een terrasje pakken?'

'Ik wil graag wat vissers bezoeken die ik eerder ontmoet heb,' zeg ik, 'ga je mee naar de haven?'

'Alleen als we daarna lekker gaan lunchen in een geweldig tentje aan de haven waar ik altijd ga eten!' Janine glimt van plezier; blijkbaar is het daar erg lekker. 'Maar ga je dan morgen met mij mee? Mijn ouders zijn altijd blij als ik iemand meebreng.'

Ik knik en houd mijn twijfel voor me. Aigues Mortes ligt praktisch áán le Grau du Roi vast, als ik maar niet Xavier, Jean of wie ook tegen kom. De glimlach van Janine doet me mijn twijfel aan de kant zetten. Ik ga ervoor!

Na het ontbijt slenteren we samen naar de haven. Ik zie gelijk de vissers waar ik de vorige keer zo fijn mee gepraat heb.

Zij zien me aankomen: 'Bonjour Helmut, hoe is het met je? En met je vistochtjes?' Janine en ik gaan bij ze zitten en we kletsen wat af. Ik vraag ze hoe het precies zit met die manier van vissen die 'chumming' heet. Ik krijg een hele uitleg. Als ik eerlijk ben, is mijn Frans niet goed genoeg om alles te snappen. Maar ik heb geen zin om er teveel over na te denken. Ik kijk liever naar Janine die naast me zit en over alles mee lijkt te denken. Wat een schatje! Na nog een hoop gepraat schenkt één van die lui een pastis in en Janine en ik doen lekker mee. Het is zo gezellig dat we pas tegen tweeën gaan lunchen. Gelukkig is de keuken in dat tentje van Janine nog open. We doen ons tegoed aan het heerlijke visgerecht waar Sète om bekend staat: *Bourride de Sète,* of te wel Kabeljauw zoals in Sète. Ik ben niet zo'n liefhebber van kabeljauw, maar deze is geweldig!

Na de maaltijd lopen we naar het strand. We zijn allebei voldaan door het eten en licht aangeschoten door de pastis en de wijn. Janine loopt plannen te maken voor de komende dagen.

'Ga nou mee naar mijn ouders, joh,' dringt Janine aan. 'Ze zijn heel gastvrij en bovendien woont mijn broer nog thuis en hij is zo leuk, je zal het prima met hem kunnen vinden!'

'Je broer?' zeg ik en ineens denk ik: hoe oud is Janine eigenlijk, daar heb ik nog niet over nagedacht. We hebben het fijn dus daar denk je dan niet aan. Maar als ze een broer heeft die nog thuis woont ...

'Ja, mijn broer is gescheiden en weer bij onze ouders gaan wonen. Echt een heel fijne vent.'

'Eh Janine, misschien een rare vraag, maar hoe oud ben jij eigenlijk? Ben ik niet te oud voor je, wat zullen je ouders wel denken?'

Janine kijkt me ondeugend aan: 'Raad maar!'

Ik kijk haar aarzelend aan. Dat is ook wat. Als ik te jong zeg, is het niet goed, maar te oud al helemaal niet. Janine zou Janine niet zijn als ze mijn aarzeling niet zag.

'Haha die Helmut, durf je niks te zeggen? Nou, ik ben negenenveertig hoor, niks geheims aan!'

Opgelucht kijk ik haar aan, ik kan geen flater meer slaan. 'Maar nu moet je me jouw leeftijd zeggen.'

Ik grijns: 'Ik ben van negentienvierenvijftig, reken maar uit!'
'We schelen maar vier jaar, dat zou je toch niet zeggen,' scha-
tert ze, 'je bent dan al wel over de vijftig, dus een oude man,
Helmut, maar wel een leuke!'

'Oké, dus morgen naar jouw ouders,' zeg ik, 'en daarna? Ik
moet vrijdag weer aan het werk en het is nu al zondag. Zoveel
tijd is er niet meer.'

'Mijn broer werkt in Les Saintes Maries de la Mer, in de vis-
sershaven. Misschien kan hij je nog wel het één en ander vertellen over de vistechnieken hier in de buurt. Gaan we overmorgen
toch even bij zijn bedrijf kijken?' stelt Janine voor. Ik kijk Janine
betoverd aan. Haar frisse enthousiasme maakt dat ik me lichter
en vrolijker voel dan ik me in tijden heb gevoeld. Ik wil zo graag
bij haar blijven dat ik zonder aarzelen overal mee instem.

De volgende morgen worden we door haar ouders ontvangen.
Heel lieve mensen, maar ik versta ze moeilijk want ze spreken
een dialect. Maar Janine vertaalt waar ik het niet kan volgen
en al gauw is het ijs gebroken. Tjonge, wat is het fijn zo, je zou
bijna vergeten dat er thuis in le Grau du Roi een chantagemail
op me wacht. Of nog niet ...

's Middags gaan we Aigues Mortes bekijken. Aigues Mortes
is een vestingstadje dat in de 13ᵉ eeuw is gebouwd. Het heeft
een stadsmuur rondom, met diverse stadspoorten en torens.
Het stadje werd vroeger gebruikt als uitvalsbasis voor de kruis-
tochten van de Franse koning. Het lag toen het gebouwd werd
nog aan de Middellandse Zee. Maar in de loop van de jaren
is de haven van Aigues-Mortes verzand door aanslibbingen
van de Rhône. Tegenwoordig ligt de stad zeker vijf kilometer
bij de zee vandaan. De omgeving staat nu bekend om de roze
zoutpannen die eromheen liggen en de flamingo's die regelmatig in de zoutmeren op zoek zijn naar de kleine garnaaltjes
in het water.

Janine staat erop dat we de hele ronde over de kasteelmuur
rond het stadje lopen. Inderdaad is het uitzicht de moeite waard,
je ziet het toeristische treintje rijden dat tussen de zoutbergen
en zoutpannen doorgaat: een heel bijzonder uitzicht! Achteraf

gezien realiseer ik me dat je overal 'fleur de sel de Camargue' kan kopen. Het speciale zout dat hier gewonnen wordt!

Het is een geweldige ervaring: ik woon nu al een paar jaar hier in de buurt en kan niet begrijpen dat ik nooit op het idee ben gekomen dit stadje te bezoeken. Eigenlijk ben ik saai geweest, alleen maar werken en bang zijn voor e-mails en ontdekking. Dat moet veranderen!

Als we aan het eind van de middag bij haar ouders terugkomen, staan die ons op te wachten. Ze storten een woordenvloed over Janine uit, op zijn Frans met handen en voeten pratend, en wat ik eruit begrijp zijn er familieproblemen. Eindelijk neemt Janine de tijd het me uit te leggen:

'Helmut, mijn oom in Les Saintes Maries de la Mer heeft een ongeval gehad. Hij is de eigenaar van het bedrijf waar Charles, mijn broer, werkt. Mijn ouders willen erheen om te helpen en ik zou ze moeten rijden, want père heeft geen rijbewijs.'

'Natuurlijk moet je dat doen,' zeg ik. Ik verberg mijn teleurstelling, wéér een dag minder met Janine samen.

'Begrijp je het?' vraagt ze, 'ik moet dit echt doen!'

Ik knik, diep in mezelf vraag ik me af of ik naar huis moet gaan. Maar dan zegt Janine:

'Helmut, wil je hier blijven in mijn ouders huis? Ik breng ze weg en ben voor de middag weer terug. Het is maar drie kwartier rijden. Alsjeblieft, wacht je op me?'

Inmiddels kan ik haar niets weigeren, dus ik knik. En zo zit ik de volgende morgen alleen in het huis. Een beetje ongemakkelijk kijk ik in het rond. Er staan wat oude foto's van Janine en een jongetje, ik neem aan haar broer. Het lijkt een fijn gezinnetje, kan ook niet anders als je ziet hoe lief Janine is en hoe hecht ze met ouders en broer is. Mijn gedachten dwalen af. Onwillekeurig vergelijk ik Janine met Tineke. Helemaal fout, Helmut, zeg ik tegen mezelf. Niet te vergelijken die twee. Ze lijken wat karakter betreft elkaars tegenpolen. En dan ineens schiet me te binnen dat Xavier zei dat die jonge knul, waarvan ik nu wel zeker weet dat het Pieter was, heeft gezegd dat er iets met zijn moeder aan de hand was. Dat hij daarom weg moest. Zou er iets met Tineke zijn? Direct na deze gedachte voel ik de onrust me weer besluipen. De onrust die me al een paar jaar dwars zit. Verdorie, krijg ik dan nooit rust? Ik vlieg het huis uit en ga op een terrasje koffie drinken. Langzaam kom ik weer tot rust. Ik wil per se in het heden leven en niet in wat er wás of in wat er nog kan komen.

14

Apeldoorn, 3 augustus 2007

Pieter

'Jan, ik ben komend weekend met de paarden op concours in België, dus dan weet je dat ik niet beschikbaar ben voor 't Heuveltje. Ik ga zo mijn spullen op stal bij elkaar zoeken en vertrek om vier uur. Ik denk dat ik zondagavond weer terug ben.'

'Pieter, jongen, realiseer je je wel dat het niet goed gaat met 't Heuveltje? We draaien steeds minder omzet nu ma de energie niet meer heeft om er elke dag te zijn. Volgens mij gaat het ook met haar hard achteruit. Het zou me niets verbazen als het niet lang meer duurt. Je merkt aan alles dat ze steeds moeilijker de dag doorkomt.'

'Ja, dat weet ik wel, maar ze zal er heus nu nog niet dood bij neervallen en ik moet echt even weg. Dat concours is heel belangrijk. Ik kan daar mijn paard waarschijnlijk heel goed verkopen,' zegt Pieter, terwijl hij op zijn telefoon tikt.

'Pieter, je weet dat ik het irritant vind als je de hele tijd op een scherm kijkt terwijl we praten. Focus je even op wat we bespreken! Hoezo kan je jouw paard daar heel goed verkopen? Die had je toch net nieuw? Dat gaat toch niet zo snel?'

'Wel als je de juiste mensen kent. Je weet toch dat ik tegenwoordig paarden inkoop en weer door verkoop? Zit goede handel in, hoor.'

'Mmm, ik vind het maar een raar verhaal. Maar goed, je moet doen wat je niet laten kan. Zorg in ieder geval dat je goed met ma blijft praten en zorg dat je alles wat je nog wil zeggen, gezegd hebt. Je weet nooit hoe de dingen lopen.'

'Bemoei jij je met je eigen zaken, man. Je bent mijn vader niet!'

'Ik ben zeker je vader niet. Maar wel je broer. En als jij zo eigenwijs blijft en alles en iedereen van je afstoot, blijf je straks alleen achter. Je zoekt het maar uit! Ik gaf je alleen maar een advies.'

Jan loopt woedend 't Heuveltje uit. Pieter kijkt hem even na en haalt zijn schouders op. Tijd om zijn spullen voor het weekend bij elkaar te pakken. Als hij het woongedeelte binnenkomt, ziet hij dat Tineke op is en voor het raam de weglopende Jan nakijkt. Ze heeft tranen in haar ogen.

'Pieter,' klinkt het zachtjes.

Pieter slikt even en probeert gauw de trap op te lopen naar zijn kamer.

'Pieter, alsjeblieft.'

Pieter zucht diep, tovert een glimlach op zijn gezicht en loopt de kamer in.

'Wat is er, ma?'

'Wat gebeurde er net? Had je ruzie met je broer?'

'Mmm.'

'Pieter, praat met me! Ik mag dan wel ziek zijn, maar ik ben er nog. En ik wil weten wat er tussen jullie speelt. Het is belangrijk dat jullie steun aan elkaar hebben. Er zal straks een hoop op jullie afkomen.'

'Ach ma, hij wil me alsmaar vertellen wat ik moet doen. Hij is toch mijn vader niet! Ik kan heus zelf wel bepalen wat ik wel en wat ik niet doe.'

'Dat klopt, mijn lieve jongen. Je bent inmiddels volwassen genoeg om je eigen boontjes te doppen. Maar in de ogen van Jan blijf je zijn kleine broertje. Je kan het hem niet kwalijk nemen dat hij die gevoelens heeft en dus bezorgd is. Je bent nou eenmaal niet de grootste prater. We hebben altijd al moeten raden wat er in jou omging. En zeker met wat er nu allemaal te gebeuren staat, is dat moeilijk. Ook voor Jan.'

'Mmmpf.'

Tineke loopt naar Pieter toe en slaat haar armen om hem heen.

'Ik ben heel trots op jou en hoe je je de laatste jaren hebt ontwikkeld. Alsjeblieft, blijf in deze lijn doorgaan. Dan komt het allemaal goed. Ik weet dat het niet goed gaat met 't Heuveltje.

Waarschijnlijk is het beter om de boel failliet te laten verklaren. Maar kan je me een ding beloven? Als de tijd daar is? Probeer dan met Jan een herstart te maken. Ik beloof je dat 't de moeite waard zal zijn.'

Pieter is even stil. Dan knikt hij.

'Oké ma, dat beloof ik.'

'Zeg Pieter, even wat anders. Ik denk dat het ook goed is als je weer teruggaat naar de Camargue, over een tijdje. Je verhaal over Xavier klonk me zo fijn in de oren. En Xavier is altijd een heel bijzondere vriend voor mij geweest. Ik weet zeker dat hij het zal waarderen als je hem persoonlijk komt vertellen dat ik er niet meer ben.'

'Mam!'

'Pieter, je hebt er niets aan om je kop in het zand te steken. Je moet reëel zijn in de dingen die gaan gebeuren.'

'Mmmpf.'

Het is even stil.

'Die Xavier is vroeger je vriendje geweest toch? Had je niet met hém willen trouwen? Dan had je je hele leven in de Camargue kunnen wonen.'

'Haha, toen ik een jaar of veertien was wel, hoor. Ik was mega verliefd op hem. Maar ja, toen kwam ik je vader tegen. En hij was en is nog steeds de liefde van mijn leven. Het contact met Xavier verwaterde. Zo gaat dat.'

Pieter haalt zijn schouders op.

'Pieter, als alles achter de rug is, ga dan terug. Xavier is een fijn mens. Hij helpt je. Dat weet ik zeker. Als je met vragen zit over de plaats waar pa dat ongeluk had, kan hij je misschien helpen. Bovendien is de Camargue dé plaats bij uitstek als je gek bent op paarden, zoals jij. Ga lekker wat van die maneges af en geniet ervan! Het is zo'n fijne omgeving daar, zeker als je buiten het toeristenseizoen gaat. Dan is het niet zo vreselijk druk en hebben de mensen echt tijd voor je.'

Pieter ziet heel goed dat Tineke weer tranen in haar ogen heeft. Met 'achter de rug' bedoelt ze 'na haar dood'. Pieter moet er nog niet aan denken, terwijl het toch echt niet lang meer zal duren. Dat weet hij heus wel. Weer haalt hij zijn schouders op en zucht diep. Tineke is zich bewust van zijn troosteloosheid en pakt zijn hand.

'Pieter, je bent nog jong. Je kunt ervoor kiezen om wat van je leven te maken. Doe dat dan ook alsjeblieft. Blijf niet hangen in je verdriet om je vader en straks ook om mij. Xavier is iemand die oog heeft voor mensen en altijd klaar staat. Ga naar hem toe, wie weet wie of wat je daar nog tegenkomt. Het leven zit vol verrassingen. En nu ga je naar boven en je spullen pakken voor dat concours. Kom op, maak er wat van! O, en als je terugkomt zondagavond, wil ik samen met jou en Jan nog even praten. Gewoon, met zijn drietjes. Het is tijd om nog wat geheimen de wereld uit te helpen.'

'Geheimen? Wat voor geheimen?'

'Zodra je terug bent, Pieter. Ik wil ervoor gaan zitten en die tijd is er nu niet.' Pieter haalt weer zijn schouders op.

De reis naar België met het paard in de trailer verloopt voorspoedig. Op het moment dat Pieter daar aankomt, is de koop ook zo gesloten. Opgelucht neemt Pieter het geld aan en gaat genieten van de mooie paardensport op het concours. Niemand die door heeft gehad dat dit paard niet echt van hem was. Hij heeft voorlopig weer genoeg geld op zak om zijn zaakjes te regelen.

Helaas krijgt Pieter niet de kans om verder te genieten. Nog voor de avond om is, krijgt hij een berichtje van Jan: 'Ma is plotseling veel zieker geworden. Kom zo snel mogelijk naar huis. Weet niet hoe lang ze nog heeft.'

Pieter draalt niet langer en haast zich naar huis. Hij komt midden in de nacht bij het huis van Jan aan.

'Ma is opgenomen,' zegt Jan, die hem staat op te wachten. 'Ze heeft ineens een ernstige luchtweginfectie. Dat schijnt vaker voor te komen bij leukemie omdat haar weerstand minder is. Het is echt de vraag of ze hier bovenop komt.'

'Wat nu?' vraagt Pieter.

'We gaan er samen heen,' zegt Jan. 'Irene zit bij haar. Mijn schoonouders zorgen voor de kinderen.'

Peter knikt. Hij weet niks te zeggen.

'Kom op,' zegt Jan en samen haasten ze zich naar het ziekenhuis. Als ze bij Tinekes kamer komen, is het daar een drukte van belang. Irene staat bedremmeld op de gang. Zodra ze Jan ziet, duikt ze in zijn armen.

'Ma was ineens erg slecht,' fluistert ze, 'Ze proberen haar te reanimeren, geloof ik.'

'Nee toch?' zegt Jan met schorre stem. Irene knikt alleen maar, terwijl ze strak naar de deur blijft kijken waarachter de artsen druk zijn met haar schoonmoeder. Pieter blijft een beetje achter in de gang staan. Hij leunt met één schouder tegen de muur. Alsof hij daar steun van krijgt. Zijn gezicht is wit, zijn handen trillen. Ook hij kijkt strak naar de deur van de kamer van zijn moeder.

Na een hele tijd komen er mensen naar buiten. Reikhalzend kijken Jan, Irene en Pieter de kamer in. Ze zien activiteit op de monitor... De behandelend arts komt naar buiten en neemt hen mee naar een apart kamertje.

'Door de luchtweginfectie had ze het zo benauwd dat haar hart het niet meer aankon. Dat heeft voor een hartstilstand gezorgd. We hebben haar kunnen reanimeren. Maar ze is nog niet buiten levensgevaar,' waarschuwt hij.

'Mogen we bij haar?' vraagt Jan.

'Ze is bij kennis, maar erg moe. Jullie mogen heel even bij haar. Schrik niet als ze niet helder praat. Vermoei haar niet te veel,' zegt de arts.

Jan en Irene lopen direct de kamer in. Pieter aarzelt even, maar loopt er toch achteraan. Ze gaan ieder aan een kant van hun moeder zitten en houden elk een hand vast. Irene zit naast Jan en aait over Tinekes been onder de dekens.

Tineke kijkt hen aan en zegt iets wat niet te verstaan is. Jan buigt over haar heen en zegt: 'Zeg het maar, ma!'

'Irene ...,' fluistert Tineke.

'Irene, ma wil je iets zeggen geloof ik,' zegt Jan tegen zijn vrouw.

Irene buigt naar Tineke toe en zegt: 'Zeg het maar, lieverd, ik ben er.'

'Dag...boek ... lezen,' stamelt Tineke.

'Wil je je dagboek nog lezen?' vraagt Irene. Maar Tineke schudt haar hoofd, nauwelijks merkbaar, zo zwak is ze.

'Jij... lezen... met Jan... en Pi...'

'Ik moet het lezen met de jongens samen?'

Tineke knikt en een kleine glimlach vertelt Irene dat ze het goed begrepen heeft. Dan doet Tineke opgelucht haar ogen dicht. Later blijkt dat dat haar laatste woorden waren...

Dan komt er een periode waarin Pieter geleefd wordt en geen tijd heeft om ergens over na te denken. Vlak voor haar dood blijkt Tineke het faillissement al te hebben aangevraagd voor 't Heuveltje. Ze heeft het mogelijk gemaakt voor beide jongens om een doorstart te maken. Ze hebben tot het eind van 2007 de tijd om hier een plan voor te maken. Ook de uitvaart heeft Tineke compleet geregisseerd en geregeld. Van bloemen tot muziek, tot gasten; bij de uitvaartondernemer ligt het complete draaiboek klaar. De uitvaart zelf is ingetogen en heel mooi. Een heleboel mensen uit Apeldoorn en omgeving komen hun laatste respect betuigen aan een heel bijzondere vrouw die is heengegaan. Pieter, Jan, Irene en hun drie kinderen voelen zich enorm gesteund door alle warme aandacht. Een week na de uitvaart zitten Pieter en Jan aan de bar in 't Heuveltje.

'Pieter, voor je eigen gemoedsrust zou ik gewoon naar de Camargue gaan, zoals je van plan was. Je weet dat ma daar ook voor was.'

'Ik weet het maar ...' Pieter haalt zijn schouders op en kijkt zijn broer Jan aan. 'Ik heb nu niet zo'n zin om te gaan. Wat moet ik daar eigenlijk?'

'Je wilde de plaats van pa's ongeluk zien. Gewoon om gezien te hebben waar dat was.'

'Ja, dat klopt. Maar weet je, ik kan maar niet blijven stoppen met denken over iets. Het was zo gek. Toen ik met die Xavier stond te praten, was er iemand op zijn boot in de haven aan het werk. Het silhouet van die man kwam me zo bekend voor. Ik kan maar niet stoppen met denken aan wie hij me deed denken.'

'En ben je er inmiddels uit?'

'Die man leek net pa.'

'Pieter, dat kan natuurlijk niet!'

'Ik zag die man maar in een flits, want hij liep gelijk weg. Dus goed heb ik hem niet gezien. Bovendien zag ik hem naar mij kijken, net of hij me herkende. Ik zou zweren dat het pa was.'

'Toe Pieter!'

'Jaja, ik weet wel dat het onzin is hoor. Maar die gedachte laat me maar niet los.'

'Dan moet je helemaal teruggaan. Je wilde daar ook op zoek naar paarden. Geen idee wat je daarmee moet hier. Maar dat weet je zelf het beste.'

'En 't Heuveltje dan? Na het faillissement en de uitspraak van de notaris, zouden we toch samen een doorstart maken? Dat hebben we ma beloofd. Nou wil ik me aan de afspraken houden en nu stuur jij mij weg!'

'Irene en ik kunnen op dit moment het werk wat er is aan. Zo nodig nemen we tijdelijk een hulp erbij. Jij gaat doen wat je steeds al in je hoofd had. Zodra je terugkomt, maken we een duidelijke taakverdeling.'

'Als ik weg ga, wil ik vóór die tijd een afspraak maken over hoe we verder gaan. Dan weet ik waar ik aan toe ben.'

'Oké,' zegt Jan. 'Kom vanavond bij ons eten. Irene is ook thuis. De kinderen logeren nog bij mijn schoonouders. We kunnen dus rustig plannen maken.'

Pieter knikt.

'Zes uur bij ons,' zegt Jan en met die woorden stapt hij in zijn auto om naar zijn werk te rijden.

Die avond, om tien over zes, kijkt Irene geërgerd op de klok.

'Pieter komt toch wel? Het is al tien over zes,' zegt Irene, 'Heb je het goed afgesproken, Jan?'

'Je weet hoe Pieter is, hij kan zich moeilijk aan regels en afspraken houden.'

Om kwart over zes gaat de bel. Irene doet open: 'Wat ben je laat!' zegt ze.

Pieter kijkt op: 'Oh, is het weer niet goed, dan ga ik maar weer.'

'Hé joh, niet zo gauw op je teentjes getrapt,' zegt Irene, 'kom gezellig binnen, het eten is klaar.' En ze gaat Pieter voor naar de eetkeuken waar Jan al aan tafel zit. Pieter loopt schoorvoetend achter haar aan; eigenlijk heeft hij geen zin in dit gesprek.

Jan grijpt in: 'Luister eens, broertje, je wilde dit gesprek zelf. Dus doe positief mee of ga anders je eigen gang maar weer. Geen dwarsliggerij in mijn huis, oké?'

Pieter knikt en gaat zitten. Afwachtend kijkt hij zijn broer en schoonzus aan.

'Goed, 't Heuveltje,' zegt Jan, 'we hebben met elkaar beloofd aan ma dat we het draaiende zouden houden. Zij had vooral het gevoel dat het voor jou, Pieter, een belangrijke bron van inkomsten kon zijn zolang je nog niet echt een duidelijk toekomstbeeld hebt. Maar ik heb mijn werk. Irene heeft wat meer tijd, maar ze heeft ook haar eigen bezigheden en de zorg voor de kinderen. Dus Pieter, wat zou jouw bijdrage kunnen zijn?'

'Daar heb ik het met ma over gehad,' zegt Pieter, 'ik zou blij zijn met vaste dagen waarop ik er moet zijn. Dan kan ik de rest van de dagen mijn eigen gang gaan en wat in de paardenwereld proberen te bereiken.'

'Dat moet toch kunnen,' zegt Jan, 'ikzelf kan wel een paar avonden voor mijn rekening nemen. Overdag werk ik tenslotte. We houden de kok in dienst die ma na het overlijden van pa aangenomen heeft. Ik zal ook het aansturen van het personeel op me nemen.'

Irene kijkt van de één naar de ander. 'Is het een idee als ik dan bijvoorbeeld de dagen dat Pieter er niet is, de middagen doe? Dan is het meestal niet druk en kan ik ook de bestellingen bijhouden.'

Pieter knikt. Als het zo gaat, heeft hij nog genoeg tijd voor zijn andere zaken. 'Weet je wat?' zegt hij, 'Welke dagen ik werk, maakt me dan niet zoveel uit. Zullen we dat dan bespreken als ik terugkom?'

'Ga je toch weg?' vraagt Jan.

'Ja, ik heb er ineens zin in.'

'Mooi, laat je weten hoe het gaat en wanneer je terugkomt?'

Pieter kijkt hem geïrriteerd aan.

'Nee Pieter, ik leg je niet aan banden. Ik vraag je dat alleen uit belangstelling,' zegt Jan.

'Ma wilde nog dat we samen haar dagboek lezen. Doen we dat als je terug bent?' vraagt Irene, 'of wil je dat eerst nog doen?'

Pieter kijkt Jan aan: 'Wat denk jij? Is er haast bij?'

Jan haalt zijn schouders op: 'Kan toch wel wachten? We weten wat ze doorstaan heeft, dus wat voor nieuws kan daar in staan? Kan prima wachten wat mij betreft!'

Pieter haalt zijn schouders op en knikt. De rest van de maaltijd is, voor zover dat lukt, gezellig.

15

Le Grau du Roi, 4 augustus 2007

Helmut

Gelukkig houdt Janine woord en is ze snel weer terug uit Les
Saintes Maries de la Mer. We hebben nog de hele middag om samen te besteden. We besluiten om samen een middagje door te
brengen bij een lokale wijnboer. Janine weet een klein 'domein'
zoals zij dat noemt, dat biologische wijnen produceert. We mogen
verschillende wijnen proeven en krijgen een uitgebreide uitleg
over de wijnbouw. Ook maken we een lange wandeling langs de
wijnvelden. Ronduit een heerlijke middag. Dit was het leven zoals
ik me het had voorgesteld, bedenk ik me. Maar helaas, aan alle
vakanties komt een eind. Het moment van werken komt ook weer
dichterbij. Eigenlijk heb ik geen zin; dit leventje zo mét Janine
en zónder e-mail bevalt me best. Maar het moet natuurlijk: geld
verdienen en de verplichting aan Xavier dwingen me terug te
gaan. Janine besluit nu met míj mee te gaan omdat zij nog vakantie heeft. Heel fijn dat we nog wat langer samen zijn, maar
ik heb mijn twijfels. Wat nu als er weer een mail komt? Ik heb
mijn inbox nog niet bekeken. Ik weet niet of ik mijn schrik, als
er weer een mail zou zijn, voor Janine verborgen kan houden.
Je leeft in mijn kleine appartement zo dicht op elkaar dat je
niets voor elkaar verborgen kan houden. Met die twijfels val ik
die avond in slaap. De volgende ochtend moet ik werken en ik
neem me voor die avond met Janine te praten. Wellicht is het
beter als ze weer naar haar eigen huis gaat? Ze moet immers
toch over vijf dagen weer aan het werk.

    Als ik bij de boot aankom, komt Xavier gelijk naar me toe:
'Helmut, lees jij je e-mails nooit? Ik moest iets weten over een
vistocht van volgende week, en je hebt geen antwoord gegeven!'

'Sorry Xavier, ik was vrij en dan lees ik mijn e-mails niet.'

'Lastig Helmut, verdomd lastig!' En met die woorden beent Xavier boos weg. Even schiet dezelfde wanhoop door mij heen die ik ook had als Tineke boos op mij was. Hij heeft wel gelijk, dat snap ik ook wel. Maar ik kan hem toch kwalijk vertellen dat ik mijn mail niet dúrf te openen uit angst voor meer chantage.

Ik ga op de boot aan het werk en besluit om die middag, als ik terug ben, nog eens met hem te praten. Maar die middag is Xavier nergens te vinden. Als ik onverrichter zake naar huis ga, zit Janine al met een glaasje wijn te wachten, heerlijk op het balkon. Ik geef haar een kus en proef de wijn die we een paar dagen geleden na onze proeverij hebben gekocht.

'Mmm,' zeg ik, 'dat smaakt naar meer. Ik ga ook een glas halen. Zal ik ook wat nootjes in een bakje doen?'

Janine knikt. Als ik bij haar aanschuif met een wijntje en nootjes, legt ze een envelop op tafel.

'De postbode wilde deze brief in je bus doen, Helmut, ik heb hem maar aangenomen.' Haar Frans zingt als muziek in mijn oren. Hier zou ik wel altijd naar willen luisteren, schiet het door mijn hoofd.

'Prima schat,' zeg ik en ik bekijk de envelop. Neutraal, geen afzender, niets verraadt waar hij vandaan komt. Dit voelt niet goed, ik krijg nooit post ... Ik leg hem naast me neer.

'Proost Janine, op ons!' zeg ik en neem een grote slok.

'Moet je die brief niet openmaken?'

'Nee joh, vast reclame, dat komt wel. Wat zullen we gaan doen, ergens een hapje eten?'

'Hè ja, gezellig. Ik ga me eerst even douchen, drink jij je wijntje maar rustig op,' zegt Janine en ze kust me vol op mijn mond. Dat belooft weer een leuke avond te worden.

Ik knik en kijk haar na. Sensueel met haar heupen wiegend loopt ze naar de douche. Even voel ik het verlangen vanuit mijn kruis mijn buik in kruipen. Zal ik achter haar aan gaan? Toch trekt de nieuwsgierigheid naar de envelop harder. Zodra ik de douchekraan hoor lopen, scheur ik de envelop open. Er valt een kaartje uit. Ik raap het op van de grond en lees de tekst.

Hein waarom jij niet meer lees e-mails? Was je thuis niet? Dan maar 30: Doe €1250,- in envelop. Dan jij ben donderdagavond bij bankje aan kade bij jouw boot. Jij zet tas met envelop onder bank en om eenentwintig uur jij loop weg. Je 'vergeet' tas.

Ik voel mijn hart bonzen in mijn ribbenkast. Het zweet breekt me uit. Van wie komt dit? Eén ding is duidelijk: dit is niet door een Nederlander geschreven. Degene die me chanteert, had zich wel wat beter in de Nederlandse taal kunnen verdiepen. Ik realiseer me dat het vandaag donderdag is. Dat betekent dat ik dit vandaag nog moet regelen. Paniek trekt door mijn lijf. Ik kijk op de klok: 19.04. Pfff, nog minder dan twee uur om dit te regelen. Ik twijfel geen seconde of ik dit wel moet doen. Twaalfhonderdvijftig euro is niet zo vreselijk veel. Ik heb gespaard en als ik nu betaal, ben ik er misschien wel van af. Maar we zouden gaan eten. Ik hoor Janine aankomen en grijp mijn telefoon: 'Goed Xavier, als het niet anders kan, kom ik eraan!' zeg ik.

Janine kijkt me verbaasd aan: 'Ik heb geen telefoon gehoord,' zegt ze.

'Ja, dat was Xavier,' zeg ik, 'er is een probleem en hij wil dat ik nu direct kom.'

'We gingen toch eten?' Haar ogen krijgen een wat donkerdere kleur en haar mond vormt zich al een streep. Ze gaat staan met haar handen in haar zij. Ik slik een keer.

'Sorry Janine, ik moet dit voor laten gaan. Hebben we nog iets in huis of wil je zelf ergens gaan eten?'

'En jij dan? Jij moet toch ook eten?'

'Geen zorgen. Ik neem onderweg wel iets. Ik ben zo snel mogelijk terug,' zeg ik zonder verdere uitleg. Ik ren de deur uit, alsof ik enorme haast heb. Buiten loop ik snel naar het strand. Daar kan ik altijd het best nadenken. Ik ga in het nog warme zand zitten en overzie mijn situatie. Ik moet dus twaalfhonderdvijftig euro in een envelop doen en in een tas. Ik heb niks bij me. Maar thuis zit Janine. Als ik binnenkom zal ze me gelijk in mijn nek springen en bestoken met vragen. Ik kijk op mijn horloge:

20:11. Ik heb nog minder dan een uur. Ik snel weer naar huis en doe toch wel enigszins aarzelend de deur open. Maar alles is stil. Janine is nergens te bekennen. Opgelucht haal ik adem. Ik neem aan dat ze zelf ergens is gaan eten. Ik kan alles bij elkaar zoeken zonder vragen. In een mum van tijd sta ik weer buiten en loop naar de pinautomaat. Om 20:45 uur heb ik het geld, in een envelop in een strandtasje bij me en kom aan bij het bewuste bankje. Gemaakt onverschillig ga ik zitten, tasje onder me en ik kijk in het rond. Het is doodstil. Het is donker. Er varen nu geen boten meer. Op de kade heeft niemand meer iets te zoeken. Ik houd mijn horloge scherp in de gaten en om exact 21:00 uur stap ik op en slenter weg. Ik 'vergeet' de tas. Ik kijk om me heen. Het blijft doodstil en eenzaam daar. Wie gaat nu die tas pakken? Ik zou er alles voor over hebben dat te kunnen zien. Als ik een hoek om ga, blijf ik even staan. Het is aardedonker en helaas kan ik zelfs het bankje niet meer zien. Ik loop naar huis. De persoon die me chanteert zorgt er natuurlijk wel voor dat ik hem niet kan betrappen.

Thuis open ik voor de zekerheid mijn e-mail. Er zijn inderdaad meerdere mails van Xavier met de vraag contact met hem op te nemen. Vreemd genoeg geen enkel bericht van de chanteur. Raar is dat eigenlijk, denk ik. Hoe wist hij dan dat ik mijn e-mails niet las in de vakantie? Wist hij (of zij) eigenlijk wel dat ik met vakantie was? En dan … als een mokerslag in mijn gezicht dringt er iets tot me door. Xavier is de enige die wist dat ik niet in mijn inbox keek. En hij wist ook dat ik met vakantie was. Xavier, mijn beste vriend en compagnon moet de chanteur zijn. Dat kan toch niet? Of wel? Op hetzelfde moment dat ik deze ontdekking doe, gaat de deur open. Het is Janine, ze kijkt een beetje anders dan anders en ik voel dat er nog meer narigheid aan zit te komen.

'Helmut, we moeten eens praten,' begint ze. Haar stem heeft een aparte toon. Deze toon heb ik nog nooit van haar gehoord.

'Eh, dat kan, is er iets?'

'We hebben het fijn gehad deze weken, vind ik,' zegt ze met zachte stem. Ik knik, heb even geen woorden.

'Maar, ik heb steeds het gevoel dat je niet helemaal eerlijk tegen me bent,' gaat ze verder, 'net of er iets is wat je dwars zit. Alsof je jezelf niet bent. En dat voelt voor mij niet goed. Ik vind vertrouwen belangrijk in een relatie.'

'Daar ben ik het helemaal mee eens,' zeg ik: 'Ik vertrouw je volledig, Janine. En ik zweer je dat ik helemaal mezelf ben. Ik heb geen reden om niet eerlijk tegen je te zijn. Dat is maar een gevoel. Kom op, we hebben het zo gezellig gehad. Geef het nog wat tijd. We kennen elkaar maar nog zo kort.'

'Nee Helmut, de manier waarop deze avond verliep, geeft me zo'n naar gevoel. Eerst zouden we ergens gaan eten en dan ineens moet je naar Xavier. Zonder verdere uitleg laat je mij zitten. Ik heb een besluit genomen: ik ga naar huis. We zien elkaar een poosje niet. Dan kun je nadenken over dit alles. Misschien kan je me later nog eens vertellen wat er echt is gebeurd. Dat hoop ik eigenlijk. Maar voor nu is het genoeg.'

Na dit gezegd te hebben, pakt ze haar spullen bij elkaar. Ik zit stilletjes naar haar te kijken. Dat het beter was dat ze ging, had ik vanmorgen zelf al bedacht. Maar nu ze uit vrije wil gaat, wil ik haar hier houden.

'Eh Janine, wacht nog even, dit is zo overhaast. Kunnen we praten?'

Ik probeer om haar in mijn armen te nemen en haar te kussen. Ze draait op het juiste moment weg en mijn kus belandt in de lucht.

'Nee Helmut, echt niet. Mijn besluit staat vast. Al die tijd dat we samen waren, heb ik een vreemd gevoel gehad. Net alsof je een ander bent. Ik kan daar niet mee omgaan. Sorry.'

Ze zegt vastbesloten te zijn, maar ik zie toch echt tranen in haar ogen. Ik sla mijn arm om haar heen en probeer haar te zoenen, maar de altijd gewillige Janine weert me weer af. Ze opent de deur en zonder nog verder om te kijken, loopt ze naar buiten.

Een paar uur later zit ik nog steeds in de stoel waar ik zat toen Janine zei dat ze wegging. Ik voel me verdoofd: Xavier, mijn vriend, chanteert me en mijn vriendin verlaat me. Wat voor leven heb ik opgebouwd? Jaja, ik heb de zee, het vissen en de wind in mijn haren. Mijn grote droom is uitgekomen. Maar wat heb ik ervoor terug? En wat ben ik kwijt? Had ik maar nooit mijn Volvo verkocht. Daar is het allemaal mee begonnen. Kon ik maar terug naar Tineke en mijn jongens. Ik zou op dit moment zelfs weer in dat rot café-restaurant willen werken, met plezier zelfs!

16

Apeldoorn, 23 augustus 2007

Pieter

'Jacques.'

'Hai, met mij. Zijn de spullen nog geleverd?' zegt Pieter, terwijl hij zijn paard staat te borstelen.

'Zeker, wanneer worden ze weer opgehaald?'

'Morgen. Daarna is het even on-hold. Ik ga naar Frankrijk.'

'O?'

'Ja, even weg van hier. Heb gehoord dat er in Zuid-Frankrijk mooie paardenhandel te vinden is.'

'Aha, goed plan. Nieuwe toeleveringskanalen, altijd goed. Kerel, als je toch die kant op gaat, ga dan via Saumur. The place to be, als je iets in de paardenwereld wilt. De Franse nationale rijschool is daar gevestigd: Le Cadre Noir.'

'Mmm, zal eens kijken. Mazzel.'

'Mazzel.'

Pieter stopt zijn telefoon in zijn zak en gaat zijn zadel en hoofdstel ophalen. Even dit paard nog zijn laatste training geven en dan gaat hij zijn koffer pakken en op tijd naar bed. Morgenochtend wil hij vroeg richting Frankrijk vertrekken. Toch heeft hij nog wat twijfels om nu al naar Zuid-Frankrijk te gaan. Hij ziet op tegen de reactie van Xavier, als hij moet vertellen dat zijn moeder er niet meer is. Eigenlijk helemaal geen gek idee om via een omweg naar het zuiden te rijden. Als hij weer thuis is, kruipt hij achter de computer om zijn e-mails te beantwoorden. Dan schieten de woorden van Jacques weer door zijn hoofd. Hij besluit te kijken wat Saumur en 'Le Cadre Noir' inhoudt.

Saumur is een stad in het Loire-gebied, is in de negende eeuw gesticht en kent een lange geschiedenis. Het stadje heeft zijn eigen kasteel dat door Lodewijk XIV gebruikt is als staatsgevangenis. Tegenwoordig is dat helemaal gerestaureerd en wordt het als museum gebruikt. Ook staat de stad bekend om zijn grotwoningen. De stenen voor het kasteel werden uit de rotsen gehakt. De holtes die daarmee ontstonden, werden door de arme bevolking in de omgeving gebruikt als huis. Tegenwoordig worden die woningen gebruikt als wijnkelder of champignonkwekerij, omdat de ruimtes een ideale en stabiele temperatuur hebben. Saumur is ook de thuisbasis voor de 'École Nationale d'Équitation', met daarbij de Cadre Noir, dat opgericht is in 1814. De Cadre Noir werd door Lodewijk XVIII in het leven geroepen voor de cavalerie van de Franse krijgsmacht. Toen na de Tweede Wereldoorlog de bereden cavalerie weer werd opgeheven, werd de Cadre Noir verbonden aan het nationale trainingsinstituut, met de opgave om de klassieke Franse rijkunst in ere te houden. Dat zorgt ervoor dat instructeurs en ruiters tot het hoogste niveau van de dressuur worden opgeleid. Ook aan de paarden die gebruikt worden, worden hoge eisen gesteld. Men gebruikt voornamelijk de Engelse volbloed, de Anglo-Arabier, de Holsteiner en de Selle Français. De Cadre Noir geeft ook demonstraties in de klassieke en barokke rijkunst. Daarvoor gebruiken ze Lusitano-hengsten.

Pieter krijgt er helemaal de kriebels van. Dat zou toch eens machtig mooi zijn om daar een kijkje te nemen. Lusitano-hengsten, die zijn heel mooi, sterk en erg gewild. Als hij er daar toch eens een van zou kunnen bemachtigen. Hij zoekt het plaatsje op, op de landkaart. Het ligt wel een heel eind uit de route naar de Camargue. Maar een Lusitano-hengst. Hoe vaak had hij niet gedroomd over het bezitten van zo'n paard. Hij houdt van de compacte vierkante bouw. De imposante, gebogen hals, mits het dier goed getraind is. En dan die lange, golvende manen en staart. Uitstekend geschikt voor dressuurwedstrijden. En misschien dan wel een opstap naar de dressuurtop van Nederland, ook een stiekeme droom van jongs af aan.

Nogmaals kijkt Pieter op de kaart van Europa. Dan begint zich langzaam een plannetje in zijn hoofd te vormen. Als hij nou eens de spullen bij Jacques niet op laat halen, maar weg gaat brengen naar Antwerpen. Dan kan hij van daaruit doorrijden via Brussel en Parijs naar Saumur. Waarschijnlijk is dat een reis van twee dagen. Maar dat heeft hij er wel voor over. Zijn hand zweeft al boven de telefoon om Jacques te vertellen van de verandering van plannen als hij zijn telefoon overgaat. Een onbekend nummer.

'Pieter'

'Jij klootzak!' sist een stem.

'Hallo? Wie is dit?'

'Ik laat niet langer met me sollen. Ik weet wat jij hebt uitgevreten de laatste tijd.'

'Maak je bekend!'

'Als je even goed nadenkt, weet je wel waar ik het over heb. Dat geintje op dat concours in België heeft me veel geld gekost.'

'Ik weet werkelijk waar niet waar je het over hebt.'

'Denk daar maar eens goed over na. En in de tussentijd ga je ervoor zorgen dat dit weer goed komt. Dat paard bleek helemaal niet de afstamming te hebben die je me beloofd hebt en het heeft zeker niet de kwaliteiten waar je hem voor verkocht hebt. Ik eis genoegdoening! Ik wil mijn geld terug.'

'Hoho, rustig aan. Met dat paard was niets aan de hand. Hij had alleen de juiste training nodig. Wat heb je ermee gedaan de laatste tijd?'

'We hebben het getraind, zoals besproken.'

'Wat voor zadel heb je erop gelegd?'

'Een oud westernzadel.'

'Ah,' zegt Pieter, 'Daar zit het probleem. Dit paard is daar niet aan gewend en als dat op een andere manier op de rug drukt, krijg je protest. Ik weet precies de oplossing. Ik heb nog een heel goed alternatief zadel liggen voor een mooie prijs. Weet je wat, ik weet het goed gemaakt. Ik ga morgen toch richting het zuiden, dan kom ik wel even langs om het zadel te laten zien en het paard te bekijken. Dan is dit varkentje zo gewassen.'

'Dat is je geraden ook!'

Met een nadenkende frons op zijn gezicht verbreekt Pieter de verbinding. Dat is reuze onhandig. Maar goed, wil hij in de toekomst zijn handelsroute in België kunnen blijven gebruiken, dan zal hij hier wel langs moeten gaan. Saumur moest maar wachten. Hij besluit om morgen via Maastricht richting Frankrijk te gaan en in de Ardennen een tussenstop te maken. Dat hij dan Xavier over drie dagen alweer in de ogen zou moeten kijken, was niet anders. Wat hij en vooral hoe hij alle gebeurtenissen aan Xavier gaat vertellen, zou hij onderweg wel bedenken.

Als Pieter vroeg in de ochtend in de auto stapt, zijn alle twijfels weg. Gelukkig verloopt de reis voorspoedig. Ook de tussenstop in België is van korte duur. Het paard reageert goed op het andere zadel en zo had hij in plaats van een probleem, weer extra geld verdiend. Een onverwachte meevaller dus. Opgetogen zet Pieter de muziek hard en vervolgt zijn weg over de Route du Soleil naar Zuid-Frankrijk. Bij Beaune voelt hij zijn aandacht wat verslappen. Hij kijkt op zijn horloge. Het is al vijf uur, tijd om een hapje te gaan eten. Of zal hij doorrijden om vanavond laat nog in de Camargue aan te komen? Nee, toch maar niet. Hij heeft behoefte aan even wat tijd om zijn gedachten op een rijtje te zetten. En zich voor te bereiden op de hernieuwde kennismaking met Xavier.

Als hij in de buurt van de afslag Macon-Nord komt, ziet hij borden die naar hotels verwijzen. Hij besluit die afslag te nemen en komt direct op een soort bedrijventerrein waar meerdere hotels staan. Hij parkeert zijn auto en kijkt eens in het rond. Hm, een Ibis-hotel, dat is lekker goedkoop. Maar daar ziet hij ook een Novotel, duurder, dat wel, maar daar zal wel een restaurant bij zijn en Pieter heeft zin in een goede maaltijd! Trouwens, hij heeft toch net een centje bijverdiend met dat zadel? De beslissing is gevallen: hij neemt Novotel!

Na een heerlijk diner gevolgd door een goede nachtrust gaat Pieter de volgende ochtend weer op weg. Het is nog driehonderdzeventig kilometer, dus een uur of vier rijden naar Le Grau du Roi. Nog vier uur om zich voor te bereiden op hoe hij Xavier gaat vertellen dat Tineke er niet meer is. Hij draait de volumeknop van de cd-speler weer hard en vervolgt zijn weg over de Route du Soleil. Het is maar twintig minuten rijden en dan is hij al bij

Lyon. Dat geeft hem toch het gevoel er al bijna te zijn. Hij voelt zich vrolijk worden. Het lijkt ook wel of na Lyon altijd de zon schijnt. Vlakbij Valence gaat de snelweg via een hele mooie, lange brug over een vallei. Pieter geniet van het uitzicht. Bij Orange maakt de snelweg een splitsing. Het ene deel gaat naar Marseille, het andere deel richting Barcelona.

Heel even flitst door zijn hoofd dat hij ook richting Marseille zou kunnen rijden om eerst het nachtleven aldaar te beproeven. Zijn baas had hem nog gevraagd te gaan kijken bij een club in Marseille. Dat zou hij eerst kunnen doen. Maar, bedenkt hij er gelijk achteraan, dat is alleen maar uitstel en dat maakt het nog moeilijker om Xavier onder ogen te komen.

Dus toch maar richting Barcelona. Vervolgens ziet hij afslagen richting Arles en Nîmes voorbij komen. En dan, voordat hij er erg in heeft, komt de afslag Gallargues en verlaat hij de snelweg in de richting van Le Grau du Roi. Nu komt het einde van de reis wel heel dichtbij. Hij kijkt op zijn horloge. Het is inmiddels bijna half twee in de middag. Pieter besluit om direct door te rijden en de moeilijke zaken niet meer uit de weg te gaan. Hij parkeert zijn auto vlakbij de boulevard van Le Grau du Roi en loopt recht-streeks naar het kantoor van Xavier. Gelukkig zit Xavier achter de balie en hij kijkt op als Pieter binnenstapt.

'Bonjour Pieter, ben je er weer?'

'Hallo Xavier, ja, zoals afgesproken ben ik weer terug.'

'Hoe is het met je moeder?'

'Eh...' Pieter slikt en kijkt Xavier niet aan. 'Eh tja... zij heeft het niet gered, Xavier, ze is begin augustus overleden.'

'Wát? Is Tineke overleden? Ach, mijn lieve vriendinnetje. Ik schrik ervan!'

Pieter kijkt nu wel naar Xavier en ziet tranen in de ogen van deze goede vriend van zijn moeder. Hè verdorie, al die emoties. Hier zag hij al zo tegenop. Pieter kijkt weer weg en ziet buiten de zon schijnen. Onrustig en niet wetend wat hij nog moet zeggen zoekt hij de blik van Xavier weer.

'Ik moet dit even verwerken, jongen,' zegt Xavier, terwijl hij in zijn ogen wrijft. 'Weet je wat, kom om een uur of zes naar le

Gallion. Weet je waar dat is? Aan de kade, het kan niet missen. Dan eten we samen een hapje en maken we plannen voor de rest van je verblijf hier. Is dat goed?'

Pieter knikt. Er valt niks meer te zeggen. Met de belofte Xavier straks weer te ontmoeten, vlucht Pieter het kantoor uit. Hij zoekt een hotelletje dat hij kan betalen, brengt zijn bagage naar de kamer en neemt een douche om even bij te komen.

De rest van de middag brengt Pieter door op het strand. Genietend van de zon en het warme zeewater laat hij de vermoeidheid van de reis van zich afglijden. Iets later dan afgesproken komt hij bij Le Gallion aan. Hij ziet Xavier opspringen en enthousiast naar hem zwaaien. Hij zwaait terug. Tegelijkertijd ziet hij een man bij Xavier aan tafel zitten. Het is net of hij het warm en koud tegelijk krijgt. Hij had het de vorige keer niet verkeerd gezien. Die man lijkt sprekend op zijn vader! Hij had wel een baard en een snor en een bruine kleur van het buitenleven. Maar toch ... Hoe is dit mogelijk? Hij ziet zeker spoken.

Even schieten de woorden van zijn moeder door hem heen. 'Ga naar Xavier toe, wie weet wie of wat je tegenkomt. Het leven zit vol verrassingen.' Zou zijn moeder het geweten hebben en hem daarom deze kant op hebben gestuurd?

Pieter laat niets van zijn verwarring blijken en voert gewoon het gesprek. Hij is een meester in het verstoppen van zijn gevoelens. Toch kan hij het niet laten om af en toe onderzoekend naar de man te kijken die zich als Helmut aan hem heeft voorgesteld, maar die onherroepelijk Hein moet zijn. Langzaam verandert de verwarring in een diepe verontwaardiging, die tijdens het diner overgaat in een diepe alles verterende woede. Maar Pieter laat niets merken en blijft beleefd. Xavier stelt voor om hem zijn bedrijf en de Camargue te laten zien. Ook wil hij hem een dag met Helmut op pad sturen. Hier is Pieter nu niet toe in staat. Hij moet alles even goed op een rijtje zetten. Hoe gaat hij dit aanpakken? Hij legt Xavier uit dat hij eerst voor zijn werk nog even naar Marseille moet. Maar dat hij daarna graag het bedrijf en de Camargue wil leren kennen. Dat geeft hem even de tijd om een plan te maken.

17

Le Grau du Roi, 24 augustus 2007

Helmut

Het leven zonder Janine is gewoon weer doorgegaan zoals het altijd was. Sinds ze de deur uitgelopen is, heb ik niets meer van haar gehoord. Ze beantwoordt zelfs mijn berichtjes niet. Ik neem aan dat ze meer bedenktijd nodig heeft. Het geeft me een naar gevoel. Gelukkig heb ik mijn visdagtochten om me af te leiden. Vandaag is weer een fijne dag geweest. Enthousiaste mensen die blij met hun verse visjes teruggingen naar hun camping en/ of appartement. Het was weer heerlijk op het water en dit nam mijn gedachten even over. Aandacht voor de toeristen maakte dat ik niet meer dacht aan een vriend die een chanteur blijkt en een vriendin die genoeg van me heeft. Op het moment dat ik de haven binnenkom zie ik uit de verte Xavier al op de kade staan. Hij zwaait enthousiast naar me en wenkt dat hij me wil spreken. Na alle verplichtingen grijp ik mezelf bij de kraag en loop glimlachend op hem af:

'Hoi Xavier, het was een fijne dag. De klanten waren tevreden. Wat wil je nog meer!'

'Prima Helmut, dat is jou wel toe vertrouwd.' Xavier lacht me toe. Ik moet moeite doen om de glimlach op mijn gezicht te houden. Inwendig denk ik: klootzak, jij chanteur! Maar ik zeg:

'Het was een goeie vangst vandaag. De zaken gaan goed!'

'Fantastisch Helmut, ga zo door! Maar ik heb goed nieuws, weet je nog die jongen uit Nederland die een paar maanden geleden hier was? Nou, die is terug. Ik heb afgesproken over een uurtje in Le Gallion. Zorg je dat je er bent? Dan kun jij ook kijken of we hem een baan kunnen geven. Hij is erg in vissen en varen geïnteresseerd. Hij spreekt goed Engels en natuurlijk Nederlands.

Dat is dus een prima aanvulling op jouw Duits. Maar eigenlijk is hij een paardenman. Een paar dagen per week meevaren zou hem goed uitkomen, dan verdient hij wat en kan hij zich op de andere dagen met paarden bezig houden.'

'Eh ja, natuurlijk,' zeg ik. Hoe red ik me hier nou weer uit? Mijn god, dat ook nog, Pieter weer terug!

'Ik moet nog wat zaken regelen op de boot, Xavier,' zeg ik. 'Ik kom zo snel mogelijk. Tot zo!'

Snel loop ik weg. Ik moet dringend nadenken. Dus ik raffel mijn werk af en loop naar het strand. Daar plof ik neer en krijg ik de neiging mezelf te begraven onder alle zandkorrels. Wat moet ik doen? Na een poosje is het me duidelijk dat ik geen andere keus heb dan mezelf hier uit te bluffen. Ik ben Helmut, een Duitser die al jaren in Frankrijk werkt. Laat Pieter maar iets anders bewijzen! Ja, dat is de beste houding en zo ga ik het doen. Als ik mezelf goed bekijk, weet ik dat ik niet meer de Hein van vroeger ben. Van een vadsige, bleke chef-kok ben ik veranderd in een pezige, bruinverbrande kapitein met een snor en een baard. Vol zelfvertrouwen loop ik naar le Gallion en schuif aan tafel bij Xavier. Die zit er nog alleen.

'Is je gast er nog niet, Xavier?' vraag ik.

'Nee, hij is laat? Oh, daar komt hij net aan.' Xavier staat op en zwaait enthousiast naar degene die binnenkomt. Een seconde later staat er een jongeman aan onze tafel en zodra ik opkijk, blijf ik er bijna in. Mijn god, het is of ik Tineke zie, maar dan een mannelijke versie. Dit kan niet anders dan mijn zoon Pieter zijn. Ik voel mezelf trillen, wat zou ik graag mijn armen om hem heen slaan. Maar ik ben Helmut en moet dat blijven. Dus ik glimlach en schudt hem de hand als Xavier ons aan elkaar voorstelt.

'Helmut, dit is Pieter, uit Nederland. Pieter, dit is Helmut, uit Duitsland. Wij werken al een paar jaar samen.'

Pieter knikt en schudt, met een glimlach, mijn hand.

'Helmut is mijn partner,' gaat Xavier verder, 'hij doet alle zaken die met de vistochten te maken hebben.'

'Oh,' zegt Pieter, 'kom je op die tochten ook loslopende paarden tegen? Paarden die in het wild leven?'

'Eh ja, op de tochten die het binnenland in gaan wel,' zeg ik, 'maar helemaal wild zijn ze niet, ze hebben over het algemeen een chip waarop staat wie hun eigenaar is. Échte wilde paarden zijn er niet veel. Al ziet het er wel zo uit.'

Verbeeld ik het me of kijkt Pieter teleurgesteld? Wat moet hij met wilde paarden? Maar ik ga er niet op in. Hoe meer ik me afzijdig houd, hoe beter.

Verbeeld ik het me of kijkt Pieter me onderzoekend aan? Herkent hij me? Het is al jaren geleden. Aan zijn gezicht is niets te zien. Ach, wat maak ik me ook druk. Deze jongen weet niet anders dan dat zijn vader dood is. We gaan zitten. Xavier en Pieter babbelen wat. Ik houd me maar afzijdig. De herinneringen aan Tineke plagen me nu onze jongste zoon voor me zit. Na voor mijn gevoel een eeuwigheid maakt Xavier een eind aan de avond. Ik hoor ze samen afspraken maken: Pieter moet eerst voor zijn werk nog naar Marseille. Daarna gaat hij een keer met Xavier mee op een rondvaart. Als dat bevalt, gaat Pieter drie dagen per week met Xavier mee varen. Wat Xavier hem precies wil laten doen op de boot weet ik niet. Ik bemoei me er niet mee. Hoe meer afstand ik houd, hoe beter, lijkt me zo. Ze maken ook plannen om een dag naar een broer van Xavier, die een manege in de buurt heeft, te gaan. Xavier wil ook nog dat Pieter een dag met mij mee gaat. Ik knik, maar maak geen afspraak. Ze regelen het samen maar, ik blijf neutraal.

Als ik eenmaal thuis ben, blijft mijn hoofd maar malen: Xavier … ben je nou mijn vriend of ben jij degene die me het leven zuur maakt? Je doet normaal, ik heb je scherp in de gaten gehouden, maar niets anders dan anders kunnen ontdekken. Maar als jij het niet bent, wie chanteert me dan? Je krijgt zo vaak toeristen die werk zoeken omdat ze hier willen blijven en je houdt altijd de boot af. Waarom nu met Pieter niet? Het lijkt wel alsof je voor hém zelfs je best doet om iets te regelen. Is dat allemaal omdat je het zo'n fijne knul vindt? Of is het echt alleen maar omdat Tineke ooit je vriendinnetje was? Maar ook Pieter verdwijnt niet uit mijn gedachten. Pieter, heb je gezien dat ik het ben? Het lijkt er niet op, in je ogen zag ik geen herkenning. Gek idee, mijn eigen zoon …

18

Marseille, 25 augustus 2007

Pieter

Marseille is gesticht rond 600 v. Chr. door de Grieken. Omdat het vlakbij de Rhône ligt en aan de Middellandse Zee, was het een ideale plek voor het ontstaan van handel over zee en de rivier. De belangrijkste handelswaren waren tin, zout, amber, keramiek en wijn. In de loop der jaren is Marseille, na Parijs, uitgegroeid tot de tweede stad qua inwoners. Het heeft nog steeds de grootste handelshaven van Frankrijk. Marseille heeft ook langs het strand een grote, lange boulevard, met diverse restaurantjes en nachtclubs.

Het is vroeg in de ochtend. Pieter loopt over de boulevard met zijn handen in zijn zakken. Hij laat het gesprek met Xavier en de ontmoeting met de man die zich Helmut noemde, maar die volgens hem zijn vader moet zijn, nog eens door zijn hoofd gaan. Hoe is dit mogelijk? Is dit eigenlijk wel mogelijk? En als dit echt waar is, wat moet hij er dan mee? Nu terugkijkend, gaat hij steeds meer twijfelen aan zijn gevoel van gisteren. Als het daadwerkelijk zijn vader is, dan zou hij toch wel wat gezegd hebben? Of heeft hij hem, Pieter, ook niet herkend? Het is immers alweer zes jaar geleden dat ze elkaar gezien hebben. En hij is natuurlijk wel zes jaar ouder geworden, volwassener. Hoe langer hij erover nadenkt, hoe meer hij zichzelf overtuigt van het idee dat er sprake moet zijn van een vergissing. Dit was vast een man die heel erg op zijn vader leek. Het gemis dat hem nog regelmatig plaagt, neemt nu vast een loopje met hem. Pieter kijkt op zijn horloge; kwart voor negen. De eerste terrasjes zijn voorzichtig aan het opstarten. Hij besluit om een kop koffie met een croissantje te gaan nemen en in de ochtendzon meteen Jan te bellen.

Die zal vast wel wat zinnigs hierover te zeggen hebben. Terwijl hij in zijn telefoon het nummer van Jan aan het selecteren is, gaat zijn telefoon al over.

'He, Jacques, goedemorgen!'

'Pieter, kerel, jij ook een goede morgen. Luister, ik heb nu geen tijd voor koetjes en kalfjes. Ik bel je niet zomaar.'

'Oké, vertel, ik luister,' zegt Pieter.

'Die zadels van twee maanden geleden, daar is iets mis mee.'

'Hoezo?'

'Er zijn er meer waarvan de boom niet goed is.'

'Hoe weet je dat?'

'Bij meerdere mensen aan wie we er een verkocht hebben, kreeg het paard rugpijn of huidbeschadigingen na gebruik. Dat hebben we natuurlijk uitgezocht en er kwam uit dat bij de meeste zadels de boom er scheef in zit of doorgebogen, waardoor er tijdens het rijden een speling ontstaat.'

'Au, arm paard.'

'Nou, inderdaad. Maar waar ik voor bel. Jij zit toch in Zuid-Frankrijk?'

'Ja.'

'Nou, die kerel waar ik contact mee heb gehad, zit momenteel in Cassis. Een plaatsje in de buurt van Marseille. Misschien kan je daar even poolshoogte nemen?'

'Laat ik nou toevallig op de boulevard in Marseille zitten. Daar kan ik straks wel naartoe rijden. Komt voor elkaar, man!'

'Top, ik app je het precieze adres. Hou me op de hoogte van de ontwikkelingen.'

'Oké.'

Jacques verbreekt de verbinding en Pieter kijkt fronsend naar de zee. Hij houdt er niet van om opgelicht te worden. En al helemaal niet als dat ervoor zorgt dat er paarden zijn die pijn hebben. Hij drinkt zijn koffie op en eet zijn croissantje. Daarna loopt hij kalm richting zijn auto en zoekt zijn weg richting Cassis. Het is een ritje van ongeveer een half uur volgens zijn routeplanner. Hij zet de muziek hard aan en vervolgt luid zingend zijn weg. Langs de kust tussen Marseille en Cassis is de kustlijn gevormd door diepe valleien met steile hellingen die pardoes eindigen in de zee. Deze 'Calanques' zijn adembenemend mooi en Pieter kan het niet laten om af en toe te stoppen om te genieten van het uitzicht. Bij een van de tussenstops besluit hij Jan te bellen.

'Goedemorgen, restaurant 't Heuveltje, met Jan, wat kan ik voor u doen?'

'Yo, broer.'

'Pieter, jongen, wat fijn om je te horen. Ben je goed aangekomen in Zuid-Frankrijk? Waar zit je nou?'

'Ja hoor, goed aangekomen. Ik zit nu op de weg tussen Marseille en Cassis. Mooie omgeving hier.'

'Marseille en Cassis? Wat doe je daar nou? Je ging toch naar de Camargue?'

'Klopt, ben ik ook geweest, maar ben nu in Cassis. Lang en saai verhaal, Jan.'

'Oké. Wat kan ik voor je doen, broertje?'

'Ja, ook een raar verhaal. Laatst zei ik toch al dat ik dacht dat ik pa gezien had hier? Of in ieder geval iemand die op hem lijkt. Dat was nu weer het geval. Weet jij misschien of pa een tweelingbroer had?'

'Een tweelingbroer? Nee, geen idee. Dacht het niet eigenlijk. Maar pa's familie is toch bij een auto-ongeluk omgekomen? Ik dacht toen hij veertien was. Maar volgens mij zaten hij, zijn ouders en zijn jongere zusje in de auto en heeft pa het als enige overleefd. Waarom vraag je dat?'

'Nou, omdat Xavier een werknemer heeft, die heel erg op pa lijkt. Weliswaar met een baard en een super gebruinde huid. Maar de manier van bewegen en manier van lopen, sprekend pa.'

'Dat is inderdaad raar. Hoe heette die man?'

'Hij stelde zich voor als Helmut. Volgens Xavier komt hij uit Duitsland. Hij sprak Frans en Engels tegen mij.'

'Ik kan het me bijna niet voorstellen. Het is wel zo dat pa zijn tweede naam Helmut was … Misschien een verre neef of zo?' zegt Jan aarzelend.

'Ik weet dat het niet kan. Maar ik zou echt zweren dat het pa was.'

'Nou, Pieter, het lijkt me echt onmogelijk. Wie hebben we dan gecremeerd? Je hebt het vast verkeerd gezien. Ze zeggen dat ieder mens ergens op de wereld een dubbelganger heeft. Dus misschien ben jij die van pa toevallig tegen gekomen.'

'Mmpff'

'Maar, als je twijfelt, ga je het toch verder uitzoeken? Vraag het die Helmut.'

'Ja, zou ik kunnen doen. En als het pa wel is, wat moet ik dan doen?' zegt Pieter enigszins weifelend.

'Joh, Pieter, hier geloof ik niks van hoor, dit kan toch niet! Of heeft hij geheugenverlies of zo? Maar áls het wel zo is, dan is dat toch een misdaad? Wat een schoft! Nou, dan mag hij wel met een hele goede verklaring komen. Dan is het een nog grotere klootzak dan ik al dacht. Om ons en vooral ma zo in de steek te laten.'

'Ach ja, dat zal hij niet gedaan hebben, toch? Ik zal het wel verkeerd hebben gezien. Ik moet weer verder hier. Tot later.'

'Tot later, Pieter, veel plezier nog en houd me op de hoogte!'

Pieter verbreekt de verbinding en stapt weer in zijn auto. Hij mijmert al rijdend even over de mogelijkheid dat zijn vader echt daar in het restaurant zat. Maar dan zet hij het resoluut uit zijn hoofd. Zijn gevoelens nemen een loopje met hem. Het kan niet. Punt.

'Neem de volgende afslag links en u heeft uw bestemming bereikt,' hoort hij de navigatie zeggen. Hij ziet een groot stallencomplex opdoemen met diverse paarden in verschillende weilanden. Wow, dat is nog eens een stalhouderij. Hij parkeert zijn auto op de daarvoor bestemde parkeerplaats en stapt uit. Er komt direct een jonge jongen naar hem toelopen. In zijn gebrekkige Frans vraagt hij naar Maxime en de jongen wenkt hem mee naar de achterkant van de stallen. Hoe verder hij het terrein oploopt, hoe armoediger en slechter onderhouden het eruit gaat zien. Alles is mooi voor het oog aan de voorkant, maar aan de achterkant laat het echt te wensen over. Pieter hoort de jongen in rap Frans iets roepen en er komt een snauwend geluid uit een heel vervallen schuurtje. De jongen gebaart dat Pieter daar naar binnen moet gaan. Blijkbaar is Maxime daar. De jongen loopt weg en Pieter stapt het schuurtje binnen. Hij ziet een grote, gespierde man staan in een geblokt overhemd en een vuile spijkerbroek met meerdere scheuren. Hij moeten even slikken als hij de ogen van de man op hem gericht voelt. Wat een valse blik. Maar goed, Pieter recht zijn rug, maakt zich groot en weet dat hij er ondanks dat hij niet lang is, wel imposant uitziet. Hij laat niet over zich heenlopen. Hij confronteert Maxime in het Engels met het feit dat de geleverde zadels aan Jacques niet oké waren. En terwijl hij hem de mantel uitveegt, ziet hij die eerst zo imposante man langzaam kleiner worden. Pieter voelt zich groeien. Frans en Engels gaan door elkaar heen lopen. Dat maakt het er niet duidelijker op. Maar Pieter weet dat de man fout zit en zál zijn gelijk halen! Hij voelt zijn irritatie groeien. Als het met woorden niet lukt, dan maar met kracht. Hij geeft de man een dreun in zijn maag. Maxime klapt dubbel en valt op de grond. Dan begint de man met het maken van vele excuses. Pieter helpt hem weer overeind. Ze komen overeen dat Pieter het geld voor de levering weer terugkrijgt. Maxime zou het met Jacques in orde maken. Het zou niet meer voorkomen. Of ze nou nog wel zaken met hem wilden blijven doen. Pieter loopt weer naar zijn auto met de woorden dat als deze fout rechtgezet wordt, hij nog een kans krijgt.

Enigszins geïrriteerd door de situatie zet Pieter de terugreis naar Marseille in. Hij hoopt daar zo snel mogelijk terug te zijn, dan kan hij naar die nachtclub zoeken, waarvan zijn baas gevraagd had om die te bezoeken. Nog zo'n potentieel onaangenaam klusje. Maar goed, dat krijg je als je je mannetje staat en mensen op je vertrouwen. Misschien vindt hij wel een leuk meisje om overdag mee op te trekken op het strand.

Terwijl de kilometers richting Marseille steeds minder worden, wordt Pieter zijn aandacht toch weer naar wat hij in zichzelf 'de situatie Helmut' noemt, getrokken. Alles in Pieter zegt hem dat dit zaakje stinkt. Het klopt gewoon niet. Het is allemaal te toevallig. Praktisch als hij is, maakt hij voor zichzelf een opsomming.

1. Een man die uiterlijk sprekend lijkt op zijn vader werkt bij Xavier.
2. Xavier is de vroegere jeugdliefde van zijn moeder.
3. De man doet het werk op de plek waar zijn vader samen met zijn moeder een camping had willen beginnen.
4. De naam van de man is de tweede naam van zijn vader.
5. De manier van bewegen en manier van doen lijken sprekend die van zijn vader.

Maar ja, zoals Jan al zei, wie hebben ze dan gecremeerd? Dat was de man die in de auto van zijn vader zat, met het paspoort van zijn vader net naast de auto. Dus dat moet zijn vader wel zijn geweest. Pieter neemt het volgende besluit. Hij zorgt dat hij zijn zaakjes in Marseille zo snel mogelijk afrondt en gaat dan terug naar de Camargue. Dan kan hij de maneges bekijken waar Xavier het over had, de streek verkennen, een paar dagen met Xavier mee varen en vooral Helmut bestuderen. Hij gaat het zo aanpakken dat hij in eerste instantie Helmut alleen van een afstand kan zien en in de gaten kan houden. Als de tijd dan daar is, zal hij nader contact leggen en hem confronteren. Dan zal hij wel zien wat er gebeurt.

19

Le Grau du Roi, 29 augustus 2007

Helmut

Het is inmiddels bijna een week later. Ik werk, kom thuis en wacht af. Geen verdere chantage. Ik word er gek van. Pieter is terug uit Marseille en trekt veel met Xavier op. Hij is al een paar keer op een boottocht door het moerasgebied achter Aigues Mortes mee geweest. Op deze tochten kun je wilde stieren, flamingo's en paarden zien. Daarnaast zie ik ze vaak druk gebaren en geanimeerd samen praten. Alsof ze langzaam een band aan het opbouwen zijn. Ik zie hem alleen vanuit de verte. Aan de ene kant ben ik daar blij om. Maar aan de andere kant steekt het ook. Diep in mijn hart zou ik ook wel zo met hem willen praten. Een echte vader-zoonband opbouwen. Ook van Janine heb ik niets meer gehoord. Het gekke is dat ik me ineens realiseer dat ik Janine mis. We kenden elkaar nog maar zo kort. Maar ik heb haar graag om me heen! Daar moet ik eens wat mee gaan doen. Ik krijg er genoeg van om altijd maar af te wachten. Het contact met Xavier lijkt prima. Dus langzaam maar zeker ontspan ik me weer. Ik krijg weer zin om meer vistechnieken uit te zoeken om de zaak verder uit te breiden. Dan herinner ik me de broer van Janine, die in Les Saintes Maries de la Mer een bedrijf heeft. Zal ik hem eens gaan opzoeken? Janine had het idee dat ik veel van hem kan opsteken. Ik bel Janine, maar ze neemt niet op. Ik vind dat ik het niet kan maken om naar haar broer te gaan, zonder haar gesproken te hebben. Dus ik blijf proberen, na vijf maal geen gehoor, heb ik de zesde keer geluk. Aanvankelijk is ze kortaf, maar ik babbel door; vertel hoe ik haar gemist heb en dat ik haar graag weer wil zien. Na een poosje ontdooit ze en hoor ik zowaar weer de lach in haar stem. Ik stel voor samen naar haar broer te gaan en ze zegt geen nee! Uiteindelijk hangen we op met de afspraak dat ik uit ga zoeken wanneer ik een paar dagen vrij kan krijgen en dan met haar kortsluit of ze mee kan. Het begin is er weer.

Xavier is blij dat ik weer interesse toon en gaat direct akkoord met een paar dagen verlof.

'Het is nu toch stil, Helmut. Wat mij betreft kun je makkelijk een dag of drie, vier weg. Hou me op de hoogte,' zegt hij enthousiast. Ik kijk hem onderzoekend aan. Meent hij dit nou of is het de chanteur die naar me lacht? Ik kan eigenlijk nog steeds niet geloven dat Xavier degene is die me dit aan doet en besluit ter plekke dat ik dat van me af moet zetten. Dat heb ik al eerder bedacht, maar ik ga steeds maar weer twijfelen. Thuisgekomen bel ik gelijk met Janine.

'Ik ben vanaf morgen vier dagen vrij. Laten we er fijne dagen van maken, schat,' zeg ik. En tot mijn grote opluchting stemt ze toe. We besluiten dat we met haar auto gaan en dat zij mij op komt halen. De volgende dagen ga ik fluitend naar mijn werk, geniet weer van de zee en alles eromheen. Ik heb alles wat mijn hartje begeert. Toch? Ik maak me druk om niks. Toch?

Als Janine de volgende middag aan komt rijden, sta ik haar al op te wachten. Ik heb alleen een weekendtas bij me. Ik zet de tas achter in haar auto en stap naast haar in. Ik ben oprecht blij haar te zien en wil haar omhelzen, maar ze houdt me op afstand:

'Niet te snel, Helmut, mijn idee over ons is niet anders geworden. Mijn gevoel zegt me dat je niet helemaal oprecht bent en daar heb ik een hekel aan. Het is dat we het samen zo gezellig hebben dat ik toch mee ga, maar een paar weken afstand hebben mijn gevoel niet veranderd.'

'Goeiegenade, Janine, begin je daar nou weer over?'

'Ja Helmut, práát met me, zeg me wat er met jou is, als onze relatie je iets waard is!'

Ik kijk haar in verbijstering aan. Wat wil ze van me? We gaan op weg naar haar broer. Met een onzeker gevoel concentreer ik me op de omgeving terwijl zij rijdt. We leggen een groot deel van de weg in stilte af. In de buurt van Les Saintes Maries de la Mer zegt ze:

'Ik heb morgen met mijn broer afgesproken, zullen we een hotelletje in het centrum nemen?'

Ik knik en laat me door haar leiden. Handig rijdt ze haar auto door het drukke centrum en stopt op een parkeerplaats bij een hotel. Zwijgend stappen we uit, pakken de bagage en lopen naar de balie. Tien minuten later stappen we een hotelkamer binnen en kijken elkaar aan. Ze wendt zich af en gaat druk in de weer met haar koffer en toiletspullen. Ongemakkelijk kijk ik naar wat ze doet en doe verder wat ik al jaren doe: ik wacht af. Overspoeld door emoties en de wil om er wat van te maken zoek ik naar woorden om de stilte te doorbreken. Ineens slaat ze haar armen om me heen en zegt:

'Lieve Helmut, wát je ook dwars zit, je kunt mij echt vertrouwen.' Dan kust ze me.

En dan ... ik stort alles wat er de laatste jaren gebeurd is over haar hoofd uit. Niets houd ik achter: van de Volvo, het ongeluk, de rouwadvertentie tot de chantage: alles vertel ik. Ik kan niet meer ophouden met praten over mijn verdenking van Xavier, over Pieter, over Tineke. Over het café-restaurant waar ik zo van baalde en wéér over die rouwadvertentie die alles veranderde. Zelfs de plotselinge dood van mijn ouders op mijn veertiende komt aan bod. En Janine luistert, zonder commentaar. Al die tijd heeft ze mijn hand vast. Ik merk dat ik al járen niet meer echt met iemand gepraat heb. Ík, die dacht niemand nodig te hebben. Op het moment dat ik geen woorden meer heb, zegt ze zacht:

'We nemen een wijntje en gaan vroeg naar bed. Sámen komen we hier uit. Sámen, hoor je me?'

Ik knik en terloops veeg ik mijn tranen weg, dankbaar dat het al donker is. De volgende morgen ben ik vroeg wakker en voel me fit, maar ook merkwaardig opgelucht. Janine is nergens te zien. Ze is toch niet weggegaan? Ik kijk rond en zie haar spullen nog staan. Een tinteling trekt door mij heen. Ze is er nog. Nog geen half uur later komt ze binnen en is blij dat ik wakker ben.

'We hebben om elf uur een afspraak met mijn broer Charles,' zegt ze. 'Zullen we gaan ontbijten? Er is nog genoeg tijd om plannen te maken.'

'Plannen?'

'Ja, plannen, je kunt toch zo niet doorgaan, Helmut?'

'Eh, denk je van niet?'

'Kom op, dat vind je toch zelf ook wel? Deze situatie is niet leefbaar. Je moet toch jezelf kunnen zijn. Dat vind ik tenminste.'

'Oh, maar dit is toch niet terug te draaien? Ik ben er steeds van uitgegaan dat dit voor altijd zo moet blijven. Ik kan echt niet terug! Tineke vergeeft het me nooit. Bovendien, wat doet de politie? Het zal toch wel strafbaar zijn wat ik gedaan heb?'

Janine schudt haar hoofd en haalt haar schouders op.

'Je zult de gevolgen moeten dragen, maar daarna ben je opgelucht, denk ik.'

Ik kijk haar verbaasd aan. Deze mogelijkheid heb ik altijd verworpen. Nee, dit is echt geen optie. Ik raak alles hier kwijt. En dan is die chantage er ook nog. In mijn hart weet ik zeker dat daar nog een vervolg op komt, ook al heb ik betaald. Twijfelend kijk ik naar Janine. Ze zit op de enige stoel in de hotelkamer en ik zit tegenover haar op het bed. Ze wacht blijkbaar tot ik iets ga zeggen.

'Eh Janine, geef me even de tijd. Ik denk dat wat jij wilt niet kan, echt niet. Ik moet erover denken!'

'Je speelt vals, daar heb ik een bloedhekel aan. En heb je wel eens nagedacht over wat je je vrouw en kinderen aangedaan hebt? Die hebben waarschijnlijk om je zitten rouwen. En al die tijd zit jij hier! Fit en nog vrolijk ook! Bah.'

'Wie was dat die gisteren tegen me zei dat we sámen de problemen aan zouden pakken? Dat was jij toch? Of was dat maar een smoesje om me aan het praten te krijgen?'

Janine kijkt me aan en zegt niets. Ik ook niet, wat moet ik nog zeggen. We blijven zo zitten, na verloop van tijd wordt het me te veel en ik zeg:

'Janine, we houden er over op. Zullen we gaan ontbijten? Kom,' en ik probeer haar mee te trekken.

Ze schudt alleen maar haar hoofd. Er is geen beweging in haar te krijgen.

'Janine, toe nou, heb je geen trek in een croissantje?'

'Helmut ... Kan ik dat nog wel tegen je zeggen? Nee, je heet anders, zeg je. Hoe noem ik je nu dan?'

'Gewoon Helmut. Dat is mijn tweede naam, dus dat ben ik.'

Weer schudt ze haar hoofd.

'Ga je dit aanpakken of niet?' Ze kijkt me strak aan.

Aha, gaan we het zo doen, denk ik, nou juffie, ik laat me niet dwingen.

'Nee,' zeg ik en ik wend mijn blik niet af.

'Dan ga ik nu mijn broer bellen om de afspraak af te zeggen, we pakken onze spullen en ik zet je thuis af. Daarna wil ik je niet meer zien.'

'Maar Janine!'

Ze schudt voor de zoveelste keer haar hoofd, pakt haar telefoon en ik hoor haar in hun voor mij onbegrijpelijke dialect kletsen. Dan gaat ze pakken. Ik volg haar voorbeeld en zonder ontbijt stappen we in haar auto. Zwijgend rijden we weg, na een paar kilometer zeg ik:

'Zou je naar Aiques Mortes willen rijden? Het is woensdag en Xavier is daar nu. Dan kan ik hem laten weten dat ik morgen weer aan het werk kan.'

'Prima,' zegt ze en dat zijn de laatste woorden die ik uit haar krijg. Xavier staat bij de kassa van zijn rondvaartboot en ziet ons aankomen. Nadat ik uitgestapt ben, scheurt Janine zonder een woord weg en ik zie Xavier peinzend haar auto nakijken. Als ik bij hem ben, zegt hij:

'Wie zat er nou in die auto?'

'Janine, dat wás mijn vriendin,' zeg ik, 'hoezo, ken je haar?'

'Eh nee, ik dacht dat het iemand van vroeger was, maar die heette anders. Dus het zal wel niet, het is ook al zo lang geleden dat ik haar zag.'

20

Aigues Mortes, 28 augustus 2007

Pieter

Zodra Pieter vanuit Marseille terugkomt in de Camargue, besluit hij naar de camping te gaan waar hij een paar maanden geleden bij Chantal logeerde. Wie weet is ze daar nog? Hij parkeert op de parkeerplaats buiten de camping en loopt naar de receptie. Het eerste wat hij ziet als hij binnenkomt, is Chantal die aan de balie met een klant bezig is. Haar ogen worden groot als ze hem ziet. Ze gebaart hem even te wachten. Pieter gaat op een stoeltje zitten in de wachtruimte en kijkt om zich heen. Gezellig hier, schiet het door hem heen, fijn baantje heeft die Chantal toch. Na een kwartiertje komt ze naar hem toe lopen.

'Hoi, Peeter, ben je weer terug?'

Pieter grinnikt inwendig om haar uitspraak, knikt en zegt met een knipoog: 'Ik zoek een plaats om te overnachten.'

Chantal krijgt een kleur: 'Eh, ik wist niet dat je zou komen. Het is al zo lang geleden dat je hier was. Eh ...'

'Aha,' zegt Pieter, 'heb je iemand anders?'

Chantal knikt aarzelend: 'Als ik geweten had dat je terug zou komen. Dan ...'

'Kun je wel iets voor me regelen waar ik kan slapen? Niet te duur?'

'Wacht even, ik ben zo terug.'

Chantal loopt weg en overlegt met een collega achter de balie. Na een paar minuten komt ze terug.

'We hebben als personeel van de camping een stacaravan die we kunnen gebruiken. Over twee weken sluit de camping. Er is weinig personeel meer, dus die staat leeg. Je mag daar drie nachten slapen, meer niet. Is dat oké?'

'Wat kost me dat?'

'Niks, als het maar niet langer is dan drie nachten. Ik zet het op mijn naam. Hier is de sleutel.'

'Wow, dankjewel. Ik ben je eeuwig dankbaar.'

Chantal lacht, zwaait hem een kushandje toe en gaat weer aan het werk. Pieter loopt naar zijn auto en pakt zijn spullen. Eenmaal in de caravan ploft hij neer en zucht diep. Wat nu? Jammer dat Chantal er niet is om hem af te leiden, maar goed, eigenlijk verwacht hij weinig tijd voor haar te hebben. Hij heeft onderweg hiernaartoe bedacht dat hij gaat starten met meevaren met Xavier. Hij wil de streek beter leren kennen en de kans krijgen om Helmut van een afstand te bestuderen. Pieter kijkt op zijn horloge. Het is kwart over drie. Vroeg genoeg nog om na een verfrissende douche naar het kantoor van Xavier in Le Grau du Roi te gaan. Of zou hij op pad zijn en is het beter om hem op te vangen bij de kade van Aigues Mortes als hij daar aanmeert na zijn tocht van vandaag? Dat laatste lijkt hem de beste kans om Xavier nog vandaag te zien. Hij besluit om naar de kade van Aigues Mortes te gaan. Daar is het leeg. Geen boot te zien. Xavier is nog onderweg. Pieter loopt naar een terrasje en bestelt een biertje. Het duurt zeker een uur voor hij in de verte boten aan ziet komen. Net als hij zijn geduld gaat verliezen, ziet hij dat het de boot van Xavier is. Hij herkent het logo op de vlag. Na een half uurtje waarin de boot naderbij komt en aanmeert, ziet Pieter ineens Xavier uit de stuurhut komen en zijn richting op kijken. Pieter springt op en rent al zwaaiend naar de boot.

'Bonjour Xavier,' roept hij enthousiast.

'Bonjour Pieter, ben je terug uit Marseille? Goede zaken gedaan?'

'Jazeker Xavier. Wanneer kan ik bij jou beginnen? Morgen?'

'Even geduld, Pieter, ik handel nog wat zaken af en dan gaan we een wijntje drinken, kunnen we gelijk een plan maken voor de komende tijd.'

Pieter moet weer wachten. Ongeduldig kijkt hij op de klok. Na wat een eeuwigheid lijkt, komt Xavier bij hem terug.

'Ga je mee, Pieter, ik moet even naar mijn kantoor. Dan kunnen we daarna afspraken maken.'

Pieter knikt en loopt gedwee achter Xavier aan. Samen rijden ze naar Le Grau du Roi, parkeren de auto van Xavier en lopen naar het kantoor. Xavier is nog even bezig en Pieter kijkt verveeld uit het raam. Een boot die binnen komt varen trekt zijn aandacht, ziet hij nou dezelfde vlag als op de boot van Xavier? En ja hoor: weer die bekend voorkomende man die daar op de boot rondloopt. Geïnteresseerd blijft hij kijken. Even later komt Xavier naast hem staan en volgt zijn blik:

'Dat is een vissersboot van mijn bedrijf, Pieter. Helmut heeft de leiding over dat deel van het bedrijf. Misschien is het ook wel leuk om een keer met hem mee te varen.'

Pieter dwingt zich neutraal te blijven kijken en begint over iets anders.

'Wanneer mag ik met jou mee, Xavier? En kan ik wat verdienen?'

'Hm, morgen gelijk maar? Het is bijna einde seizoen en nu is het nog de moeite waard om je mee te nemen. Ik wil graag dat je je bezig gaat houden met de klanten die geen Frans spreken: Engels en Duits komen het meest voor. Ik zal je de informatie die ik altijd vertel tijdens het varen meegeven. Dan kan je dat vanavond doornemen en dan heb je een beetje meer achtergrondkennis.'

'Graag,' zegt Pieter.

'Ik kan je niet veel betalen, maar je ervaring opdoen is ook wat waard.'

'Fijn,' zegt Pieter, 'hoe laat moet ik aanwezig zijn?'

'Vroeg! Acht uur? Dan kun je meewerken om de boot klaar te maken voor de reis. Kom op, we gaan een wijntje drinken en plannen de komende dagen.'

Na een fijn gesprek stappen ze weer in de auto van Xavier die Pieter weer bij zijn eigen auto afzet:

'Tot morgen dan, Pieter, ben je op tijd?'

Pieter knikt en gaat zijn caravan opzoeken. Als hij eenmaal binnen zit, gaan zijn gedachten naar Helmut, de compagnon van Xavier. Die man heeft het blijkbaar gemaakt. Xavier was vol lof over de voortgang van het bedrijf. Zou het echt zijn vader zijn? Hoe gaat hij, Pieter, dit aanpakken?

Eerst morgen met Xavier mee en dan maar zien hoe het gaat, besluit hij. De volgende twee dagen trekken Pieter en Xavier veel samen op. Ze kunnen het prima vinden. Pieter ziet elke ochtend bij vertrek en elke middag bij thuiskomst Helmut vanuit de verte. Hij blijft een ongemakkelijk gevoel houden als hij hem ziet lopen.

'Wat is het toch erg van je moeder, jongen, zo jong al overleden,' zegt Xavier op een dag, terwijl ze het eerste stuk van het kanaal opvaren. Pieter knikt, maar kijkt weg. Het is hem nog te vers om erover te praten.

'Heb jij mijn vader ook gekend, Xavier?' vraagt hij even later.

Hij voelt de onderzoekende ogen van Xavier op zich gericht als Xavier heel nadrukkelijk 'nee' zegt. Gekke reactie, denkt Pieter, weet Xavier iets?

'Mijn vader is hier in de buurt verongelukt' zegt hij, terwijl hij Xavier scherp in de gaten houdt.

'Ja, dat zei je vorige keer ook al. Ik vind het heel erg voor je.'

'Weet jij misschien waar dat ongeluk gebeurd is?'

'Nee, niet exact. Ik kan me wel herinneren dat een aantal jaren geleden hier net buiten Aigues Mortes een buitenlander tegen een boom is gereden met zijn auto. Maar het fijne weet ik er niet van.'

Ineens is Xavier heel druk met de omgeving. Hij zwaait naar mensen op de oever en roept iets onverstaanbaars naar ze. Daarna lijkt hij niet meer bereid tot praten. Pieter weet niets meer te vragen en laat het er erbij.

De volgende dag zitten Xavier en Pieter samen in de stuurhut van de rondvaartboot. Buiten worden de drank en versnaperingen aangevuld door het cateringbedrijf. Ze hebben even niet veel te doen.

'Ik zou ook wel graag wat van dat vissen willen zien en leren. Wanneer kan ik met Helmut meevaren?' vraagt Pieter.

'Eh, wanneer je maar wil jongen,' zegt Xavier, terwijl hij de mannen van het cateringbedrijf nauwlettend in de gaten houdt.

'Nou, ik dacht eigenlijk misschien morgen?'

'Dat zou mij wel goed uitkomen. Mijn vrouw wil een dagje met me uit. En ik kan een vrije dag best goed gebruiken. Maar Helmut is een paar dagen weg. Als hij volgens afspraak terug-komt, is hij zondag of maandag weer hier. Ik zal hem dan de opdracht geven om jou op sleeptouw te nemen. Maar ik heb wel tijd om morgen of overmorgen samen met jou wat maneges af te rijden, je te helpen contacten te leggen.'

Pieter knikt en kijkt weer de andere kant op. Hij had eigen-lijk gehoopt eerder Helmut van dichtbij te kunnen bestuderen. Xavier gaat verder:

'Het is echt een prima kerel, hoor, jullie zullen het goed kun-nen vinden. Je zal zien dat jullie meerdere raakvlakken hebben.'

Als Pieter 's avonds in zijn caravan terugdenkt aan dit ge-sprek krijgt hij argwaan. Waarom was Xavier zo terughoudend als hij over het ongeluk van zijn vader begon? Zou Xavier meer weten? Gelukkig was Xavier wel blij met het idee dat hij met Helmut een dag zou optrekken om wat over het vissen te leren. Misschien moest hij vanavond even één en ander over vissen gaan opzoeken. Hij weet helemaal niets van vissen. Het is wel DE manier om meer over en van Helmut te weten te komen. Morgen moet hij de stacaravan weer uit. Dus dan heeft hij geen slaapplaats meer. Hij zal morgen eens bij Xavier vragen of hij iets anders betaalbaars weet. Het zou het mooiste zijn als hij het zo kan draaien dat hij bij Helmut onderdak kan vinden. Dan zit hij er bovenop.

21

Aigues Mortes, 31 augustus 2007

Helmut

Xavier en ik staan nog voor zijn kassa en kijken in de richting waarin de auto van Janine verdween. 'Je vriendin, zei je?' zegt Xavier.

'Wás,' zeg ik, 'het is over en uit.'

'Ach ja, zo gaat dat,' mompelt Xavier en hij loopt naar zijn boot. Ik loop achter hem aan en zeg:

'Ik ben dus eerder terug. Kan ik morgen werk van je overnemen? Er staat natuurlijk geen vistocht in de planning! Dan kan ik mijn gedachten even afleiden.'

Xavier kijkt me even aan. Dan zegt hij:

'Weet je, Helmut, je zou me een enorme dienst bewijzen als jij morgen met Pieter wilt optrekken. De afgelopen paar dagen is hij steeds met mij mee geweest op de boot. Ik heb hem beloofd morgen wat maneges te bekijken en gewoon wat door de omgeving te toeren. Dat kan jij toch ook wel? Neem mijn auto maar. Hier heb je mijn sleutels. Maak er een leuke dag van.'

'Maar dat heb jíj toch beloofd te doen?'

'Ja, klopt. Maar ik moet nog veel administratie doen en bovendien heb ik ook weleens een dagje met mijn vrouw nodig na alle drukte van de laatste tijd. Dus je zou me enorm helpen daarmee.'

Ik knik, maar niet van harte.

'Xavier, wat heb jij toch met die Hollander? Je gaat nooit op dit soort vragen van toeristen in en het lijkt wel alsof je voor deze jongen door het vuur wilt gaan. Niks voor jou!'

'Ik mag die jongen gewoon graag. Bovendien is hij de zoon van een vroeger vriendinnetje van me!'

'Ja, dat zei je de vorige keer al, Xavier. Heb je haar goed gekend?'

'Zij kwam hier altijd met vakantie, we hebben een paar jaar elke vakantie 'iets gehad'. We waren erg jong nog. Maar ja, liefde op afstand hè? Dat werkt niet lang.'

Ik weet niet hoe ik kijken moet, laat staan dat ik weet wat ik moet denken. Dus toch: Xavier en Tineke, ik heb het de vorige keer goed begrepen. Ik schud mijn hoofd en ik dwing mezelf over iets anders te beginnen.

'Kan ik vandaag nog iets voor je doen? Ik ben er nu toch.'

'Pieter komt er net aan, ga maar gezellig met hem de dag van morgen plannen. Dan ga ik aan het werk!' Xavier loopt weg en laat Pieter aan mij over. Heel even schiet er een vlaag van paniek door mij heen. Dit wil ik helemaal niet! Snel herpak me en tover mijn beste grijns op mijn gezicht.

'Eh Peeter,' ik spreek zijn naam expres met een Engels accent uit, 'Xavier heeft me gevraagd morgen met je door de Camargue te trekken. Wat wil je precies zien? Hij had het over maneges en paarden. Zullen we eens besluiten wat we gaan doen dan?'

Pieter kijkt me verbaasd aan, maar geeft geen commentaar. Hij knikt en wacht af.

'Kom,' zeg ik, 'dan zoeken we hier in het centrum een terrasje en mag je me onder het genot van een wijntje vertellen wat je allemaal zien wilt!'

Pieter loopt gedwee achter me aan, uit mijn ooghoeken zie ik dat hij even Xavier nakijkt. Wat is dat toch tussen die twee? Maar al gauw loopt hij naast me. Ik neem hem mee naar een terrasje binnen de stadsmuren van Aigues Mortes. Als we aan ons drankje zitten – hij drinkt toch liever bier – neem ik de leiding uit angst dat hij ongemakkelijke vragen gaat stellen. We spreken in het Engels. Dat gaat mij inmiddels makkelijk af, maar Pieter heeft er duidelijk moeite mee. Het zou handig zijn als we dit gewoon in het Nederlands konden doen, denk ik met een grijns.

Al snel hebben we een plan bedacht voor de volgende dag. We gaan naar drie maneges in de buurt. Daarna rijden we door het natuurgebied naar de 'bac du sauvage,' om zo de Rhône over te steken. Daarna gaan we vlak bij Les Saintes Maries de la Mer aan boord van de 'Tiki 3' voor een boottocht waarbij er veel wilde paarden te zien zijn. Ik wil zo snel mogelijk van hem af en stel voor ieder naar huis te gaan om morgen vroeg te kunnen beginnen. Hij knikt, maar maakt geen aanstalten weg te lopen.

'Moet je ergens naar toe? Waar logeer je?' vraag ik.

'Eh ja, eh … Ik heb voor vannacht nog niets geregeld eigenlijk. Ik heb afgelopen nachten in een stacaravan geslapen, maar daar moet ik uit.'

'Dat is vervelend, wat had je gedacht te gaan doen?'

'Tja, dat had ik Xavier willen vragen, maar die is net uitgevaren. Weet jij hoe laat hij terug is?'

'Dat is pas eind van de dag,' zeg ik.

Pieter zwijgt en ik ook. Met de boosheid van Janine nog in mijn achterhoofd realiseer ik me dat ik niet voor de tweede keer mijn zoon de rug toe kan keren. Kom op, Helmut, zeg ik tegen mezelf. Hij herkent je toch niet. Doe eens aardig.

'Je kunt wel bij mij slapen,' zeg ik, 'dan kunnen we morgenvroeg samen op pad!'

'Heel graag. Kan dat echt? Is het niet vervelend?'

'Nee joh, ik heb de ruimte. Kom, we gaan naar de auto, ga je mee?'

Pieter knikt. De rest van de middag en avond verlopen stroef. Tegen negen uur trek ik het niet meer en stel voor om vroeg naar bed te gaan. Zo zijn we morgenochtend fris en uitgeslapen voor een lange dag. Pieter stemt in. Die nacht word ik wederom geplaagd in mijn dromen. Janine, haar boze woorden, Tineke, onze laatste ruzie, Pieter, Jan, alles spookt door mijn hoofd. Na een slapeloze nacht sta ik vroeg op. Als ik in de keuken kom is Pieter al op. Hij staat wat vreemd rond te kijken.

'Goeiemorgen,' zeg ik, 'beetje geslapen?'

'Prima, dank je,' zegt hij.

'Drink je koffie? Met een croissantje?'

'Ja graag.'

'Pieter, als jij de koffie zet, zal ik de rest doen. In het kastje boven het aanrecht staat alles.'

Pieter knikt. Ik warm de croissantjes op en dek de tafel.

'Hein, wil jij ook koffie?' klinkt het in het Nederlands.

'Ja graag,' zeg ik, automatisch ook in het Nederlands. Ik realiseer me wat er gebeurt, blijf doodstil staan en kijk niet op. Dan voel ik een hand op mijn schouder. Die hand dwingt mij me om te draaien en ik sta oog in oog met mijn zoon ... Ik ben veel langer dan hij maar ik vóel me kleiner worden.

'Vuile rotzak,' sist hij, 'je bent het dus toch! Ik herkende je eerst niet. Maar Jan is een kopie van jou! Het kon bijna niet missen.'

Ik zwijg. Er is niks te zeggen. Maar hij is woest. Hij stompt me tegen mijn arm en borst. Ik probeer de klappen af te weren.

'Weet je wel wat je ons aangedaan hebt? Vooral ma? Die is gestorven met het idee dat jij in je auto verbrand bent. Egoïst dat je bent.'

En achter die woorden aan krijg ik een klap in mijn gezicht. Geschrokken bedek ik de geraakte kaak. Ik voel geen pijn van de klappen. Er is maar een ding dat ik uit kan brengen:

'Ge... gestorven?' stamel ik. 'Is Tineke dood?'

'Ja, gestorven ja, vorige maand. En waar was jij? Waar was jij toen ze leukemie kreeg en doodziek was. Ze heeft járen van ellende gehad. Alléén was ze. En al die tijd hang jij hier de Duitse meneer uit, lekker varen en vissen ... Ik walg van je!'

Pieter stormt de deur uit, ik val neer op een keukenstoel en sla mijn handen voor de ogen. Zo blijf ik zitten. Tineke is dood, Tineke is dood ... allemachtig, Tineke is dood ...

Ik weet niet hoe lang ik zo gezeten heb. Lang denk ik, maar ik heb geen idee van tijd meer. Alles schiet door me heen. Tineke dood, Xavier en Tineke, Pieter die me toch herkende, Janine die zo boos was, Tineke dood, Jan, die blijkbaar erg op mij is gaan lijken, Tineke dood. Ineens gaat de bel, ik wil niemand zien en doe niet open. Maar de bel gaat weer, langer deze keer. Ik ga toch maar kijken. Voor de deur staat Pieter. Hij heeft een knalrode kop, kijkt woest uit zijn ogen en zegt:

'Nu ik hier toch ben, eis ik een verklaring van je!'

'Kom binnen,' zeg ik en ga hem voor naar de kamer. We gaan zitten. We zwijgen allebei. Ik realiseer me dat hij recht heeft op mijn verklaring. Weet ik zelf nog wel waarom? Aarzelend begin ik:

'Eh Pieter, ik had zo'n hekel gekregen aan het gesappel in 't Heuveltje. Ik voelde me er in gevangen en je moeder wilde maar door en door gaan. Ze stond nooit open voor verandering omdat ze bang was voor mislukking.'

Pieter haalt zijn schouders op, maar kijkt me nu wel aan.

'De avond dat ik weg ben gegaan, was ze zo boos op mij. We hebben zulke nare dingen tegen elkaar gezegd. En ze zei me dat als ik de deur uitliep, ik niet meer terug hoefde te komen. Maar ik moest weg. Ik kon daar op dat moment niet blijven! Dus ben ik hier naartoe gegaan om te bedenken wat ik verder met mijn leven wilde. Ik verkocht de auto om aan geld te komen en zag een week later mijn eigen overlijdensadvertentie staan. Daardoor kwam ik op 't idee om het zo te laten. Snap je dat?'

'Nee,' zegt Pieter.

'Het leek een tweede kans.'

'Een tweede kans? Je wilde dus van ma en van ons af?'

Ik schud mijn hoofd en kijk hem aan, was dat zo? Ik twijfel op dit moment overal aan. Ik probeer zo eerlijk mogelijk verder te gaan:

'Ik wilde beslist niet van jullie af, maar wilde iets anders met mijn leven. En ik zag maar niet hoe dat moest omdat ik je moeder niet meekreeg. Bovendien zag ik geen manier meer om die laatste ruzie weer goed te maken. Ze was zo intens boos op mij. Ik had zo het gevoel te hebben gefaald.'

'Ja hoor, geef mama maar de schuld. Slappeling! Ze heeft altijd hard gewerkt. Je verdween regelmatig een paar dagen en zij was degene die de boel draaiende hield. Dus doe maar niet zielig!'

'Zo bedoel ik het niet, je moeder begreep me wel, Pieter, dat was iets tussen haar en mij.'

'Jaja, en daarom liet je haar verrekken, omdat ze je zo goed begreep?'

'Tja, als je het zo ziet, weet ik niet meer wat ik moet zeggen.'

We zitten als kemphanen tegenover elkaar. Er valt een stilte die bijna oorverdovend is. Na een lange, ongemakkelijke pauze probeer ik de ellende te doorbreken.

'Pieter, zullen we zo gewoon mogelijk een deel van ons plan voor vandaag gaan doen? Dat geeft wat ontspanning. Dan praten we als we thuis komen verder. Het is elf uur, we kunnen best nog door het natuurpark rijden en de tocht met de 'Tiki 3' doen. Oké?'

'Hm, waarom zouden we samen iets doen?'

'Omdat ik denk dat we na zo'n bezigheid meer ontspannen met elkaar zullen kunnen praten.'

Hij kijkt me lange tijd boos aan. Ook weer typisch Tineke, schiet door mij heen. Net als ik denk, dat wordt niks, zegt hij:

'Goed, laten we dat doen. Maar alleen als we daarna verder praten.'

Ik knik en pak mijn jas en de autosleutels.

'Kom op, zoon,' zeg ik en probeer te glimlachen. Hij kijkt me niet aan, maar pakt ook zijn jas en loopt achter me aan.

Eenmaal in het natuurgebied rijd ik door naar de ferry. De Bac du Sauvage- of Sauvage-veerboot is een kabelveerboot over een tak van de Rhône. De oversteek is tweehonderddertig meter en duurt niet lang. Pieter kijkt plichtmatig in het rond, maar ik kan zien dat het niet echt bij hem binnenkomt. Zodra we van de boot afrijden, zeg ik:

'Misschien was dit toch niet zo'n goed idee, we zijn allebei te veel met onszelf bezig om veel van de omgeving te zien.'

Pieter knikt en blijft nors voor zich uitkijken.

'Zullen we een stokbrood kopen met van alles er op, flesje rosé erbij en dan op mijn balkon eten en verder praten?'

Hij knikt weer. Ik neem maar aan dat hij akkoord gaat. Ik neem de kortere route over de weg terug naar Le Grau du Roi. De veerboot terug duurt me nu te lang. In een recordtijd rijd ik naar een winkel voor de boodschappen en ga dan direct door naar huis. Als we neergestreken zijn op het balkon schenk ik voor allebei rosé in en smeer wat brood. Ik zet het voor hem neer en zeg:

'Eet smakelijk.'

Pieter raakt het niet aan en zwijgt nog steeds. Ik begin aan mijn broodje, vastbesloten hem de tijd te geven. Zo zitten we een poosje bij elkaar. Dan ineens beginnen we allebei tegelijk:

'Weet je Pieter, ...' zeg ik.

'Ik denk steeds maar aan ...,' zegt Pieter.

We zwijgen weer en kijken elkaar aan. 'Jij eerst,' zeg ik.

Pieter slikt, er komt niets meer.

'Waar denk je steeds aan?' vraag ik.

'Aan ma,' zegt hij en ik hoor zijn stem bibberen.

'Ik ook,' zeg ik zacht, 'ik kan maar niet geloven dat ze er niet meer is.'

'Rotzak, egoïst,' zegt Pieter en kijkt me voor het eerst in uren weer aan.

'Pieter, je hebt alle recht om woedend op me te zijn, maar geloof alsjeblieft dat ik zo wanhopig iets wilde veranderen dat ik geen andere uitweg zag!'

Zo gaan we door. Na urenlang praten komt er enige ontspanning tussen ons. Pieter lijkt wat minder boos en ik voel me meer op mijn gemak. Eind van de middag zeg ik:

'Pieter, zullen we samen ergens een hapje gaan eten. Laten we proberen het contact tussen ons te herstellen ook al kan ik nooit goedmaken wat ik fout gedaan heb. Maar wat er nog komt in ons leven kan ik anders doen, wíl ik anders doen!'

Pieter knikt weer, hij is nog steeds iemand van weinig woorden, bedenk ik me. Dat was vroeger al zo.

'We gaan zo eten,' zeg ik, 'even nog mijn e-mail checken voor het geval Xavier me nodig heeft.'

Voor het eerst in lange tijd open ik nietsvermoedend mijn e-mail.

'Allemachtig, wéér één!' ontschiet me. Pieter hoort aan mijn stem dat er iets is en kijkt op:

'Wat is er?'

'Laat maar, dat zijn mijn zorgen,' zeg ik, 'ga je mee eten?'

22

Le Grau du Roi, 1 september 2007

Hein en Pieter

Ik neem Pieter mee uit eten. We kunnen niet naar Le Gallion gaan, want daar komt Xavier bijna iedere dag en ik wil niet dat we hem nu tegenkomen. Stel je voor dat hij Pieter en mij Nederlands hoort praten. Dus loop ik naar de boulevard, ver van Le Gallion vandaan, en we strijken neer in Le Fabrique. Ik ken het restaurantje niet, maar het ziet er gezellig uit en het eten is hier overal lekker. Pieter blijft nors kijken en zegt weinig. Terwijl ik zie hoe hij enigszins stuurs over de zee uitkijkt, pieker ik me suf om een onderwerp van gesprek te vinden. Maar wat ik ook zeg, ik krijg nauwelijks respons. Dit voelt heel ongemakkelijk. Ik schuif nog eens heen en weer over mijn stoel en kijk om me heen. Het is nog vroeg, dus het restaurant is nog lang niet vol. Er zitten een man en een vrouw van middelbare leeftijd hand in hand in elkaars ogen te staren aan het tafeltje schuin achter Pieter. Dat hadden Tineke en ik kunnen zijn, schiet er door mij heen. Ik slik een brok in mijn keel weg. Weer kijk ik naar mijn zoon, het evenbeeld van zijn moeder. Hoe kan ik het contact herstellen? Halverwege het hoofdgerecht houd ik het niet meer uit:

'Pieter, luister eens, je hebt het volste recht kwaad te zijn, maar zwijgend komen we er nooit uit.'

Pieter kijkt me voor het eerst in uren even aan, hij haalt zijn schouders op en zegt niks. Ik zwijg ook maar weer en we eten door. Tijdens de koffie kijkt Pieter ineens weer op en zegt:

'Ik zou je met plezier in elkaar timmeren, egoïst die je bent. Dat jij mij en Jan in de steek liet, oké, maar dat ma alleen die vreselijke ziekte door moest maken! Dat is toch gewoon misdadig!'

'Je hebt gelijk. Dat zie ik nu zelf ook. Maar eerlijk is eerlijk, ik wist niet dat je moeder ziek was. Voor ik wegging wist ik daar niets van. Dat had ze me toch moeten vertellen?'

'Oh, zoek je nou een excuus?'

'Nee, helemaal niet, maar ik wist van niks. Wat ik gedaan heb, was niet in de haak, maar dit van die ziekte heb ik echt niet geweten. Ergens heb ik altijd het gevoel gehad dat ik Tineke weer zou zien en we alles uit zouden praten. Geloof me, dat wilde ik ook, alleen had ik geen idee hoe.'

'Stommeling.'

'Ik besef dat dit allemaal mijn eigen schuld is, maar heus, als ik geweten had dat Tineke zo ziek was ...'

'Puh, had je deze streek dan soms niét uitgehaald?'

'Nee, natuurlijk niet!'

Pieter kijkt me nu vol aan: 'Echt niet?'

'Echt niet, zeker weten. Ik had je moeder nooit alleen gelaten, als ik geweten had dat ze ziek was. Dat zweer ik je.'

Pieter knikt. Hij gelooft me, gelukkig. We zwijgen weer, ik geef hem de tijd. Na het eten lopen we weer over de boulevard richting mijn huis.

'Je bed is vrij hoor,' zeg ik, 'je kúnt voorlopig best bij mij logeren.'

Hij knikt weer en loopt mee. Eenmaal thuis zeg ik: 'Fijn, je logeert dus bij mij zolang je hier in de Camargue bent?'

'Goed,' zegt hij.

'Hoelang blijf je?'

'Geen idee, ik ga naar bed.' En Pieter loopt de kamer uit. Ik kijk hem na, blij dat hij hier slaapt en dat ik hem morgen weer kan zien. Nu ik alleen ben loop ik naar mijn computer en open mijn mail. Ik moet toch weten wat die verrekte chanteur nu weer van me wil?

'Mettez 4000 euros dans une enveloppe. Demain soir neuf heures même endroit que la dernière fois.'

Allemachtig, weer in het Frans. Ik denk het te snappen, maar zoek voor de zekerheid toch de vertaling op en dit staat er:

'Doe 4000 euro in een envelop. Morgenavond negen uur zelfde plaats als de vorige keer.'

Oké, deze keer is het bedrag aanzienlijk hoger. Maar ik heb het nog! Ik moet het dus morgenavond weer op dezelfde manier afgeven. Dat ga ik natuurlijk doen, ik wil hiervan af en misschien is het na dit bedrag wel genoeg. Dan is het klaar. Maar dan bedenk ik me iets anders. Pieter weet nu van mijn bestaan af, Tineke is er niet meer. Dus wat maakt het verder uit wat de chanteur doet? Wat zou er gebeuren als ik het gewoon negeer? Niks doen en afwachten? Wat een dilemma, het blijft maar in mijn hoofd rondmalen. Ik neem een wijntje en nog één. Mijn ogen worden heel langzaam zwaar. Maar ik heb de moed niet om op te staan en naar mijn bed te lopen. Midden in de nacht schrik ik wakker. Ik zit nog voor mijn computer en Pieter staat naast me. Hij kijkt op mijn scherm.

'Wat staat daar? Waarom moet jij 4000 euro betalen? Is dat chantage?'

'Lees jij mijn e-mail?' zeg ik.

'Nou ja, het staat daar, open en bloot,' zegt Pieter.

'Ja, maar dat is wel privé.'

'O, sorry hoor, had je computer dan dichtgedaan. Dan had ik niks geweten. Ik bemoei me er al niet meer mee!'

Pieter stampt boos de kamer uit. Ik hoor de deur van zijn slaapkamer hard dichtslaan. Met gemengde gevoelens kijk ik hem na. Ik kijk op mijn horloge, het is twee uur 's nachts. Pieter is net Tineke, schiet het door me heen, net zo snel aangebrand en boos. Dat doet me er weer aan denken dat Tineke overleden is. Mijn hart gaat tekeer en ik sla mijn handen voor mijn gezicht. Wat heb ik gedaan? Ik zal dit nooit meer met haar kunnen uitpraten. Ze zal het me niet meer kunnen vergeven en als ik eerlijk ben, is dat toch wat ik zou willen. Mijn God ... Tineke, wat heb ik gedaan! Wat een sukkel ben ik geweest. Ik strompel naar de slaapkamer en val op bed neer. Daar val ik in een onrustige slaap vol herinneringen aan mijn vrouw.

Om half zeven maakt Pieter me wakker.

'Je mobiel ging,' zegt hij en geeft hem aan, 'het is Xavier!'

'Goeiemorgen Helmut,' hoor ik de opgewekte stem van Xavier zeggen. 'Wat leuk dat Pieter opneemt. Logeert hij bij jou?'

'Eh ja, we waren gisteren op pad. Toen bleek hij 's avonds geen slaapgelegenheid te hebben geregeld en ik heb een bed vrij.'

'Aardig van je! Je weet, ik vind het belangrijk dat hij het hier naar zijn zin heeft. Ik was vroeger erg gek op zijn moeder!'

Je moest eens weten hoe gek ík op zijn moeder was, denk ik, maar ik zeg: 'Ik vind het wel gezellig zo, dus waarom niet!'

'Mooi zo. Waar ik je eigenlijk voor bel, is om je te waarschuwen dat je tocht van vandaag afgelast is.' zegt Xavier. 'Het weer ziet er slecht uit, de verwachting is een mistral met onweer en bliksem, dus blijf maar thuis vandaag!'

'Oké, bedankt voor je telefoontje,' zeg ik, 'laten we hopen dat het morgen wel door kan gaan.'

'Dat betwijfel ik. Een mistral duurt vaak een paar dagen,' zegt Xavier. 'Maar laten we morgen in ieder geval afspreken om te overleggen over de komende dagen. Half twaalf in Le Gallion?'

'Oké, tot dan.'

Ik ben blij dat ik vandaag niet hoef te werken en grijns naar Pieter, die nog naast me staat.

'Ontbijtje, jongen? Ik ben vrij vandaag,' zeg ik.

Hij knikt, deze keer zowaar met een glimlachje.

'Ik heb weinig slaap gehad, even douchen om wakker te worden,' zeg ik en ik ga de kamer uit. Als ik even later fris terugkom zie ik nog net hoe Pieter bij mijn computer vandaan schiet. Vragend kijk ik hem aan, maar hij zegt niks. Ik besluit om ook niets te zeggen. Ik vind het pas ontstane contact tussen ons belangrijker. Tijdens het ontbijt begin ik over Xavier.

'Hoe ben je met Xavier in contact gekomen?' vraag ik.

'Ma kende hem van vroeger en vertelde me hoe ik hem kon vinden.'

'Aha, had ze nog contact met hem dan?'

'Heel weinig, geloof ik. Ken jij hem ook van vroeger?'

'Nee, ik werkte in het restaurant van zijn broer. Ik wilde graag het water op en Xavier zocht iemand die talen sprak. Dus bracht zijn broer Jean ons met elkaar in contact. Zo heb ik hem leren kennen.'

Het is weer een poosje stil tussen ons en dan zegt Pieter:

'Wat is dat nou voor chantage op je e-mail? Of mag ik dat niet weten?'

'Pieter, jongen, je mag alles weten. Ik reageerde vannacht wat heftig, omdat ik schrok. Ik had je niet aan horen komen. Ik heb geen idee wat ik met deze situatie aan moet. Dus wilde ik het nog voor me houden.'

'Vertel eens, waar gaat het over?'

'Ik krijg al ongeveer een jaar geheimzinnige e-mailtjes. Het begon ermee dat iemand beweerde te weten wie ik ben en waar ik vandaan kom. Sinds een paar weken wordt er ook om geld gevraagd. Maar ik heb geen idee wie het is.

'Misschien kan ik helpen de afzender te zoeken?'

'Dat heb ik al geprobeerd. Dat lukt niet.'

'Sorry pa, je bent nooit handig geweest met computers. Zal ik het eens proberen?'

'Fijn, probeer maar,' zeg ik met een grote lach op mijn gezicht vanwege het woordje 'pa'.

Even later zit Pieter te zoeken in mijn computer. Ik sta erbij en kijk ernaar. Wat is die jongen toch handig op de computer. Ik voel me ineens heel oud. Dat was toen ik jong was toch wel anders. Toen kwam de computer net op.

'Aan één mail heb ik niks,' zegt hij, 'hoeveel heb je er gehad? Als ik alle afzenders op een rijtje zet, heb ik meer overzicht.'

We zoeken alle afzenders bij elkaar en komen tot het volgende overzicht:

HelmutetHein@hotmail.com: Frans, 2x
HelmutundHein@hotmail.com: Duits
HelmutisHein@hotmail.com: 1x Engels en 1x Nederlands

Pieter zit dit lijstje te bestuderen en ik wacht af. Weet ik veel wat er nu moet gebeuren. Dan zegt hij ineens:

'Hier kom ik niet uit. Ik ken een mannetje, dat nog bij me in het krijt staat. Hij is heel handig met internet. Ik zal hem mailen en vragen dit uit te zoeken.'

'Wat is dat voor mannetje? Waarom zou hij dat voor je doen?'

'Gewoon iemand die ik weleens geholpen heb. Nu is het zijn beurt.'

Ik twijfel. Is Pieter nu nog steeds betrokken bij allerlei louche zaakjes? Zo klinkt het in ieder geval wel. Toch hou ik mijn mond. Ik ben veel te blij met zijn hulp. Het voelt fijn om weer een bekend iemand zo naast me te hebben staan.

Na een paar minuten zegt Pieter:

'Zo, klaar. Ik heb alles naar hem gestuurd. Laten we hopen dat hij vlug een antwoord stuurt.'

Buiten stortregent het inmiddels met enorme windvlagen. Het is helemaal niet aantrekkelijk om naar buiten te gaan. We hangen wat rond en praten over koetjes en kalfjes. Ineens bedenk ik dat we het nog over Xavier moeten hebben.

'Pieter, laten we afspreken hoe we samen verdergaan met Xavier. Blijven we zogenaamd vreemden voor elkaar? Dan moeten we voorzichtig zijn dat we niet vanzelf in het Nederlands met elkaar praten waar hij bij is.'

'Dat is jouw pakkie-an,' zegt hij terwijl hij zijn schouders ophaalt. 'Jij hebt dit verzonnen, dus zeg het maar!'

'Kun je het opbrengen dit nog even vol te houden? Ik heb nog helemaal geen idee wie dit doet. Het zou ook zomaar eens Xavier kunnen zijn. Ik weet dat het zo niet lang kan blijven, maar ik heb nog tijd nodig. Dus speel een poosje mee, kan dat alsjeblieft?'

Hij knikt en kijkt van me weg. Ik moet maar geloven dat dit goed gaat.

Na een poosje begin ik weer:

'In deze laatste mail staat dat ik vanavond weer geld moet afleveren. Ik heb het wel en hoop eigenlijk dat ik er vanaf ben als ik weer geef. Wat denk jij?'

'Volgens mij raak je nooit van zo iemand af. Je wordt gewoon een lekker melkkoetje zolang je betaalt. Waar dreigt hij mee als je níet betaalt?'

'Met het bekend maken van mijn identiteit. Daar was ik in het begin wel huiverig voor. Maar ik bedacht me vannacht dat jij het nu weet en je moeder is er niet meer. Dus wat maakt het me uit?'

'Tja, de chanteur zou ook naar de politie kunnen gaan. Je zult wel strafbaar zijn, denk je niet?'

'Ja dat zal wel, zeker als je bedenkt dat er een ander in die auto zat.'

'Ja en die zat dus in de urn die ma heeft laten uitstrooien over de zee!'

In verbijstering kijk ik Pieter aan. Allemachtig, daar heb ik nooit over nagedacht. Wat stom. Ineens realiseer ik me ook dat de familie van degene die voor mij is aangezien, nergens vanaf weet. Voor hetzelfde geld zijn die nog steeds in de hoop dat hun geliefde weer terug kan komen. Mijn mond voelt droog aan. Ik slik een paar keer. De gevolgen van mijn acties kunnen wel eens veel diepgaander zijn dan ik ooit zelf heb kunnen bedenken. Dan hoor ik in de verte Pieter tegen mij praten.

'Heb je ooit iemand verdacht van het sturen van de e-mails? Iemand van je werk of zo? Of heb je hier weleens een relatie gehad, aan wie je iets verteld hebt?'

'Ik heb iedereen in mijn omgeving al eens verdacht. Je fantasie kan met dit soort dingen aardig op hol slaan. Ik heb regelmatig Xavier verdacht of Jean, ook wel eens allebei. Maar eigenlijk kan ik me niet voorstellen dat zij zoiets zouden doen. En ik heb het aan één vrouw verteld, maar dat is kort geleden en toen was de chantage al aan de gang. Dus zij kan het niet zijn.'

Pieter kijkt me onderzoekend aan: 'Zie je haar nog?'

'Nee, dat is uit.'

'Weet je zeker dat ze haar mond houdt?'

Ik knik. Pieter kijkt even nadenkend.

'Weet je, pa, ik zou vanavond gewoon niet betalen. Het gaat om iemand die je geld afhandig wil maken en die jou een hak wil zetten. Als die chanteur jou echt kwaad had willen doen, had hij er geen jaar overheen laten gaan. Als ik de situatie nu goed inschat, zal je eerst nog een bericht krijgen met een soort dreigement waarom je niet betaald hebt en dat je misschien nog wel één kans krijgt of zo. Tegen die tijd heb ik wel antwoord over de afzender van die mails en kunnen we een plan bedenken hoe we dit gaan oplossen.'

Ik knik en overweeg de woorden van Pieter zorgvuldig. Toch is de angst voor de consequenties die ik helemaal nog niet bedacht had en die nu naar voren zijn gekomen in mijn gesprek met Pieter, groter. Ik besluit toch het geld af te leveren onder hetzelfde bankje als de vorige keer. Maar ditmaal heb ik goede hoop dat het echt de laatste keer is. Pieter is er om mij te helpen.

23

Le Grau du Roi, 3 september 2007

Hein en Pieter

De volgende morgen ben ik vroeg op. Slapen is er nauwelijks van gekomen. Dat hele chantagegedoe spookt maar door mijn hoofd. Wie is dit toch en waarom? Is het om geld te doen of om mij dwars te zitten? Pieter slaapt nog. Buiten houdt de mistral iedereen nog zoveel mogelijk binnen. Ik zet koffie en ga in mijn favoriete stoel zitten. Maar al gauw gaan ook nu mijn gedachten met me op de loop. Wat staat me nog te wachten? Nog meer geld betalen? Ik hoop het niet. Mijn spaarpotje begint er aardig doorheen te raken. Misschien had ik toch naar Pieter moeten luisteren en dat geld gisteravond niet onder dat bankje moeten zetten. Maar ik durfde het risico niet te nemen. Ik ben best wel geschrokken van Pieter zijn opmerking over strafbare feiten. Ik hoop dat Pieter snel een antwoord heeft van zijn 'maatje'.

Zodra Pieter slaperig zijn hoofd om de deur steekt, zeg ik:

'Heb je al antwoord?'

'Jemig pa, ik ben net wakker!' en hij verdwijnt weer. Even later hoor ik de douche. Hij zingt luidkeels wat liedjes. Dat doet hij dus nog steeds, denk ik vertederd bij mezelf. Ik hoop dat hij snel tevoorschijn zal komen en zijn mail gaat bekijken. Terwijl ik zit te wachten, gaat mijn telefoon. Ik kijk op het scherm en zie dat het Janine is. Wat moet die nou? Het is toch uit tussen ons? Wil ik haar wel spreken? Ik aarzel blijkbaar te lang; de telefoon stopt met bellen. Ik heb de moed niet om haar terug te bellen. Pieter komt gelijk weer de kamer inlopen. Hij checkt zijn e-mail. Helaas is er nog geen antwoord.

'Ontbijt?' vraag ik om wat te doen te hebben. Pieter knikt. Als we eenmaal samen zitten te ontbijten, kijkt Pieter me onderzoekend aan:

'Wat zie jij eruit. Niet geslapen?'

'Nee niet echt. Ik maak me zorgen. Hoe zal dit verder gaan?'

'Weet ik niet, maar ik zweer je, dit lossen we op. Let maar op, zodra we meer van de afzender weten, kunnen we plannen maken.'

Pieter lijkt zeker van zijn zaak. Ik twijfel en zwijg. Ik kijk op mijn horloge en zeg:

'Ik moet straks naar Le Gallion voor een gesprek met Xavier. Ga je mee?'

Pieter schudt zijn hoofd.

'Ik wil eigenlijk eens gaan kijken bij wat maneges. Ik zag dat er op de weg naar het strand meerdere zaten die een 'promenade a cheval' aanbieden. Ik ben wel benieuwd wat voor kwaliteit dieren ze daarvoor gebruiken.'

'Zou je dat wel doen met dit weer?'

'Hm, misschien heb je gelijk, paarden zijn onrustig bij veel wind. Ik denk dat ik maar eens gewoon een beetje door dit stadje ga zwerven, wie weet wie of wat ik tegenkom.'

We spreken af om hier tegen lunchtijd samen wat te eten. Ik loop naar Le Gallion. Xavier zit al op ons vaste plekje.

'Bonjour, Helmut,' roept hij, 'kom zitten, wat een weer hè? Slecht voor de zaken, zelfs de rondvaarten liggen stil. Geen toerist die nu het water op wil!'

'Ja, dit is niet goed voor onze omzet,' beaam ik. 'Heb je enig idee hoe lang dit nog gaat duren?'

'Ach, ik denk nog een dag of twee. Veel langer niet, hoor. Dan gaan we er weer tegenaan.'

Ik pak het wijnglas van de ober aan en ineens gaat mijn telefoon weer. Ik kijk: weer Janine! Moet wel dringend zijn dat ze nu alweer belt. Met een verontschuldigend gebaar zeg ik:

'Sorry Xavier, even opnemen. Zij heeft vanmorgen ook al gebeld.' Ik draai me half om en neem de telefoon op.

'Hallo Janine, wat een verrassing.'

'Eh ja Helmut, hoe gaat het?'

'Goed hoor, en met jou?'

'Ook goed. Ik zou je graag willen spreken, kan dat?'

'Ach Janine, zullen we dat wel doen? Alles is nog hetzelfde hoor.'

Ik zie Xavier nieuwsgierig opkijken. Ik haal mijn schouders op en trek een gek gezicht naar Xavier. Hij lacht en begint een praatje met de ober.

'Wil je me niet zien, Helmut?'

'Niet echt, nee,' zeg ik, 'we hadden toch afgesproken ermee te stoppen?'

'Vergeet je niet iets? Ik weet veel van je, wat moet ik daarmee doen?'

Even weet ik niets te zeggen. Het lijkt wel of haar stem ineens anders klinkt, dreigender.

'Nou niks,' zeg ik, 'dat zijn mijn zaken.'

'Oh, dus je hebt geen hulp nodig?'

'Nee hoor, dank je. Ik kan het prima zelf oplossen.'

Ik probeer vriendelijk te zijn, maar besef dat mijn stem zo niet klinkt. Waar bemoeit ze zich mee!

'Best Helmut, het allerbeste dan. We zullen elkaar nog wel eens tegenkomen. Daaag.'

Ik stop mijn telefoon weer in mijn jaszak en voel Xavier weer kijken. Ik grijns naar hem en zeg:

'Vróuwen!'

'Was dat die Janine?' vraagt hij.

'Ja, dat was ze. Ze heeft het zelf uitgemaakt en nu maakt ze zich ineens 'zorgen' over mij. Daar snap je toch niets van?'

Ik herinner me ineens de blik die Xavier in zijn ogen had toen hij de auto van Janine nakeek. Nu kijkt hij weer zo. Hoe eigenlijk? In ieder geval anders dan anders.

'Jij dacht dat je haar kende?'

'Eh ja, dat dacht ik, toen ik haar zag wegrijden. Maar dat was maar een flits. Maar degene die ik dacht dat ze was, heette geen Janine! Ze leek er gewoon erg op.'

'Wie dacht je dan dat het was, Xavier?'

'Jean, mijn broer, heeft vroeger een vriendinnetje gehad. Zij heette Jeanne. En ik dacht haar te herkennen. Maar we hebben Jeanne in geen jaren gezien. Dus ik zal het wel verkeerd hebben.'

Ik haal mijn schouders op. Ik begin over iets anders. Ik wil niet meer over Janine denken en over vroegere vriendinnetjes praten. Dadelijk brengt hij Tineke weer ter sprake. We bespreken de zaken, maken plannen en alles lijkt weer koek en ei.

Om twee uur 's middags kom ik mijn appartement weer binnen. Ik kijk rond, maar Pieter is er niet. Jammer, ik ben zo benieuwd of hij al nieuws heeft over de afzender van die chantagemails. Net als ik besluit even in mijn stoel een middagdutje te doen, gaat mijn telefoon weer. Weer Janine. Wat wil dat mens toch?

'Helmut, ik ken jouw geheim en als je geen afspraak met me maakt, blijft dat geen geheim, dat verzeker ik je.'

'Maar Janine, wat bedoel je daar nou mee?'

'Als jij wilt dat alles geheim blijft en je weet heel goed waar ik het over heb, dan praat je nog een keer met me. Dan maken we de juiste afspraken om de situatie te laten blijven zoals hij is.'

'Allemachtig Janine, chanteer je me nou?'

'Nee hoor, maar doe wat je denkt dat goed is! Ik bel je morgen dan heb je de tijd even na te denken wat je wilt. Tot dan, schat!'

Ik gooi mijn telefoon door de kamer. Is dat mens nou helemaal gek geworden. Ik heb haar in vertrouwen genomen en wat doet ze nu? In wat voor rotzooi zit ik nu weer. Op dat moment komt Pieter binnen.

'Wat is Le Grau du Roi een gezellig plaatsje zeg, hartstikke leuk,' zegt hij.

'Hm,' zeg ik.

Pieter kijkt me aan:

'Weer chantage?' vraagt hij.

'Ja, maar nu vanuit een andere, onverwachte hoek,' zeg ik.

'Wat dan?'

'Laat maar zitten,' zeg ik, 'dit is te gek voor woorden. Ik ga er niet op in. Vrouwen zijn zo onvoorspelbaar. Om gek van te worden. Heb jij nog iets gehoord over die mails?'

Pieter loopt naar de computer en even later roept hij:

'Hé, kom eens kijken, pa!'

We bekijken samen het antwoord van die 'vriend' van hem. Het komt erop neer dat de chantagemails allemaal vanuit één IP-adres gestuurd zijn. Dus het is duidelijk dat er één persoon achter dit alles zit. Maar wie? Dat is zo direct niet te zien. Alleen de provider weet welk woonadres achter een IP-adres zit. En die provider mag dat alleen aan overheidsinstanties geven. De 'vriend' raadt Pieter aan om ene Karel uit hun vriendenkring te laten achterhalen welk woonadres dit is.

'Kan hij daar achter komen dan?' vraag ik. 'Is dat strafbaar?'

Pieter haalt zijn schouders op. Karel is volgens hem te vertrouwen. Dus we schakelen hem in. We hebben geen andere keus.

'Karel is altijd snel, hoor, we hebben misschien vandaag nog wel antwoord,' zegt Pieter.

Die Pieter is, denk ik, blijkbaar volkomen thuis in dit wereldje. Althans zo komt het op me over.

'Eh Pieter,' zeg ik, 'hoe is het de laatste jaren gegaan met je? Ben je nog in aanraking geweest met de politie?'

Pieter kijkt me niet aan en zegt:

'Oh, een enkel keertje, niks bijzonders.'

'Vertel eens.'

'Moet dat? Ik heb geen zin dat allemaal op te rakelen,' zegt Pieter.

'Ik hou niet van deze praktijken, Pieter, dat weet je wel.'

'O ja, weet ik dat? En dat zeg jij? Jouw hele leven is de laatste jaren één groot strafbaar feit. Doe niet zo schijnheilig, man!' Pieter loopt de kamer uit. Ik kijk hem na en knik. Hij heeft nog gelijk ook. Een uurtje later komt hij de kamer weer binnen.

'Ik heb een telefoontje gekregen van Karel. Het adres is van ene J. LaRue.' Hij kijkt op een papiertje en leest op:

'Die woont aan de Rue des Gardians 10 in Aiques Mortes.'

Mijn mond valt open.

'Echt waar?' zeg ik.

'Hoezo, weet je dan wie dat is?'

'Nee dat niet, maar dat adres wel. Volgens mij wonen de ouders van Janine in die straat. Ik weet alleen het huisnummer niet meer.'

'Denk je dat of weet je het zeker?'

Ik aarzel. Er flitsen allerlei gedachten door mij heen. Zou Janine dan toch de chanteur zijn vanaf het begin?

'Ik weet het niet zeker.'

Pieter rommelt wat op de computer.

'Kom eens kijken,' zegt hij even later. 'Kijk, hier is de plattegrond van Aiques Mortes. En hier ...,' zijn vinger wijst het aan, 'is de Rue des Gardians. Herken je dat?'

Ik zoek op het stratenschema het pleintje van Aiques Mortes, een vast en bekend punt en vandaar 'loop' ik met mijn vinger de weg naar het huis van Janines ouders. Mijn hart staat stil. Het klopt, het is dezelfde straat. Ik kijk Pieter aan en aan mijn gezicht ziet hij genoeg. Hij knikt.

'Dus toch,' zegt hij.

'Wa...wat bedoel je?' stamel ik.

'Vrouwen zijn niet te vertrouwen.'

'Ik realiseer me dat ik nooit Janines achternaam heb gevraagd,' zeg ik, 'Theoretisch zou J. LaRue, Janine kunnen zijn. Maar ik ben degene die contact heeft gezocht met Janine. Ik liep haar tegen het lijf toen ik in Sète was. En ik heb haar versierd, niet andersom.'

'Mm, denk nog eens goed na, pa. Wie ken je allemaal, die in dat stadje woont? Behalve die Janine dan.'

'Xavier en zijn gezin,' zeg ik, 'en verder niemand. En trouwens Janine woont in Sète.'

'Ja, dan weet ik het ook niet.' Pieter haalt zijn schouders op. We zwijgen allebei. Ineens zegt Pieter:

'Ma vertelde over Xavier en toen had ze het over een vrienclubje met Xavier en zijn broer. Die broer had een vriendinnetje en die heette 'LaRue'. Ik weet zeker dat ma die naam zei. De voornaam ben ik vergeten.'

'Ik weet wat je bedoelt. Xavier vertelde er inderdaad over vanmiddag. Maar ik heb de naam van het meisje echt niet onthouden.'

'Zoals ik het zie, heb jij enkele dingen uit te zoeken,' zegt Pieter, 'hoe heet die Janine van achteren. En heeft ze een zus die nog bij hun ouders woont. En je zou nog een keer aan Xavier kunnen vragen over dat vriendinnetje van zijn broer.'

'Goed idee,' zeg ik, 'daar ga ik mee aan de slag. Janine belt morgen weer, dus ik zal kijken wat ik te weten kan komen. Maar over dat vriendinnetje van zijn broer kan jij beter aan hem vragen. Hij heeft dat verhaal terloops verteld net. Officieel weet ik verder niets daarvan. Dus dat is heel raar als ik daar weer over ga beginnen.'

Pieter knikt.

'Kan ik Xavier gewoon bellen?' vraagt hij.

'Natuurlijk, hier is zijn nummer.'

Pieter belt en zegt:

'Xavier, mag ik je iets vragen? Toen mijn moeder me over jou vertelde, had ze het ook over een vriendin waar ze lang mee geschreven heeft. Het was geloof ik een vriendinnetje van jouw broer? Heb jij misschien haar telefoonnummer of weet je waar ik haar vinden kan? Ik zou haar graag ontmoeten omdat ze mijn moeder goed gekend heeft.'

'Ja, dat was Jeanne,' zegt Xavier, 'Jeanne LaRue. Ik weet niet waar ze nu woont, maar haar ouders wonen nog in Aiques Mortes. Misschien kun je daar vragen waar ze nu is?'

'Goed idee, heb je een telefoonnummer van die ouders, of een adres?'

'Ik heb dat nu niet bij me. Thuis kan ik het opzoeken, zal ik het naar het mailadres van Helmut sturen vanavond?'

'Ja, graag,' zegt Pieter, 'bedankt Xavier!'

Hij legt zijn telefoon neer en grijnst naar me.

'Het begin is er,' zegt hij.

24

Le Grau du Roi, 4 september 2007
Hein en Pieter

De volgende dag gaat al vroeg mijn telefoon. Op het scherm zie ik de naam Janine staan en ik zucht. Pieter, die meekijkt, zegt:

'Vergeet niet naar die achternaam te vragen en wie Jeanne is!'

Ik knik en zeg:

'Hallo Janine, jij zou bellen vandaag.'

'Ja eh, Helmut, zal ik maar zeggen. Heb je nagedacht? Ik wil je spreken over hoe wij verder gaan!'

'Ach, een gesprek kan nooit kwaad. Wat stel je voor?'

'Ik kan nu naar je toekomen, want ik ben vrij vandaag. Schikt dat of moet je werken?'

'Nee, de mistral houdt me nog steeds aan de kant, dus het kan. Kom je nu direct?'

'Ja goed, ik ben bij mijn ouders, dus ik ben met tien minuten bij je.'

'Goed tot zo dan. Oh ja, Janine, wat ik vragen wilde: Wat is eigenlijk jouw achternaam, ik realiseerde me dat ik die niet eens weet!'

'Dupont. Waarom is dat belangrijk?'

'Niks bijzonders, ik vroeg het me af.'

'Oké, ik heet voluit Janine Dupont, weet je nu genoeg?'

'Natuurlijk Janine, tot zo dan.'

Ik verbreek de verbinding en kijk Pieter aan:

'Ze heet Janine Dupont, heel wat anders dan Jeanne LaRue. Wat nu?'

Pieter haalt zijn schouders op.

'Ik kan even niets bedenken. Misschien woont die familie LaRue naast de ouders van Janine? Of misschien wonen de ouders van Janine nog niet zo lang in Aigues Mortes? Vis daar eens naar als je haar straks spreekt.'

'Ze komt er zo aan, blijf je erbij?'

'Nee, lijkt me beter van niet. Xavier heeft dat adres van de ouders van Jeanne LaRue nog gemaild. Het is datzelfde adres wat we hebben gekregen van Karel. Dit hele zaakje stinkt, Pa. Ik snap er nog niets van.'

Pieter is even stil en kijkt naar buiten. Dan zegt hij:

'Weet je wat ik doe? Ik mail ze niet, ik ga gewoon naar die Rue des Gardians toe en zeg dat ik Jeanne zoek, omdat het een vriendin van mijn overleden moeder was. Ik ben benieuwd wat ze zeggen! Tot straks.'

En hij loopt de kamer uit. Even later hoor ik de deur dichtslaan. Met een zucht ga ik koffie zetten. Ik vraag me nog steeds af wat Janine nou eigenlijk van me wil. Ergens wil ik haar nog steeds graag zien. Maar ergens ook liever niet. De tijd gaat toch sneller dan me lief is en een half uurtje later zitten Janine en ik tegenover elkaar met een kop koffie voor ons. Ik kijk haar vragend aan. Ik voel me ongemakkelijk en dwing mezelf haar aan te blijven kijken. Zij wou praten, dus laat haar maar beginnen.

'Helmut, moet ik je zo blijven noemen. Je heet toch eigenlijk anders?'

'Dat vroeg je vorige keer ook al. Ik heet hier Helmut, dus zo kun je me noemen.'

Ze knikt en zwijgt weer een poosje. Ik ook, want ik vertik het om een gesprek te beginnen. Ik slurp langzaam van mijn koffie. Janine kijkt wisselend naar mij en naar buiten. Dan begint ze:

'Tja Helmut, kun je me zeggen wat je wilt dat ik doe met het feit dat jij niet bent wie je zegt te zijn? Moet ik die Xavier waarschuwen? Dat is toch je baas, die hoort het te weten. Of zal ik naar de politie gaan?'

'Als je nou eens gewoon je mond erover dicht houdt?

'Ja, dat was ik aanvankelijk van plan, maar ik vind toch dat dat niet kan. Tenzij ...'

'Aha ... tenzij?'

'Nou ja, tenzij je het me makkelijk maakt om te zwijgen.'

'Dus toch chantage?'

'Zo wil ik het niet noemen. Jij geeft mij iets wat ik hebben wil in ruil voor mijn zwijgen. Dat is eerlijk.'

'Iets wat je hebben wilt? Wat wil jij dan, geld?'

'Nee, geld niet, dat verdien ik zelf wel. Ik wil een vaste relatie. Ik ben het beu om alleen te zijn. Op mijn leeftijd heb ik behoefte aan vastigheid, al die losse relaties heb ik genoeg van. En wij hadden het fijn samen, toch?'

Ik weet niet wat ik hoor, een vaste relatie?

'Eh, ik ben getrouwd, hoor,' zeg ik.

'Nou, dat kan geen belemmering zijn, je vrouw denkt dat je dood bent. Dus dat is het probleem niet.'

'En als ik daar niet aan wil beginnen?'

'Dan zwijg ik niet langer. En Helmut? Hoe is het eigenlijk met je vrouw?' Janine kijkt me indringend aan. Ik schrik me wild. Weet ze dat Tineke is overleden? Met moeite houd ik mijn gezicht in de plooi en haal mijn schouders op.

'Hoe moet ik dat weten,' mompel ik. Gauw begin ik over iets anders terwijl ik haar gezicht goed in de gaten houd. 'Hoe vast is een vaste relatie voor jou? Elkaar elke week zien, of tweemaal per week?'

'Nee, ik trek bij je in.'

Ik ben met stomheid geslagen. Bij me intrekken? De rillingen lopen over mijn lijf. Terwijl ik een uitweg zoek, komt ze ineens op mijn schoot zitten en slaat haar armen om me heen.

'Schat, we hadden het zo fijn, is het niet heerlijk als we elke dag zo kunnen zitten?'

Ik aarzel. Tegen haar ingaan geeft vast ellende, wie weet loopt ze rechtstreeks naar de politie. Maar zomaar toegeven?

'Weet je, Janine, ik heb op dit moment op verzoek van Xavier een Nederlandse jongen te logeren, dus er is weinig ruimte voor een derde persoon in dit kleine appartement. Zullen we dat intrekken uitstellen tot hij weer naar huis is?'

'Hoe lang duurt dat?'

'Niet zo lang, twee weken of zo.'

Ik zeg maar wat, ik heb geen idee hoe lang Pieter nog blijft en ik ga hem zeker niet het huis uitzetten.

Een poosje is het weer stil. Janine en ik zitten ieder met eigen gedachten. Dan zeg ik:

'Janine, heb je nog meer broers en zussen behalve die broer in Les Saintes Maries de la Mer?'

'Nee, we waren maar met zijn tweeën,' zegt ze. 'Hoezo?'

'Oh, Xavier zag je rijden en hij dacht dat jij ene Jeanne was. Hij kent iemand van die naam en daar schijn je erg op te lijken. Dus ik dacht dat je misschien een zus had, of een nichtje of zo.'

Janine haalt haar schouders op:

'Ik ken geen Jeanne,' zegt ze, 'en jouw Xavier ken ik alleen van die keer dat ik jou daar afgezet heb. Toen zag ik hem uit de verte.'

Ik haal mijn schouders op en doe alsof het allemaal niets uit maakt. Op dat moment komt Pieter binnen lopen. Ik stel hem voor aan Janine. Pieter zegt tegen mij:

'Ik kwam toevallig net Xavier tegen. Hij vroeg me je te zeggen dat hij je wil spreken. Hij komt zo meteen even langs.'

'Ik moet weg,' zegt Janine, 'ik heb straks een afspraak in Sète. Bel je me vanavond, Helmut, dan praten we verder.'

Ik knik en voor ik het weet is Janine verdwenen.

'Wat wilde ze van je?' vraagt Pieter.

'Als ik geen vaste relatie met haar begin, geeft ze me aan.'

'Wat? Dat meen je niet. Zit zij soms ook achter die e-mail-chantage?'

'Nee joh. Die chantage was al aan de gang voor ik haar leerde kennen. Heb je de mensen van dat adres gesproken?'

'Nee, niemand thuis.'

'Wat een gedoe, pa. Hier zit een luchtje aan! Blijkbaar zijn ze vroeger allemaal met ma bevriend geweest. En jij hebt nooit van ze gehoord? Spraken jij en ma niet over vroeger?' zucht Pieter.

Voordat ik kan antwoorden, gaat mijn telefoon. Het is Xavier. Terwijl ik met Xavier over zaken praat, zie ik Pieter naar mijn bureau lopen. Hij pakt een pen en papier en gaat druk zitten schrijven. Ik ben erg nieuwsgierig naar wat hij aan het doen is, maar dwing mezelf me te focussen op wat Xavier van me wil.

De mistral is aan het minderen, de verwachting is dat we over-morgen weer uit kunnen varen. Mooi, denk ik, dat geeft me nog een dag met Pieter om te proberen te zoeken naar oplossingen. Xavier vertelt dat de boekingen al binnen lopen voor overmor-gen dus dat het wel door zal gaan. Hij wil dat ik weer de lunch erbij ga voorbereiden.

'Pieter zei dat je hierheen zou komen, Xavier,' zeg ik nog voor we het gesprek afbreken.

'Oh ja, dat klopt, maar er kwam iets tussen, ik dacht ik bel maar,' zegt Xavier, 'hebben we alles doorgenomen?'

'Ja hoor, het komt prima voor elkaar,' zeg ik.

Zodra ik klaar ben, wenkt Pieter me om te komen.

'Ik heb eens op een rijtje gezet wat we nu weten,' zegt hij, 'moet je kijken, pa, wat een warboel.'

- *Chantagemails komen via een adres in Auques Mortes, Rue des Gardians 10. Afzender J. LaRue.*
- *Ma en Xavier waren vroeger bevriend met ene Jeanne LaRue. Ma heeft nog jaren met haar geschreven.*
- *Janine Dupont heeft pa meegenomen naar een adres aan de Rue des Gardians, haar ouders wonen daar. Is dit hetzelfde huis als nummer 10? Is de naam van de ouders LaRue?*
- *Janine heeft alleen een broer, die heet Charles. Geen gezinslid met een voornaam die met een J. begint.*
- *Xavier heeft Janine één keer uit de verte gezien en dacht dat zij Jeanne LaRue was.*
- *Janine kent Xavier niet.*

Wat willen we weten:
- *Is Janines meisjesnaam LaRue of is ze misschien geadopteerd?*
- *Is het adres waar de e-mails vanaf komen hetzelfde als het adres van de ouders van Janine? Zo ja, waarom dan?*
- *Wie is J. LaRue (e-mails)?*
- *En is afzender J. LaRue dezelfde persoon als Jeanne LaRue (vrien-din van vroeger)?*

Als ik alles gelezen heb, kijk ik Pieter aan:

'Goed samengevat,' zeg ik. 'Wat nu? Heb je enig idee?'

Pieter schudt zijn hoofd en blijft staren naar het papier. Ik kijk mee, alles klopt, maar ik weet niet wat we hiermee moeten. Na lange tijd zegt Pieter:

'Ik ga Karel bellen. Misschien kan hij uitzoeken of die J. LaRue die de e-mails gestuurd heeft Jeanne heet. Stel dat dat zo is, dan zijn we een eind verder, toch? Verder lijkt het me een goed idee als wij samen naar Aigues Mortes rijden en kijken op welk huisnummer de ouders van Janine wonen. Dan van daaruit misschien elimineren dat Janine er iets mee te maken heeft.'

'Goed plan,' zeg ik.

Pieter pakt zijn telefoon en belt Karel. Daarna stappen we in de auto en rijden van Le Grau du Roi naar Aigues Mortes. Het is maar vier kilometer, dus we zijn er zo. We parkeren op de parkeerplaats naast de stadsmuur. Van daaruit hoeven we alleen nog maar de doorgaande weg lopend over te steken en dan zijn we in de Rue des Gardians. Het huisnummer van de ouders van Janine weet ik niet meer. Maar wel dat het huis felle groene luiken had. Met enigszins knikkende knieën tel ik de huisnummers. Al gauw zie ik het huis van de ouders van Janine. Ik kijk naar het huisnummer: 10. Ik voel mijn mond weer droog worden. Dan zie ik ook de naam op het naambordje: LaRue. Het klopt! Degene die mij chanteert woont op dit adres. Duizenden gedachten flitsen door mij heen. Ik voel een woede in mij opkomen die ik nog niet vaak gevoeld heb. Pieter ziet het en pakt me bij mijn schouder.

'Doorlopen!' sist hij in mijn oor, 'praten doen we zo wel weer.'

Hij sleurt mij echt terug naar de auto. Ik weet geen woord uit te brengen. Pieter laat mij maar even. Thuis gekomen pak ik gelijk het papier dat Pieter een paar uur eerder had gemaakt. Ik blijf de feiten maar doorlezen en bedenk me dan dat het raadsel van de achternaam van Janine het volgende is waar we achter moeten komen. Haar ouders heten LaRue en zij Dupont. Daar kan een simpele verklaring voor zijn. Wat we al dachten: getrouwd met ene Dupont, of geadopteerd. Alles kan. Maar we moeten de reden weten om verder te kunnen denken.

'Pa, ga nou geen domme dingen doen. Laten we dit rustig bespreken en van alle kanten bekijken. Ik heb ook nog geen antwoord van Karel gehad.'

'Dat moeten we afwachten dan,' zeg ik. 'Ik denk dat ík maar eens een goed gesprek met Janine begin over haar achternaam. Vind je niet?'

'Ja, denk ik ook,' zegt Pieter, 'en ík ga zo snel mogelijk met Xavier op pad langs maneges. Dat heeft hij nog beloofd, daar ga ik hem aan houden. Dan kan ik hem tijdens de rit uithoren over die vriendin van vroeger. '

We besluiten het nu even te laten rusten tot we deze plannen uitgevoerd hebben. Meer kan nu toch niet. Het weer is een stuk beter. Pieter gaat weer zijn eigen weg en ik ga me verdiepen in een lunch voor de tocht van overmorgen. Zoals altijd ga ik om de lunch voor te bereiden naar de keuken van Jean. Hij is waarachtig blij me weer eens te zien en al gauw zitten we samen met een wijntje aan zijn aanrecht! Ineens zegt hij:

'Xavier belde me net. Er is een Nederlandse jongen hierheen gekomen die op zoek schijnt te zijn naar Jeanne, een vroegere vriendin van mij. Die jongen logeert toch bij jou?'

Ik knik maar ga er verder maar niet op in. Jean gaat verder:

'Tja, ik heb haar goed gekend, maar dat was járen geleden. Xavier was erg gek op de moeder van die jongen en wil hem daarom helpen. Maar goed, ik heb geen contact meer met Jeanne. Geen idee waar zij uithangt.'

'Jammer voor die jongen,' zeg ik neutraal. Jean knikt en we gaan over tot de orde van de dag.

25

Pieter

Pieter stapt de portiek van het huis van zijn vader uit. De puzzel van de chantage, de verschillende achternamen en het feit dat Xavier bevriend is geweest met zijn moeder kan volgens hem geen toeval zijn. Hij wil dit tot op de bodem uitzoeken. Hij stapt door Le Grau du Roi en komt bij de brug. Gezellige drukte hier, denkt Pieter. Moet je die brugwachter zien, die maakt zich blijkbaar druk om al die wachtende auto's, terwijl zeilboten, jachten en vissersboten onder de open brug door, door het kanaal varen. Pieter slentert verder langs wat een terrasjes en winkeltjes!

Hij kijkt op zijn horloge. Het is drie uur. De zon begint al wat te zakken. Xavier had vanmorgen tegen hem gezegd dat hij met zijn vrouw ging winkelen. Die zal nog wel niet terug zijn. Hij wil een plan bedenken hoe hij bij Xavier gaat uitvissen hoe het zit met Tineke en Jeanne. Hij koopt bij een stalletje een ijsje en loopt verder langs het strand. Opeens hoort hij zijn naam roepen, hij kijkt in het rond en ziet Xavier naar hem zwaaien. Xavier loopt over het strand met zijn vrouw, Brigitte, aan zijn arm. Hij loopt naar het stel toe en geeft zijn vrouw een hand.

'Pieter, wat leuk dat ik je hier nu weer tegenkom! Zorgt Helmut een beetje voor je?' begint Xavier.

Pieter knikt en zegt niet veel.

'Mijn vrouw en ik zijn net op weg naar Le Gallion voor een wijntje. Heb je zin om met ons mee te gaan?'

Pieter knikt weer.

'Mooi, mooi. Schat, Pieter is de zoon van een vroegere vakantieliefde van mij. Zo bijzonder om hem te ontmoeten. Helaas zijn de omstandigheden wat minder prettig. Zijn moeder is onlangs overleden en nu is Pieter hier om mij te ontmoeten. Zijn moeder had gezegd dat hij naar mij moest gaan, zodat ik hem hier een beetje wegwijs kan maken. Hij is erg in paarden geïnteresseerd.'

Brigitte glimlacht en fluistert wat in het oor van Xavier. Heel even lijkt Xavier van zijn á propos. Dan begint hij te lachen en legt zijn hand op de billen van zijn vrouw. Hij kust haar in de nek en zegt:

'Dat lijkt me een prima plan, liefje, tot later. Pieter, kom wij gaan samen naar Le Gallion en Brigitte gaat naar huis.'

Pieter loopt een beetje ongemakkelijk achter Xavier aan. Als ze aan een tafeltje op het terras zitten met een wijntje voor hun neus, zegt Pieter:

'Eh Xavier, ik heb geprobeerd contact op te nemen met de ouders van die Jeanne, maar er was niemand thuis. Ik zou haar toch graag ontmoeten want mijn moeder had zoveel fijne herinneringen aan hun vriendschap.'

'Niemand thuis? Ja dat kan natuurlijk,' zegt Xavier, 'Ik weet wel dat Jeanne naar Sète verhuisd is.'

Het hart van Pieter slaat een slag over. Naar Sète? Daar woont Janine ook.

'Jammer,' zegt Pieter, 'zal ik morgen nog eens langs die ouders gaan? Of zal ik naar Sète rijden en haar daar proberen te zoeken. Weet jij waar in Sète ze woont?'

'Je kunt haar ouders altijd proberen,' zegt Xavier, 'Maar zij was het vriendinnetje van mijn broer, misschien heeft hij haar adres in Sète. Weet je wat ik doe? Ik bel hem even, dan weet je gelijk meer.'

Xavier pakt zijn telefoon en belt Jean. Na een kort gesprek kijkt hij Pieter aan:

'Apart verhaal. Jeanne schijnt er niet best aan toe te zijn. Een paar jaar geleden is ze opgepakt. Ze schijnt zelfs in de gevangenis gezeten te hebben. Maar ze woont inderdaad in Sète.'

'Oh ja? Wat had ze gedaan?'

'Dat wist Jean niet precies. Maar ze schijnt daarna een andere naam aangenomen te hebben en het contact met iedereen verder verbroken te hebben. Jean twijfelt zelfs of ze nog steeds in Sète woont. Maar haar ouders zullen het wel weten. Daar was ze vroeger altijd heel hecht mee, ik neem aan dat die band ondanks alles nog steeds goed is. Dus ik zou toch maar proberen met hen in contact te komen als je haar te spreken wilt krijgen.'

'Goh, bedankt Xavier. Dit heeft me echt een stap verder geholpen. Ik ga morgen weer een poging wagen. En bedankt voor het glaasje wijn. Ik ga weer terug naar Helmut. We hebben afgesproken om samen wat te gaan eten straks. Tot later!'

Pieter staat op en loopt naar de boulevard. Xavier kijkt hem na met een nadenkende blik in zijn ogen.

Aan het eind van de middag komen Pieter en Hein toevallig tegelijk thuis. Ze gaan op het balkon zitten.

'En wat heb jij gedaan?' vraagt Hein.

'Niet zo heel veel,' zegt Pieter. 'Ik heb Brigitte, de vrouw van Xavier, ontmoet. En daarna met Xavier een wijntje gedronken. Xavier weet ook niet veel. Die Jeanne schijnt van de aardbodem verdwenen te zijn, na in contact te zijn geweest met de politie. Volgens Jean heeft ze in de gevangenis gezeten en daarna haar naam veranderd en met iedereen verder het contact verbroken. Ik ga toch nog eens naar die ouders, kijken of ik meer te weten kom. Oh ja, ik heb ook Jan gebeld.'

'Jan gebeld? Heb je iets over mij gezegd?'

'Nee, dat laat ik aan jou over. Ik heb hem gevraagd of hij wil kijken in mama's fotoalbums van vroeger. En dan zoeken naar een foto uit de tijd dat ze veel hier was. Als hij me die dan per mail stuurt kunnen we zien hoe die Jeanne eruit ziet!'

'Goed idee.'

'Thanks. Jan zei dat hij het vanavond gelijk zal regelen.'

26

Le Grau du Roi, 5 september 2007

Hein en Pieter

De volgende morgen om zes uur maakt Pieter me wakker.

'Kom kijken,' zegt hij.

Slaapdronken kom ik mijn bed uit en loop achter hem aan. Ik kijk op de klok: zes uur 's morgens! Ik wrijf eens over mijn ogen en door mijn haar. Ik gaap uitgebreid en staar naar het scherm op de computer van Pieter. De lichten zijn nog fel aan mijn ogen. De informatie op het scherm wil nog niet tot mij doordringen. Pieter opent zijn mail en laat me een foto zien. Het is een foto van vier jonge mensen, twee jongens en twee meisjes, allemaal in zwemkleding. Is het een vakantiefoto? En dan dringt het tot me door als ik Tineke herken. Een hele jonge Tineke, maar ze is het echt. Vragend kijk ik Pieter aan:

'Heeft Jan je deze foto gestuurd?'

Pieter knikt en wijst met zijn vinger het andere meisje op de foto aan:

'Herken je haar?'

Dan wijst hij naar de jongens: 'En deze twee?'

Langzaam maar zeker heb ik het door, allemachtig, ik herken Xavier, Jean en dat andere meisje moet dus die Jeanne zijn. Maar ik zie iemand anders, dit kan toch niet? Weer kijk ik naar Pieter in de hoop dat ik het mis heb, maar hij knikt en klopt op mijn schouder:

'Kom op, je ziet het toch ook? Wie zie je?'

Ik schud mijn hoofd en loop weg. Dit kan niet. Dit wil ik niet en bovenal, dit snap ik niet. Ik loop naar de keuken. Vijf minuten later zit ik met een kop dampende koffie in de kamer en dwing mezelf na te denken. Wat heb ik nou gezien? Ja, Tineke, die altijd hier met vakantie kwam. Ook Xavier is duidelijk te herkennen ondanks dat er zoveel jaar tussen nu en die foto zit. Jean ziet er anders uit, maar hij moet het zijn want uit de verhalen weet ik dat ze altijd met zijn vieren waren, dus hij is de andere jongen. Maar dat meisje ... dat moet dus die Jeanne LaRue zijn, ook dat is bekend. Ik schud weer mijn hoofd, ik kan het niet geloven. Janine ...

Pieter komt binnen en kijkt me aan:

'Wat doen we nu? Heb je haar gisteravond nog gesproken?'

Ik knik en zeg:

'Ik heb de boot zoveel mogelijk afgehouden met als excuus dat jij hier logeert. Ze was het er niet mee eens, maar ging wel akkoord. Ik kan het maar niet geloven.'

'Kom op, pa, je weet het nu. Tenzij het tweelingzussen zijn, weten we het nu zeker: Jeanne LaRue is Janine Dupont. Dat is toch duidelijk?'

'Hoe kan dat nou en waarom?'

'Tja, geen idee. Maar zo is het, je ziet het toch?'

Ik pak mijn beker en mors koffie over mijn broek. Even dwalen mijn gedachten over de afgelopen periode. Janine op het terras in Sète, Janine in de ochtendzon, met niets anders aan dan het zonlicht dat door het raam schijnt. Janine naast me in de auto genietend van alle mooie plekjes die ze me in de omgeving liet zien. Maar dan ook Janine die afkeurend naar me kijkt als ik zeg dat ik het niet zie zitten om alles op te biechten. En de Janine van vanmorgen die voet bij stuk houdt dat ze bij me wil wonen en dat ze me anders zal verraden. Een stormvloed van gevoelens giert door mij heen. Pieter kijkt me aan en zegt:

'Hou je vast, ik heb meer nieuws.'

'Moet dat?' zeg ik.

'Karel belde net. Hij heeft gevonden dat de afzender van die chantagemails J. laRue inderdaad Jeanne LaRue heet. En zal ik je eens wat vertellen?'

Ik kijk hem aan, er komt blijkbaar nog meer.

'Hou je vast, pa, de afzender staat geregistreerd in dat adres in Aiques Mortes, maar loopt via een ander adres in Sète! En waar woont jouw Janine?'

Sprakeloos kijk ik mijn zoon aan. Begrijp ik dit nou goed?

'Eh, dus Janine is eigenlijk Jeanne LaRue. En zij is óók degene achter de chantage? Ik snap er nu niks meer van. Ik kende Janine nog niet eens toen de eerste mail kwam!'

'Dat weet ik allemaal niet, maar dit zijn de feiten,' zegt Pieter.

Ik heb hier geen woorden voor en kijk beduusd naar Pieter. Hij heeft blijkbaar al nagedacht, want hij zegt:

'Ik ga dit oplossen. Ik ken mannetjes genoeg die dit voor me gaan doen. Het enige wat jij moet doen is mij met Janine in contact brengen. Liefst in Sète. Kan dat?'

'Ma... maar wat ga je dan doen?'

'Laat het aan mij over, oké? Laten we samen naar Sète gaan. Gelijk na het ontbijt?'

'Ja maar Pieter, wat ga je dan doen?'

'Laat mij nou maar.'

Ineens flitsen alle moeilijke momenten met Pieter als puber door me heen. Al zijn 'zaakjes' die het daglicht niet konden verdragen. Tineke en ik hebben er heel wat slapeloze nachten over gehad. Wat heeft hij dan nu weer voor plannen? Wil ik dit wel? Ik loop de kamer uit om alleen te zijn. Langzaam ga ik me douchen en aankleden. Ondertussen probeer ik te bedenken wat ik moet: óf ik geef me weer over aan chantage/Janine/politie ... Óf ik laat Pieter zijn gang gaan en ben misschien overal vanaf? Trillend over mijn hele lijf neem ik de makkelijkste weg, ik ga weer naar de kamer en zeg:

'Oké, wat moet er gebeuren?'

'We gaan samen naar Janine in Sète. Je geeft aan dat je wilt praten over wanneer ze bij je in kan trekken. Ik zit bij dat gesprek om te vertellen wanneer ik precies uit jouw huis wegga. Meer hoef je niet te doen.'

'Oké, en dan?'

'Meer hoef je niet te weten.'

'Pieter, ik wil niet dat je haar kwaad doet. Het is een lieve vrouw. Ik was echt wel gek op haar.'

'Jaja, ze chanteert je met e-mails, dwingt nu ook een relatie af én ze is niet wie ze zegt dat ze is. Nou, lieve vrouw hoor! Je hebt mensenkennis, pa! En vergeet niet dat ze volgens Jean in de gevangenis heeft gezeten. Wie weet wat ze op haar geweten heeft.'

Ik kijk hem aan, hij heeft nog gelijk ook. Ik heb me mooi beet laten nemen. Ik besluit niet meer over me heen te laten lopen. We gaan dit oplossen. Na het ontbijt gaan we naar Sète. Als we de straat inrijden waar Janine woont, zie ik een man uit het huis van Janine komen.

'Stop!' roep ik tegen Pieter. 'Kijk nou eens, daar loopt Xavier. Hij gaat naar zijn auto, zie je dat?'

Pieter parkeert zijn auto en zegt:

'Ze hebben dus nog wel contact. Ik dacht het al.'

'Hoezo?'

Pieter haalt zijn schouders op.

'Dat dacht ik gewoon,' zegt hij.

Nadat Xavier met grote snelheid de straat is uitgereden wachten we nog een paar minuten in de auto. Dan stappen we uit en lopen naar het huis van Janine. Voor we naar binnen gaan, pakt Pieter me bij mijn arm en zegt:

'Denk erom, je bent blij haar te zien en kijkt ernaar uit dat ze bij je komt wonen. Laat niet merken dat je iets weet. Speel je rol goed, anders gaat alles mis!'

Ik slik een paar keer. De brok in mijn keel verdwijnt niet. Maar ik knik en loop vastberaden door. Eenmaal binnen kost het me weinig moeite te doen of ik blij ben met hoe onze 'relatie' verloopt. Ondanks alles vind ik haar toch een leuk mens. Ik vind het nog steeds lastig te bedenken wie zij in werkelijkheid is. Voor we naar binnen gaan, sist Pieter nog in mijn oor dat ik moet onthouden dat Janine niet weet dat wij vader en zoon zijn. Zodra we over de drempel zijn, neemt Pieter het initiatief.

'Janine, ik ben even meegekomen. Ik begrijp van Helmut dat jij bij hem in wilt trekken. Mijn aanwezigheid in zijn huis houdt dat tegen. Ik heb een manege hier in de buurt gevonden waar ik volgende week een gesprek met de eigenaar heb over handel in paarden. Ik heb een plek nodig om vanuit te kunnen werken en teveel reistijd is niet handig. Is het een idee om van huis te ruilen? Jij bij Helmut en ik hier?'

Ik kijk hem stomverbaasd aan, dat is voor het eerst dat ik hem hoor over een manege bij Sète in de buurt. Zijn hier eigenlijk wel maneges? Maar Janine reageert positief:

'Maar natuurlijk, Pieter, wat een fijne oplossing!'

'Het enige probleem is dat ik nog drie dagen per week moet werken en na een werkdag naar het huis van Helmut rijden is wat te veel. Die avonden zou ik hier willen slapen had ik gedacht.'

'Heb je ruimte genoeg voor ons beiden?' vraagt Pieter.

'Oh jazeker, jij kan toch de logeerkamer nemen?'

Pieter knikt.

'Wanneer zullen we ruilen dan?'

Janine kijkt naar mij.

'Wat denk jij, Helmut, je bent zo stil?'

'Jullie regelen het samen prima,' grijns ik naar haar, 'Ik pas me aan.'

Weer neemt Pieter de leiding.

'Ik stel voor, Janine, dat we over drie dagen ruilen. Dat geeft mij wat tijd me hier te installeren voor ik mijn afspraak heb. Als ik nou om twaalf uur hier ben en jij vertrekt dan. Dan kan jij om twee uur bij Helmut zijn. Krijg je al je spullen mee in de auto?'

Janine denkt na.

'Nou misschien niet, maar dan kunnen wij toch samen nog heen en weer, Helmut?'

Ik zie Pieter knikken, dus ik stem toe.

Janine lacht heel lief naar mij.

'Fijn, schat, nog drie nachtjes slapen!'

Ik lach terug en uit mijn ooghoek zie ik Pieter zich met een tevreden grijns op zijn gezicht omdraaien. Dat geeft me een raar gevoel in mijn maag. Wat voert hij in zijn schild? Of 'helpt' hij me alleen maar? Voor ik het weet zitten Pieter en ik weer in de auto terug naar Le Grau du Roi. Pieter grinnikt, alles is blijkbaar geregeld zoals hij het in zijn hoofd had. Eenmaal thuis zegt hij:

'Nu is het belangrijk dat je gewoon je werk gaat doen en normaal met Xavier omgaat. Niets laten merken en het vooral niet met hem over Janine hebben!'

'Ja, dat snap ik,' zeg ik.

'Ga jij vandaag nog naar Xavier?' vraagt Pieter, 'ik wil nog een afspraak met hem maken over ons tochtje door de omgeving.'

'Ik ga straks naar kantoor,' zeg ik, 'ga je gelijk mee?'

We gaan samen naar het kantoor van Xavier. Hij is er niet, dus ik maak met zijn secretaresse de afspraak dat hij me belt zodra hij terug is.

'Ik ga nu naar Jean, ik heb nog veel werk voor morgen,' zeg ik tegen Pieter. 'Wat ga jij doen?'

'Oh, ik heb nog veel te regelen. Ik ga terug naar jouw huis om wat telefoontjes te doen.'

Hij knipoogt naar me. Ik wend mijn hoofd af. Ik bedenk dat ik eigenlijk niet wil weten wat voor telefoontjes dat zijn.

'Tot vanavond dan,' zeg ik.

Pieter knikt en gaat weg. Ik kijk hem na. Ik ben zo blij dat hij hier is. Ik ben trots op hoe deze jongen volwassen geworden is. Hoe hij nu de leiding neemt en in deze ingewikkelde situatie en weet wat te doen. Maar wat gaat er gebeuren? Ben ik het daar wel mee eens?

De volgende drie dagen neemt het leven zoveel mogelijk zijn gewone gang. Ik ga weer de zee op. In het contact met Xavier lijkt alles normaal, behalve dan dat ik weet wat ik weet en moeite moet doen voor gewone gesprekken. Pieter gaat iedere dag op pad en lijkt het naar zijn zin te hebben. Wel zit hij veel te bellen en te e-mailen, maar daar bemoei ik me niet mee.

Op de tweede avond zegt Pieter:

'We moeten eens overleggen, pa. Morgen is de dag dat Janine bij je intrekt en ik verhuis naar haar huis.'

'Ja, dat realiseer ik me heel goed.'

'Janine komt hierheen als ik daar ben, zo rond twaalf uur.'

'Ja, ze komt hierheen met haar auto vol spullen en dan rijd ik nog een keer met haar mee om zwaardere dingen te halen.'

'Ben jij dan thuis? Moet je niet werken?'

'Ik heb vrij gevraagd aan Xavier en maak je geen zorgen. Ik heb niet verteld waarom ik vrij wilde zijn.'

Pieter grijnst.

'Dat zal Janine hem wel verteld hebben.'

De volgende dag om twee uur zit ik klaar. Ik ben toch wel wat nerveus. Het is al lang geleden dat ik mijn huis voor langere tijd met een vrouw gedeeld heb. Wat nou als ik dat niet meer kan? Eigenlijk heb ik dat nooit echt gekund. Tineke en ik waren ook heel goed in ruzie maken. Pieter heeft wat spullen gepakt en is op weg gegaan naar Sète voor de huizenruil.

Janine is laat, denk ik om half drie. Om vier uur maak ik me zorgen want ze is er nog niet en we zouden samen nog een keer heen en weer gaan. Straks is daar geen tijd meer voor. Om vijf uur bel ik Pieter:

'Weet jij waar Janine is?'

'Geen idee, ze vertrok hier om half twee,' zegt Pieter.

'Dan zou ze er toch al lang moeten zijn?' zeg ik.

'Ja, dat zou je denken.'

Ik wacht nog uren, maar er komt niemand. Uiteindelijk ga ik maar naar bed. Ik kan de slaap niet vatten. Voor dag en dauw gaat mijn telefoon. Het is Jean. Bijzonder tijdstip voor Jean om mij te bellen, denk ik. Nieuwsgierig neem ik op.

'Helmut, weet jij waar Xavier is? Zijn vrouw belde mij. Hij is gisteravond niet thuisgekomen. Niemand weet waar hij is.'

'Nee,' zeg ik, 'ik heb geen idee. Ik heb hem al een paar dagen niet gesproken.'

'Ik maak me zorgen,' zegt Jean, 'Mijn broer is altijd zo precies, houdt zich altijd aan alle afspraken. Dit is niks voor hem.'

Na dit telefoontje bel ik gelijk Pieter, op de een of andere manier heb ik het gevoel dat hij hier meer van weet.

'Pieter,' zeg ik, 'nu is zowel Janine als Xavier niet te vinden. Ik maak me ongerust. Wat kan er aan de hand zijn?'

'Geen idee, dat moet je mij niet vragen,' zegt hij, 'ik zit hier in Sète ver overal vandaan. Ga jij nou maar gewoon aan het werk.'

Ik schakel de telefoon uit. Dat is op dat moment inderdaad het enige wat ik doen kan als ik mijn identiteit niet prijs wil geven.

27

Apeldoorn, 12 oktober 2007

Pieter komt thuis

Zodra Pieter in Apeldoorn aankomt, gaat hij rechtstreeks naar 't Heuveltje. Hij brengt zijn bagage naar boven in het ouderlijk huis en gaat dan het restaurant in om zijn broer en schoonzus te zien.

'Hé Pieter, wat fijn dat je er weer bent!' Irene slaat haar armen om haar zwager heen en geeft hem een flinke knuffel. Ze kijkt hem eens goed aan: 'Je ziet er prima uit, joh, lekker bruin. Mooi weer gehad?'

Pieter knikt, hij is gaar van de reis, die hij in één lange ruk gemaakt heeft. Veertien uur heeft hij erover gedaan om uit Zuid-Frankrijk hier te komen; hij had geen zin meer om ergens te overnachten toen hij eenmaal op weg was.

'Je hebt zeker wel veel verhalen?' vraagt Irene.

Pieter knikt weer. Even aarzelt hij en dan zegt hij:

'Ik heb iets heel belangrijks te vertellen. Wanneer kan ik jou en Jan spreken? Liefst samen, zonder de kids?'

'Is het zo spannend? Dat het zonder kinderen moet?'

Pieter knikt weer. De kinderen moeten er maar niet bij zijn als hij zijn broer en schoonzus vertelt dat pa nog leeft.

'Nou ja, dan is het makkelijk als je komt als ze op bed liggen. Morgenavond dan?'

'Oké,' zegt Pieter, 'Ik kom jullie kant uit, uur of acht?'

Irene kijkt hem nog eens indringend aan en knikt.

De volgende dag zijn Jan en Irene aangenaam verrast als Pieter stipt om acht uur binnen komt lopen.

'Pieter, kerel, fijn je weer te zien,' zegt Jan terwijl hij Pieter op de schouder klopt.

'Eh ja, ik ben blij weer thuis te zijn,' zegt Pieter en is zelf verbaasd dat het nog waar is ook. 'Maar laten we gaan zitten en dan begin ik maar gelijk. Ik moet iets heel raars vertellen.'

Aarzelend kijkt hij Jan en Irene aan, waar begin je nou met zoiets te vertellen? Pa leeft nog? Ik heb pa ontmoet? Dat is toch geen begin?

'Eh ...eh ... tja, wat zal ik zeggen,' hakkelt hij.

'Kom op, joh, gooi het maar op tafel,' zegt Jan, 'Heb je een leuk vrouwtje ontmoet en zwanger gemaakt?'

Pieter kijkt zijn broer aan en schudt zijn hoofd. Hij haalt diep adem en begint:

'Weet je nog, Jan, dat ik je vertelde dat ik de eerste keer toen ik in de Camargue was, dacht pa gezien te hebben?'

Jan knikt en kijkt hem stomverbaasd aan.

'Later belde je nog vanuit Marseille toch? Toen dacht je dat je hem weer gezien had?'

'Ja, dat dacht ik toen.'

'Nou ja, ik heb er nooit meer aan gedacht want je kwam er niet op terug,' zegt Jan. 'Ik heb aangenomen dat het een vergissing van je was.'

'Ja,' zegt Pieter, 'Later bleek dat hij het wél was en ik ben er niet op teruggekomen op verzoek van pa!'

'Wát?' roepen Jan en Irene allebei tegelijk. 'Hoe kan dat nou, heb je hem ontmoet? Heb je hem gesproken? Is hij niet in die auto omgekomen? Wie zat er dán in die auto?'

'Hij leeft nog, want hij zat niet in die auto. Ik heb hem gesproken en zelfs enige weken bij hem gewoond. Ik wilde eerst eigenlijk niks met hem te maken hebben, maar later hebben we het eerlijk gezegd fijn gehad samen.'

Jan en Irene zitten hem sprakeloos aan te kijken. Pieter gaat verder:

'Het is een heel verhaal. Ik zal dat nog weleens vertellen allemaal, maar voor nu is het belangrijk dat jullie weten dat hij nog leeft. Bovendien vind ik dat hij terug moet komen en zijn leven hier weer op moet pakken. Maar ik denk dat hij dat alleen doet als jullie erachter staan.'

'De vuile rotzak,' sist Jan, 'leeft nog en laat ons niks weten? Weet hij wel dat ma dood is?'

Pieter knikt weer:

'Ja, daar schrok hij erg van. Ma had hem nooit verteld dat ze zich zo slecht voelde. Dus hij veronderstelde dat ze nog druk was met 't Heuveltje.'

'Ik heb nooit een hoge pet van hem op gehad,' zegt Jan, 'Vroeger al toen we klein waren, was hij met grote regelmaat een paar dagen 'weg' en ook ma wist nooit waarheen. Bah, de stiekemerd.'

'Dat heb ik hem ook allemaal verweten,' zegt Pieter, 'Maar dat was altijd met ma's toestemming moet je niet vergeten.'

'Denk maar niet dat ik hem hoef te zien, hoor. En bij de kinderen blijft hij ook vandaan, ik wil niet dat die met zo'n idioot te maken krijgen!'

'Als ik het goed begrepen heb, is er iets voorgevallen vlak voor hij weg ging waardoor hij dacht niet terug te kunnen,' zegt Pieter.

'Wel ja, praat jij het maar goed. Ben je vergeten waar ma allemaal doorheen moest, alléén? Ze had steun moeten hebben van hem, dat weet jij net zo goed als ik, Pieter!'

'Hij wist echt niet dat ze ziek was.'

'Maar Pieter, dat neemt toch niet weg dat hij ons allemaal heeft laten denken dat hij omgekomen was in een auto-ongeluk? Dat doe je je familie toch niet aan?' zegt Irene.

Pieter aarzelt. Jan en Irene zeggen precies wat hij de eerste keer dat hij pa sprak ook al tegen hem zei.

'Jongens, hoor eens, pa kan dit het beste zelf uitleggen. Ik ben zijn verdediger niet, het is zijn probleem. Maar ík heb zijn uitleg geaccepteerd. Kijk maar wat jullie willen.'

Een poosje zitten ze zwijgend bij elkaar, ieder met zijn eigen gedachten. Dan begint Irene: 'We moeten dat dagboek van ma nog lezen. Weten jullie nog dat dat haar laatste woorden waren? Dat ze wilde dat we het met zijn drieën tegelijk lazen. '

De broers knikken. Maar dan zegt Jan:

'Morgen gaan we eerst naar de notaris. Die afspraak heb ik gemaakt toen ik wist wanneer Pieter thuis zou zijn. Laten we dat eerst doen en dan 's avonds dat dagboek lezen.'

De volgende dag komen ze alle drie met tranen in hun ogen bij de notaris vandaan. Eigenlijk weten ze geen van drieën iets te zeggen. Dan neemt Irene het initiatief:

'Kom op, jongens. Ik bel mijn ouders om op te passen. Kan jij vanmiddag vrij nemen, Jan? En jij Pieter, kan jij ook? Dan gaan we nú naar huis en lezen dat dagboek. Ma heeft geweten dat pa nog leeft ... dat heeft ze verdorie wel met de notaris besproken en niet met ons. Het moet niet gekker worden met die ouders van jullie!'

De broers knikken en gespannen gaan ze naar huis. Irene pakt het dagboek en legt het op tafel. Alle drie kijken ze ernaar, aarzelend ... Wat zal er in staan en waarom wilde ma dat ze het samen lazen. Jan doorbreekt de twijfel door het dagboek op te pakken, hij opent het en er valt een envelop uit.

'Kijk nou, een envelop van de notaris,' zegt Jan terwijl hij de envelop van alle kanten bekijkt. 'Moet je nou zien, gericht aan pa! Snappen jullie er nog iets van?'

Weer valt er een stilte. Pieter kijkt zijn broer en schoonzus aan en zegt:

'Die laten we dus dicht, hij is niet aan ons gericht!'

'Hm,' zegt Jan, 'waarom heeft ma hem dan in het dagboek bewaard en niet naar pa opgestuurd? Volgens de notaris wist ze precies waar pa zich bevond.'

'Geen idee,' zegt Pieter, 'maar misschien weten we na het lezen van het dagboek meer?'

Enkele uren later zitten ze nog steeds bij elkaar. Het dagboek is uit, zelfs meerdere keren doorgelezen en nog zijn ze sprakeloos.

'Wat nu?' zegt Pieter.

'Volgens mij moet je dit naar je vader sturen, Pieter,' zegt Irene, 'je hebt zijn adres toch wel?'

'Goed idee,' zegt Pieter, 'ik doe het morgen gelijk.'

Dan kijkt hij zijn broer en schoonzus aan:

'En jullie? Hoe willen jullie met pa omgaan? Wil je zijn e-mailadres?'

'Hm,' zegt Jan, 'nu ik dit gelezen heb, wil ik best naar hem luisteren. Maar alleen als hij in eigen persoon dat komt vertellen zodat ik hem in de ogen kan kijken.' Irene knikt.

'Zal ik hem dat laten weten?' zegt Pieter.

Jan en Irene knikken. Dus de volgende morgen verstuurt Pieter een e-mail en gaat daarna naar het postkantoor om zijn pakketje op de bus te doen.

28

Le Grau du Roi, 15 oktober 2007

Hein

Het toeristenseizoen is inmiddels helemaal afgelopen. De afgelopen paar weken zijn in een soort van roes aan me voorbij-
gegaan. Iedereen om mij heen is ten einde raad. Xavier is nog
steeds spoorloos. Samen met Jean probeer ik zo goed mogelijk
het bedrijf te laten doordraaien. Jean moet zijn tijd verdelen
tussen zijn eigen bedrijf en dat van Xavier. Privé probeert hij
natuurlijk ook Brigitte en de kinderen van Xavier bij te staan.
Ik heb met hem te doen. Uiteindelijk is Xavier niet alleen zijn
broer, maar ook zijn beste vriend. Na het verdwijnen van Janine
is Pieter nog een weekje in haar huis blijven zitten, maar daarna
stond hij weer bij mij op de stoep. Hij hield bij hoog en laag vol
dat hij niets wist over haar verblijfplaats, en waar Xavier was
wist hij ook niet. Ik moest hem geloven, maar eerlijk gezegd heb
ik mijn twijfels. Uiteindelijk is hij weer naar huis gegaan. Hij
wilde zijn afspraken met Jan nakomen. We spraken af contact
te houden, in ieder geval per e-mail. Dat doen we ook. Ik moet
zeggen dat ik naar zijn mails uit kijk. Het is fijn om zo te weten
wat er 'thuis' gebeurt.

Maar vanmorgen kreeg ik een e-mail van hem die me nog
steeds door het hoofd spookt.

*'Pa, ma schijnt geweten te hebben dat je niet bij dat on-
geluk omgekomen bent. Jan en ik kregen dat te horen bij
de notaris. Kom hierheen en doe je verhaal, zo kan het
toch niet blijven?'*

Mijn eerste reactie is om er maar niet op in te gaan. Tineke kan dat toch nooit geweten hebben? Trouwens als ze overal van wist, waarom nam ze dan geen contact met me op? Maar ik kan ook geen reden bedenken waarom Pieter me dit zou mailen, om een andere reden dan de waarheid. Toch weet ik niet wat ik met deze informatie moet en besluit niet te reageren. Dan gaat mijn telefoon.

'Helmut, kan je naar het kantoor van Xavier komen? De politie wil je spreken,' zegt Jean en zijn stem klinkt nerveus. Direct gaat mijn fantasie weer op de loop. Ik zie Xavier en Janine al vermoord ergens in een greppel liggen. Maar ook de kwestie van mijn identiteit schiet door mij heen. Met lood in mijn schoenen ga ik er naar toe. In het kantoor van Xavier is het druk. Iedereen die iets met het bedrijf te maken heeft, is er. De secretaresse, personeel van de rondvaartboten en van de vissersboten en ook Jean. Ik sluit me bij hen aan. Er staan drie agenten in een hoek van de ruimte zachtjes te praten. Verder zwijgt iedereen en wacht af. Steelse blikken worden over en weer geworpen. Dan gaat de deur open en komt de vrouw van Xavier binnen. Ze heeft een map papieren bij zich. Na een knikje van één van de agenten gaat ze voor de groep staan en neemt het woord.

'Beste mensen, wij zijn hier bij elkaar om te kijken of we samen kunnen bedenken wat er gaande is. De politie en ik willen graag kijken of we kunnen reconstrueren wat er is gebeurd. Ik neem jullie mee terug naar de laatste dagen dat Xavier nog hier was. Dat is nu bijna zes weken geleden op een woensdag. Hij ging gewoon naar kantoor zoals elke dag en kwam 's avonds niet thuis. Als we nu met zijn allen de dag doornemen kunnen we misschien zijn gangen nagaan. Wie begint?'

'Ik,' zegt de secretaresse, 'Xavier was hier om half negen zoals bijna elke dag. We namen de lopende zaken door. Hij vroeg me de vestiging in Aiques Mortes te laten weten dat hij die dag niet zou komen omdat hij verplichtingen had in Sète. Daarna is hij weggegaan en ik heb hem niet meer gezien.'

'Wie heeft Xavier daarna nog gezien of gesproken?' vraagt Brigitte, 'En weet iemand wat hij in Sète moest. Hebben we daar werk?'

Niemand zegt iets. Ik ook niet, alhoewel ik hem natuurlijk het huis van Janine uit zag komen. Als ik dat ter sprake breng, moet ik ook andere dingen gaan uitleggen. En dat kan en wil ik niet. Dan neemt een agent het woord:

'Een vriendin van Xavier, Jeanne LaRue, woont in Sète. Zij is ook verdwenen rondom dezelfde tijd. Haar vermissing is echter pas eergisteren opgegeven. We vragen ons af of iemand die twee soms samen gezien heeft.'

Een andere agent doet er nog een schepje bovenop en zegt:

'Er is een beloning voor de gouden tip die ons duidelijk maakt waar Xavier en/of Jeanne zich bevinden.'

'Die twee zijn er vast samen vandoor!,' giechelt één van de werkneemsters.

Brigitte barst in snikken uit en loopt het kantoor uit. Jean rent achter haar aan en in het kantoor kijkt iedereen elkaar aan. Ineens beginnen ze allemaal door elkaar heen te kakelen. De algemene conclusie is dat Xavier en Jeanne een verhouding hebben en er samen tussenuit geknepen zijn. Ik weet wel beter, denk ik, maar houd dat voor me. Na wat een eeuwigheid lijkt, komen Jean en Brigitte terug. Ze kijken elkaar nog eens aan en bijna onmerkbaar knikt Brigitte. Ze recht haar rug en neemt weer het woord:

'Als jullie iets weten over Xavier, maar ook over Jeanne, geef dat dan alsjeblieft door aan de politie. Ik smeek jullie mee te denken. Zonder Xavier kan dit bedrijf niet blijven bestaan. Ik verzoek jullie allemaal uit te kijken naar ander werk. Het zal nog wel even duren voor alles officieel is.'

Ze slikt nog eens, knikt dan en gaat weer weg. We kijken elkaar verbijsterd aan, geen werk meer? Jean komt naar me toe:

'Helmut, je kunt nog altijd weer bij mij komen werken als je wilt. Zo ben je tenslotte ook hier begonnen. Laat maar weten wat je wilt.'

'Ik moet er even over denken, Jean,' zeg ik.

Jean klopt op mijn schouder en zegt:

'Het is nu toch niet druk, neem je tijd. Ik hoor het wel.'

Zodra ik met goed fatsoen weg kan uit dat kantoor ga ik naar huis. Het lijkt wel of de realiteit nu pas tot me doorgedrongen is: Xavier is er niet meer. Het lijkt erop dat hij ook niet meer terugkomt. Dus mijn baan, mijn droombaan, verdwijnt. Alles heb ik hiervoor opgegeven. Wat nu? De hele middag scharrel ik maar wat door het huis. Ik krijg mijn gedachten maar niet op een rijtje. Xavier. Janine die Jeanne blijkt te zijn. Tineke die volgens Pieter overal vanaf wist. Pieter die me vraagt naar Nederland te komen en Jan onder ogen te komen. Mijn baan die hier verdwijnt. De vistochten die ten einde lijken te komen. Wat zonde, wat zonde. Aan het eind van de dag gaat de telefoon. Ik zie dat het Jean weer is.

'Helmut, ik zat nog eens te praten met Brigitte. Is het niks voor jou om het bedrijf over te nemen? Je deed toch het meeste al met Xavier samen? Als de investering lastig is, wil Brigitte best een regeling met je treffen. Het zou zo fijn zijn als het bedrijf bleef bestaan en bij jou is het in goede handen dat weten we zeker!'

'Ach Jean, wat fijn dat jullie aan mij denken,' zeg ik, 'mag ik er over nadenken? Wanneer wil je mijn besluit hebben?'

'Hoe lang heb je nodig, denk je?'

'Wat denk je van twee weken? Dat geeft me de tijd om mijn financiën te bekijken want ik zal wel een lening af moeten sluiten,' zeg ik. Tegelijkertijd besef ik me dat een lening afsluiten niet zal gaan met mijn huidige status in Frankrijk. Maar dit werk zomaar opgeven kan ik niet.

'Oké,' zegt Jean, 'twee weken, maar niet langer hoor, Helmut!'

Ik twijfel nu overal aan. Xavier is weg, waarheen? Jean biedt me het bedrijf van Xavier aan. Pieter wil dat ik naar huis kom omdat Tineke wist van mijn bestaan hier, Janine, zou bij me komen wonen en is van de aardbodem verdwenen. Janine is Jeanne. Die nacht slaap ik slecht. Zelfs slapend spoken al die zaken nog door mijn hoofd.

Na een nachtmerrie over Janine die samen met Xavier met een mes achter Tineke aanloopt, die dan weer gered wordt door Pieter, sta ik op. Tegen mijn gewoonte in, pak ik de fles sterke drank en drink direct uit de fles. Ik loop naar mijn computer en besluit Pieter te mailen over alles wat hier gaande is. Hij kent tenslotte de situatie. Ergens in mijn achterhoofd zit een duiveltje wat zegt: hoop je soms dat Pieter een handeltje weet zodat je aan geld kunt komen om dat bedrijf te kopen? Zou je werkelijk crimineel geld gebruiken?

Ja, zeg ik tegen mezelf, ik wil hier blijven. Wat moet ik in Nederland? Tineke is er toch niet meer. Maar dan schiet die brief me weer te binnen. Zou ze me werkelijk geschreven hebben? Ik vraag Pieter met me mee te denken en verstuur de uitgebreide mail.

Ik ga weer naar bed en slaap iets beter nu ik het gevoel heb 'iets' gedaan te hebben. De volgende morgen ben ik voor dag en dauw weer wakker. Een lange zwarte dag ligt voor me. Geen werk, geen baas en geen vriendin. Niks te doen, behalve twijfelen. Ik hang rond, ruim van ellende mijn huis op en ga ergens een hapje eten. En alsof het zo moet zijn kom ik in Le Gallion Jean tegen.

'Kom erbij zitten, Helmut,' roept hij en wijst naar de lege stoel aan zijn tafel waar hij zit met zijn vrouw.

Ik aarzel, maar durf niet te weigeren. Ik ga op de aangewezen stoel zitten en bestel een glas wijn. Langzaam neem ik een slok. Even is de sfeer ongemakkelijk, maar dan zegt Jean:

'Weet je, Helmut, als Xavier maar gelukkig is. Hij zal wel weten wat hij doet. We accepteren zijn besluit en gaan verder. Heb je nog nagedacht? Kunnen wij je helpen?'

'Wat bedoel je. Denk je dat Xavier gelukkig is nu?' vraag ik.

'Natuurlijk, hij is bij zijn vriendin. Dat is blijkbaar zijn keus.'

Ik knik aarzelend en zeg:

'Als je er zó over denkt. Ik had altijd de indruk dat Jeanne vroeger jouw vriendin was en dat Xavier omging met een meisje uit Nederland.'

'Dat was in de puberteit. Maar later, toen het uit was met dat meisje uit Nederland, hebben Xavier en Jeanne ook wat gehad. Dus ja, dat denken we, hè schat?' vraagt hij aan zijn vrouw. En ook zij beaamt het vol vuur. Ik snap er niks van. Maken ze zich geen zorgen? Ik wel, of komt dat doordat ik denk dat Pieter er bij betrokken is?

Uiteindelijk wordt het een gezellig etentje. We kletsen over van alles behalve over Xavier en Jeanne. Het bedrijf komt even ter sprake, maar alleen omdat Jean me wil geruststellen. Hij benadrukt nogmaals dat iedereen me wil helpen als ik besluit het over te nemen. Ik blijf vaag en hou vast aan twee weken bedenktijd.

Als ik eindelijk thuis ben, kijk ik gelijk of ik een reactie heb van Pieter. Hij schrijft dat hij mijn dilemma begrijpt. Dat hij me best wil helpen, dat hij wel 'mannetjes' kent die me willen financieren. Maar daar is een voorwaarde aan verbonden. Ik moet naar huis en Jan onder ogen komen. Uitleggen waarom ik gehandeld heb zoals ik gehandeld heb. Hij zegt verder dat hij me een pakketje gestuurd heeft en hoopt dat de inhoud daarvan me zal helpen besluiten over mijn verdere toekomst. Ik vraag me af wat hij me kan sturen wat daarmee kan helpen.

De volgende morgen belt de postbode aan. Hij heeft iets wat niet door de brievenbus kan. Ik bekijk het pakje van alle kanten. De afzender is een bekend adres. Mijn adres van een aantal jaren geleden. Ondanks alles komt er toch even een brok in mijn keel. Tineke flitst door mij heen. Ik aarzel om het open te maken. Wat staat me nu weer te wachten? Uiteindelijk kan ik het toch niet laten en scheur het papier er van af. Er komt een soort boekje uit met een slotje er op. Niet 'op slot' want ik kan het gewoon openen en er valt een envelop uit. Een envelop met het logo van onze notaris, gericht aan H.H. Onderheuvel. Dat ben ik ... Mijn handen trillen en mijn mond wordt droog. Aarzelend maak ik de envelop open. Ik vind een brief van de notaris, aan mij gericht. Daarnaast vallen er nog twee enveloppen uit. Op de ene envelop staat 'Helmut' en op de andere 'Hein'.

29

Le Grau de Roi, 17 oktober 2007

Hein

Ik zit met het boek in mijn handen en kijk verbaasd naar de drie brieven. Wat ga ik eerst lezen? Ik begin met de brief van de notaris. Met trillende vingers maak ik hem open. Mijn ogen schieten over de zinnen heen; *neemt u contact met mij op zodra u weer in Nederland bent ... en ... uw vrouw heeft uw zaken hier geregeld ...* Dat zijn de zinnen die tot me doordringen. Ik kijk naar het dagboek. Nu kan ik niet meer wachten. Ik wil weten wat erin staat. Ik draai het boek om en om. Het is de grootte van een leesboek en de dikte van een notitieblok. Het boekje heeft een harde kaft en is zachtgroen van kleur. De lievelingskleur van Tineke realiseer ik me. Aarzelend sla ik het open. Het handschrift van Tineke springt me tegemoet. Ik klap het gelijk weer dicht. Nog maar even wachten voor ik daar aan kan beginnen. Ik raap de overige twee brieven op en bekijk ze. Ja hoor, hetzelfde handschrift als het dagboek. Omdat ik toch ergens moet beginnen, begin ik met die waar Helmut op staat.

10 Februari 2002,

Helmut,

Ja, ik weet dat je nu Helmut heet. Je tweede naam hè? Het verbaast me dat je deze naam gebruikt hebt. Je had altijd zo'n hekel aan alles wat Duits is. Je zei dat je moeder zo hard en liefdeloos was. Ik heb haar nooit gekend, maar dat waren wel je verhalen. 'Duitsers zijn harde mensen,' zei je altijd. En nu doe je je voor als Duitser? Niets veranderlijker dan een mens ... Had je dit voorbereid? Eerlijk gezegd denk ik dat niet, daar ben je te

laf voor. Misschien kwam het gewoon op je pad en dacht je een
kans te moeten grijpen? Dat lijkt me echt iets voor jou.
Ik ben woedend op je. Als je nu voor me zat, zou ik je aanvallen,
wurgen, doodsteken of welke andere narigheid je maar kan
bedenken. Ik weet dat jij vindt dat ik gauw boos ben, maar
nu: ik ga trillen van nijd als ik denk aan jou en wat je gedaan
hebt. Je wilde je vrijheid? Moest dat nu echt op deze manier?
Hoe kon je! Ik weet dat je egoïstisch bent, maar zo erg ... dat
had ik echt niet door. Heb je gedacht aan wat het voor mij be-
tekende? Nee zeker? En voor je zoons? We stonden er alleen
voor, zonder jou. Ik heb weken gehuild, omdat je dood was. En
dan nog zo'n nare dood ook. Ik heb er nachtmerries van gehad.
Alleen maar omdat ik me voorstelde wat er met die auto en
de inzittende gebeurde. Allemaal niet waar geweest. Had ik
dat toen maar geweten, dat had heel wat tranen gescheeld.
Jan was er steeds voor me, Pieter had genoeg aan zichzelf ...
Hij mag uiterlijk op mij lijken en mijn korte lontje hebben,
maar verder is hij van binnen net zijn vader! Als je nou eens
gewoon met me gepraat had en onze ruzie bijgelegd had? De
Camargue was MIJN droom! Niet de jouwe en die heb je zo
maar ingepikt. Rotzak! Ik probeer 't Heuveltje draaiende te
houden. Dat is zwaar, voornamelijk omdat ik ziek bleek te zijn.
Ik heb namelijk leukemie. Een vreselijke ziekte. Ik ben zo moe,
zo moe. Jan en Irene helpen me waar ze kunnen, dat wel, maar
ik voel me zo alleen. JIJ had er voor me moeten zijn nu. Maar
ik zal me er doorheen vechten. Ik zal het redden, ook zonder
jou. Ik heb jou niet meer nodig. De woede die je in mij oproept
zal de drijfveer zijn die me door laat gaan.
Bedankt Helmut ...
Ik leg de brief weg. Mijn handen trillen als ik voor mezelf een
wijntje inschenk. Ik pak de brief weer op en bekijk hem nog
eens goed. Ineens valt het me op dat hij al in februari 2002
geschreven is. Tóen al? Als ze toen al wist dat ik nog leefde
waarom heeft ze hem dan niet verstuurd? Ik grijp de andere
brief, misschien staat daar meer in?

29 juli 2007

Lieve Hein,

Waar ben je, mijn liefste? We hebben zo'n fijn leven samen gehad. Twee prachtige zonen op de wereld gezet en je laat me zo maar alleen. Hoe kon je? Oh ja, ik weet dat je genoeg had van ons leven hier. Dat je iets anders wilde. Je liet me zomaar zitten. Je hebt geen idee hoeveel pijn dat doet ... deed. Ja, deed ... Ik bleek leukemie te hebben. Dat heb ik je niet meer kunnen vertellen, maar achteraf bleek dat ik al ziek was toen je 'overleed'. Jouw verraad deed minder pijn, omdat het leven hier nog pijnlijker was. Er is te veel gebeurd om nu te vertellen, misschien kunnen je zoons dat nog voor je invullen (als je ze de kans geeft). Maar ik weet nu dat mijn leven bijna voorbij is. We zullen elkaar niet meer zien.

Eerlijk gezegd was ik ervan overtuigd dat je wel bij zinnen zou komen en naar huis zou komen. Maar ik zie nu ook in wat voor rol ik zelf hierin gespeeld heb. Ik ben ook niet altijd de makkelijkste geweest. En misschien ben ik bij onze laatste ruzie wel te hard voor je geweest en heb ik te weinig oog gehad voor de pijn en frustraties die jij had. Ik ging er blindelings van uit dat jij dezelfde gevoelens had als ik. Pieter had veel moeite met de acceptatie van wat er met je gebeurd was. Dus toen hij met het plan kwam naar de plaats van jouw ongeluk te gaan heb ik dat gestimuleerd en Xavier gewaarschuwd. Op die manier hoop ik dat het balletje weer gaat rollen en dit gezin geheeld zal worden.

Mijn allerliefste, we zijn zo goed samen begonnen. Wat vreselijk dat het zo geëindigd is. Ondanks alles ben jij voor mij de belangrijkste in mijn leven geweest. Mijn laatste gedachten zullen bij jou zijn. Vergeef jezelf wat je gedaan hebt, dan doe ik het zeker.

Ik vertrouw erop dat je doet wat het beste is.

Liefs, Tineke.

Ik moest deze brief zeker drie maal lezen voor het echt tot me doordrong wat er stond. Tineke heeft dus geweten dat ik hier als Helmut door het leven ga. En Xavier ... die wist ook al die tijd wie ik was. Vandaar dat hij soms zo vreemd naar me keek. Ik heb regelmatig gedacht dat hij achter die chantage zat. Maar dat was het dus niet ... Janine, daar moet ik helemaal niet aan denken.

En Tineke *'vertrouwt erop dat ik doe wat het beste is.'* Wat is dat, het beste?

Jammer dat ik nu geen werk heb, dat zou zo fijn afleiden van al dit gedoe. Ik zit maar thuis te malen. Mijn gedachten staan geen seconde stil! Wat moet ik doen? Ga ik me inzetten om het bedrijf van Xavier over te nemen en lekker doorwerken hier? Kan dat wel? Hoe moet ik hier officieel iets doen zonder achternaam en zonder paspoort? Zou Jean me willen helpen, bijvoorbeeld door het over te nemen en mij het werk te laten doen? Maar als ik hier blijf: heeft het verdwijnen van Xavier en Jeanne nog een staartje? Stel dat Pieter echt iets 'geregeld' heeft ... Dan moet ik hier maar wegwezen, of niet?

Of is het maar het beste als ik naar mijn zoons ga? Maar dan krijg ik in Nederland de politie op mijn nek. Want ik ben dood-verklaard, gecremeerd en kom dan zomaar opdagen. Of zou die brief van de notaris daar iets mee te maken hebben? 'Uw vrouw heeft uw zaken geregeld' stond er toch? Dat zou wel iets voor Tineke zijn, regelneef die ze is ... eh was ...

Na veel wikken en wegen besluit ik te gaan praten met Jean. Eens kijken of hij bereid is me bij te staan. Ik maak een afspraak en ga op van de zenuwen naar Jean toe. Zoals altijd is hij de vriendelijkheid zelve en zegt:

'Heb je al een besluit genomen, Helmut?'

'Eh Jean, ik zit met een probleem. Ik wil graag werken en je weet, ik ben altijd op tijd en kijk niet op een uurtje langer. Maar officieel iets overnemen geeft problemen. Kun jij me uit de brand helpen?'

'Hoe had je dat bedacht?'

'Nou, als jij nu het bedrijf van Brigitte overneemt en mij te-werkstelt. Dan gaat alles gewoon door. En stel dat Xavier terug komt, dan kan hij weer zelf verder omdat het in de familie gebleven is.'

Jean kijkt me zwijgend aan. Dat duurt zo lang dat ik ga twijfelen. Weet hij ook wie ik echt ben? Heeft Xavier het hem verteld soms? Maar dan zegt Jean:

'Helmut, ik beschouw je als een vriend. We hebben al die jaren goed samengewerkt. Ik zou je graag ter wille zijn, maar ik moet aan mijn eigen bedrijf denken. Ik kan deze financiële last er niet bij hebben. Je moet echt een andere oplossing zoeken.'

'Jammer,' zeg ik, 'ik denk er nog even verder over. Je hoort van me.'

Maar in mijn hart weet ik beter. Dit heeft de beslissing doen vallen: ik ga terug naar Nederland en zie wel wat me daar te wachten staat. Sjokkend ga ik naar huis, ik loop langs Le Gallion, langs de haven en langs de kade waar 'onze' schepen liggen. Overal sta ik even stil en bedenk me dat het de laatste keer is dat ik hier ben. Thuis ga ik mijn terugreis voorbereiden.

Drie dagen later stap ik in Montpellier in de TGV. Jean vond het heel jammer dat ik dit besluit nam en bood aan me naar het station te brengen. Dat heb ik dankbaar aangenomen. Toen hij vroeg:

'Ga je van Parijs rechtstreeks naar Duitsland?'

ging er even een steek door me heen. Wat een bedrog allemaal. Ik heb geknikt en het zo gelaten.

Ik ben nu op weg naar Parijs. Vandaar stap ik over op de TGV naar Amsterdam, waar Pieter me van het station haalt. Ik ben oprecht blij met het vooruitzicht Pieter weer te zien. Tegelijkertijd voel ik de knoop in mijn maag steeds harder worden bij het vooruitzicht Jan onder ogen te komen. En mijn schoonouders? Wat staat me verder te wachten? In gedachten zie ik allemaal afkeurende gezichten voor me staan. Maar ik zal er door moeten. Voor Tineke ... die wil dat ik het beste doe.

30

In de TGV van Montpellier naar Parijs, 20 oktober 2007

Hein

Ik zit met enige weemoed in de trein in naar Parijs. Het voelt alsof ik een mooie tijd achter me laat en een groot onbekend donker gat tegemoet ga. In de coupé waar ik zit, zitten niet veel mensen. Ik heb een bank voor mezelf. Ik trek mijn schoenen uit en installeer me breeduit. Klaar voor de lange treinreis. Ik voel het dagboek van Tineke branden in mijn rugzak. De drang om het te lezen, wint het van het gevoel dat ik liever niet onder ogen wil komen wat ze geschreven heeft. Ik open het boek op de eerste bladzijde:

27 september 2001

Daar zit ik nou, met een dagboek voor mijn neus. Heel lief van Irene om me dit te geven. 'Kom op ma,' zei ze, 'je moet de dood van pa nog verwerken en nu blijk je ook nog ziek te zijn. Het helpt om het van je af te schrijven.' Goed bedoeld, maar wat moet ik er mee? Ik heb nog nooit een dagboek bijgehouden. Maar ja, Hein was er ook altijd om tegenaan te praten.

Tja... Hein. Hij is dood. Mijn liefste, mijn leven. Het voelt alsof er een stukje van mezelf afgestorven is. Zijn dood heeft een gat in mijn gevoel gebrand, waarvan ik niet weet of het ooit nog zal kunnen helen. Hij is verbrand in zijn auto. Nota bene in de Camargue, vlakbij de camping waar de mooiste herinneringen uit mijn jeugd liggen. Wat deed je daar, Hein? Zo zonder mij. Ook dat doet pijn.

Ik heb steeds nachtmerries over wat je voelt als je verbrandt ... dat lijkt me vreselijk. De gedachte dat dat het laatste is wat Hein meegemaakt heeft, is niet te verdragen. De dokter zegt dat hij het niet gevoeld heeft. Want de klap van de auto tegen die boom was zo hard dat Hein al bewusteloos geweest moet zijn of zelfs al dood. Dat is een geruststelling. Een beetje... Maar dan denk ik weer aan de ruzie, vlak voor hij wegging. Die dag haatte ik hem echt en dat heb ik geloof ik ook tegen hem gezegd. De afgelopen maanden zijn een soort van waas als ik eraan terugdenk. Het enige wat ik nog wel weet, is dat ik die dag boos was. Dat hij boos was. We waren allebei zó kwaad ... en toen ging hij! Dat is vaker gebeurd tijdens onze relatie, maar hij kwam altijd terug. En eerlijk gezegd verwachtte ik hem nu ook wel weer na een weekje of zo. Maar het mocht niet zo zijn. O Hein, o Hein, waarom ben je niet teruggekomen? Wat deed je daar helemaal in Zuid-Frankrijk? Ik weet niet of ik dit gevoel van verlies aan kan. Zal het ooit nog minder worden?

Wat moet ik met een dagboek? Ik weet niks te schrijven ...

5 november 2001

Ik heb leukemie. Vandaar dat ik zo vreselijk moe ben. Ik heb de schuld gegeven aan het verlies van Hein. Maar als ik terugdenk ben ik al maanden doodmoe. Nog voor Hein stierf, was ik al moe. Daar gaf ik toen Hein de schuld van. Hein was altijd te lui om aan de gang te gaan en ik moest hem steeds opporren om de boel draaiende te houden. Dat hoeft nu niet meer. En eerlijk gezegd, mis ik het vreselijk. Ik mis zijn gemopper en zijn geslof op de trap. Ik mis eigenlijk alles aan hem. Ik denk vaak dat hij zo binnen kan komen lopen. Dan verwacht ik zijn diepe, melodieuze stem die vraagt waarom de koffie nog niet klaar staat. Dan verwacht ik die stiekeme tik op mijn billen of die kus in mijn hals terwijl ik iets anders sta te doen. Toen ergerde ik me daaraan. Nu mis ik het.

De dokter heeft gezegd dat ik een kuur krijg en dat het daarna beter met me zal gaan. Dat hoop ik dan maar. Tenminste, dat denk ik. Maar net zo vaak denk ik 'laat maar'. Wat heb ik nog om voor te leven? Niks toch? O Hein, mijn liefste. Het leven voelt zo nutteloos zonder jou.

29 januari 2002

Zie je wel, zo'n dagboek is niks voor mij. Ik vergeet gewoon er in te schrijven! De leukemie heeft me in de greep. Ik ben doodmoe en doodziek van de medicijnenkuur. Misselijk, overgeven en moe, moe, moe. Heel vaak diarree en ik word gek van de jeuk over mijn hele lijf. Maar ik moet volhouden, volgens de dokter kunnen die bijwerkingen minder worden.

Irene is bijna uitgerekend. Ze is heel zwaar, misschien krijgt ze wel een tweeling ...

3 februari 2002

Ik ben oma geworden. Een schattig jongetje, bijna acht pond. Irene heeft het zwaar gehad, maar alles is goed, zowel met haar als het kleine ventje. Hij heet Henk, naar de vader van Irene. Even had ik de hoop dat ze hem naar Hein zouden noemen. Maar dat was een domme gedachte. Jan heeft nooit een goed woord voor zijn vader over. Dus die zal zijn zoon nooit naar hem vernoemen. Jammer. Gelukkig is het gevoel van leegte en verlies de afgelopen maanden wel wat minder geworden. Ik mis Hein nog vreselijk. Vooral de kerstdagen waren bijna niet te dragen. Iedereen die maar op zijn tenen liep om mij te 'sparen'. Terwijl ik zo normaal mogelijk probeerde te doen. Maar ik hoef tegenwoordig niet meer te huilen bij elke herinnering aan hem. Misschien dat ik zelfs over een poosje weer verder kan kijken.

4 februari 2002

Oh Hein, jij rotzak! Klootzak! Ik heb geen hier geen woorden voor. Ik kan je wel eigenhandig vermoorden! Hoe kan dit? Waarom heb je dit gedaan? Net nu ik een klein beetje rust vind, krijg ik dit te zien. Ik haat je, haat je zo erg ... Was je maar écht verbrand in die auto, klootzak!

Ik wist niet wat ik zag toen Xavier me die foto stuurde. De foto waarop Xavier zélf staat op zijn boot samen met zijn nieuwe rechterhand. De man die hem helpt zijn bedrijf te laten groeien ... Een Duitser genaamd Helmut! Duitser ... M'n neus...

daar staat Hein, nota bene met een big smile, naast Xavier.
Ik kon niet stoppen met huilen toen ik dit zag. Hein, Hein ...
waarom. Dit is zo gemeen. Waarom heb je mij dit door laten
maken? Betekende ik dan niets voor je? En je kinderen? Weet
je wel door wat voor hel wij de afgelopen tijd zijn gegaan? Net
nu ik een beetje begin op de knappen en de bijwerkingen van
de medicijnen iets lijken te zakken. Maar ik laat me niet weer
afglijden. Deze boosheid zal me de kracht geven om door te
gaan. Jij, jij, jij, grrr, ik heb er hier geen woorden voor!

5 februari 2002
Ik heb Xavier gebeld en verteld wat ik denk van zijn nieuwe
personeelslid. Hij was stomverbaasd, maar gaat het uitzoe-
ken. Hij vroeg nog of ik me vergist kan hebben. Misschien een
Duitser die erg op Hein lijkt? De moeder van Hein was Duitse,
dus het zou theoretisch zelfs een neef of zo kunnen zijn. Toch?
Mijn gevoel zegt wat anders, maar ik heb Xavier beloofd rustig
te blijven tot hij meer nieuws heeft.

8 februari 2002
Nog steeds veel bijwerkingen. De jeuk is het ergste. Soms is
het zo erg dat ik niet stil kan zitten.

10 februari 2002
Volgens Xavier heb ik gelijk en is Helmut gewoon mijn Hein.
Ik ben zó boos. Ik heb een brief aan die 'Helmut' geschreven
en gezegd wat ik van hem denk. Laat hem maar wegblijven,
anders vermoord ik hem alsnog!
Na enig nadenken verstuur ik die brief maar niet. Stel je voor
dat Hein dan terugkomt. Op dit moment kan ik dat niet aan.
Bovendien: ik wil dat hij terugkomt als hij dat zélf wil, niet
omdat ik erop aandring. Nee hoor, ik heb genoeg aan mijn
hoofd; dat kan ik er nu niet bij hebben. Wie had ooit gedacht
dat ik zo'n hekel aan mijn eigen man zou hebben. Ik walg van
hem! Speelt daar de mooie meneer, jaagt zijn dromen na en
laat mij gewoon zitten. Bah... rotzak!

3 april 2002

Pieter is weer eens in aanraking geweest met de politie. Hij schijnt samen met een stel 'vrienden' stennis gemaakt te hebben in een discotheek. Hij kwam er deze keer met een waarschuwing van af. Hadden ze hem maar eens een poosje vastgezet, misschien leert hij het dan af ...
Hein, waar blijf je? Waarom ben je er niet? Je zoon heeft je nodig!

15 april 2002

Morgen krijg ik weer een kuur. Ik ben te moe om op mijn benen te staan, laat staan dat ik het werk in 't Heuveltje aan kan. Jan en ook Pieter helpen me waar ze kunnen. Zelfs Irene springt bij zodra ze kan. Van Xavier hoor ik dat het met 'Helmut' goed gaat. Nou, hij doet maar ...

18 mei 2002

Het lijkt iets beter met me te gaan, ik kan iedere dag een paar uur in t Heuveltje aan de gang en soms zelfs wel eens 's avonds achter de bar een uurtje meewerken. Gezellig!

12 juni 2002

De laatste dagen ben ik steeds maar met Hein bezig. Onze laatste ruzie speelt door mijn hoofd, we hebben ons beiden misdragen, dat zie ik nu wel in. Allebei zo star en onbuigzaam ... erg eigenlijk, dat het zo gegaan is. Ik realiseer me nu wel dat ik altijd Hein de schuld gaf van alle ellende, maar zie toch ook wel dat ik niet makkelijk ben geweest. Van Xavier hoor ik niets dan positieve berichten, dus Hein is echt bezig iets van zijn droom waar te maken. Was ik er maar bij ... het was toch ook mijn droom.
Hein, Hein, niet te geloven dat je dit alléén doet!

13 juni 2002

Vannacht kon ik niet slapen, Hein spookte maar door mijn hoofd. Hoe moet dat als hij terug zou komen? Iedereen denkt dat hij dood is. Ik heb zitten zoeken op internet, je kunt iemand die als vermist is opgegeven weer 'levend' verklaren. Maar dat moet binnen een jaar gebeuren. Zou dat ook kunnen met iemand die niet dood blijkt te zijn? Misschien moet ik eens praten met een notaris? Dan los ik Hein zijn probleem op ... moet ik dat wel doen? Het is allemaal zijn eigen verantwoording, toch? Aan de andere kant heb ik meegedaan aan de verwijdering tussen ons. Ik moet er nog eens over denken.

28 juni 2002

Ik ben bij de notaris geweest. We hebben heel lang gepraat. Hij adviseerde me om Hein te laten weten dat ik ervan op de hoogte ben dat hij nog leeft. En hem dan gelijk waarschuwen dat hij niet zonder problemen terug kan als hij langer dan een jaar weg blijft. Maar dat staat me zo vreselijk tegen! Dan komt hij misschien terug, terwijl hij dat eigenlijk niet wil. Genoeg reden voor Hein om me dat de rest van ons leven kwalijk te nemen. Nee, dat wil ik per se niet. Als Hein terug komt, moet dat op eigen initiatief zijn. Alleen dán heeft het voor mij waarde. De notaris begreep me, maar vond het niet verstandig. Binnenkort ga ik weer naar hem toe om te beslissen hoe we verder gaan.

3 juli 2002

Nou, de zaken worden geregeld. De notaris laat Hein 'levend' verklaren. Xavier heeft een formulier ingevuld waarin hij aangeeft contact te hebben met Hein. Ook gaat Xavier uit zoeken wie er dan wel omgekomen is in die Volvo. Geen idee hoe dit verder zal gaan. Ergens ben ik opgelucht, maar aan de andere kant zint het me niet dat ik het Hein nu eigenlijk makkelijk heb gemaakt. Ik haat die tweestrijd in mezelf!

6 juli 2002

Xavier kwam met nieuws. Rond de tijd van het ongeluk van Hein, waar Hein dus niet in zat, is er maar één persoon vermist opgegeven daar in de buurt. Bij navraag kreeg Xavier het antwoord dat het om een alleenstaande man ging. Als vermist opgegeven door een verre nicht. Dus áls hij in die Volvo gezeten

heeft, en die kans is groot, is er gelukkig geen treurende we-
duwe met kinderen achtergebleven. Dat had ik niet kunnen
verdragen. De as is verstrooid, maar ook daaruit hadden ze
geen duidelijkheid kunnen krijgen, want daar schijnt geen
DNA meer in te zitten. Xavier adviseerde het maar te laten
rusten, niemand maalt er meer om. Er zit niks anders op.
Hein ... Hein ... wat heb je gedaan?

5 augustus 2003

Ik heb al zó lang niets geschreven. Hein blijft maar weg. Ik ben
best wel redelijk fit, maar de bijwerkingen van deze medicijnen
plagen me nog steeds. De dagen glijden als vanzelf voorbij. Ik
ben de meeste tijd bezig met overleven. En als ik dan wel energie
voor meer heb, ben ik bezig met 't Heuveltje. Vandaag kan ik
weer eens iets leuks melden: we hebben weer een kleinzoon!
Alles is goed met moeder en zoon. Hij heet Peter, genoemd
naar mijn vader. Leuk wel, pap was er zo blij mee! Nu heb ik
twee kleinkinderen die me op de been kunnen houden. Het is
zo heerlijk om dat kleine lijfje in mijn armen te houden. Elke
minuut die ik heb, besteed ik daaraan.

2 maart 2004

Zie je wel dat zo'n dagboek niks voor mij is? Ik weet nooit iets
te schrijven. In ieder geval gaat het weer minder goed met me.
Ik ben weer zo vreselijk moe. De artsen beginnen steeds weer
over beenmergtransplantatie. Ik weet het niet, hoor, dat lijkt
me zo zwaar en trouwens wie moet mij dat doneren?

8 september 2004

Nou de kogel is door de kerk. Jan en Pieter en ook mijn ouders
worden onderzocht of ze geschikte donoren zouden zijn voor
me. Diep in mijn hart hoop ik dat ze geen van allen geschikt
zijn. Dit kan ik ze toch niet aan doen? Was Hein er maar om
even mee te praten ... En het dubbele is, dat Hein er wel is.
Maar niet bereikbaar. Of zal ik hem via Xavier benaderen? Ik
ben aan de andere kant ook nog steeds boos. Hoe kan iemand

zijn leven zo in de steek laten? Nee, beter van niet. Dit moet blijven rusten. Hein heeft zijn keuze gemaakt. Ik ook.

12 december 2004

Oh Hein, kom toch naar huis. Pieter heeft je zo nodig! Uit de zoektocht naar een geschikte donor kwam naar voren dat alleen Pieter met mij overeenkomt. De arme ziel verbleekte bij de gedachte alleen al. Hij is al zo bang van naalden en ziekenhuizen ... Jan heeft veel met hem gepraat en uiteindelijk heeft Pieter wel ingestemd. Maar moet ik dit wel goed vinden? Doe je dit je eigen zoon aan? Weer slaat de twijfel toe. Misschien moet ik wel degene zijn die de eerste stap richting Hein zet. Misschien moet ik niet afwachten tot hij een beweging maakt?

14 december 2004

Nou, ik hoef niet meer te twijfelen. Pieter heeft met een dronken kop een tattoo laten zetten. En dan mag je een jaar geen donor zijn ... Heeft hij dit expres gedaan? Hij zegt van niet, maar ik heb mijn twijfels. De artsen gaan op zoek naar een andere donor.

12 oktober 2005

Oh Hein: we hebben een kleindochter. Zó schattig! En ze heet Christine, naar mij genoemd. Leuk hè?
Het gaat goed met me. De transplantatie, van een vreemde donor, heeft in april plaatsgevonden en sindsdien ben ik me steeds sterker gaan voelen. Laten we hopen dat het nog een poosje zo blijft.

30 mei 2006

Xavier heeft me verteld dat hij weer contact heeft met Jeanne. Ze was vroeger het vriendinnetje van Jean. Maar hij vertelde me dat hij ook een tijdje wat met haar heeft gehad. Jeanne heeft een aantal jaren in de gevangenis gezeten. Maar daar is ze sinds een paar maanden weer uit. Ze woont nu in Sète onder een andere naam. Xavier helpt haar haar leven weer op te bouwen. Ik ga haar een brief schrijven. Het lijkt me leuk om weer contact te hebben.

1 juli 2006

't Heuveltje blijft moeilijk lopen. Het is financieel bijna niet meer draaiend te houden. Hoe moet dat verder? Het ziek zijn de afgelopen jaren heeft veel geld gekost. Het is als zelfstandig ondernemer geen vetpot als je niet zelf kunt werken. Had ik maar ergens een geldboompje ...

Maar jij, Hein, jij zit daar in Zuid-Frankrijk maar plezier te maken en je verdient geld als water, tenminste als ik Xavier mag geloven. Terwijl ik hier moeite heb alle eindjes aan elkaar te knopen. Dat kan ik maar moeilijk verkroppen. Ik voel me in de steek gelaten. De laatste tijd spelen er vaak wraakgevoelens en -gedachten door mijn hoofd. Er moet toch een manier zijn waarop ik ook kan profiteren van jouw succes? Daar moet ik nog eens goed over nadenken.

10 oktober 2006

Ik heb weer een transplantatie nodig. Wat erg dat het de enige mogelijkheid nog is. Ditmaal is Pieter als donor de enige optie. Ik wil dit eigenlijk niet, maar heb geen keus. Het helpt wel dat Pieter zélf er nu anders in staat dan vorig jaar. Hij is vastbesloten dat het nodig is en zo moet gaan. Dus ja ... Oh, Hein, ik wil nog niet dood. Was je maar hier om mee te praten. Pieter is heel dapper. Hij is al vaak naar het ziekenhuis voor zíjn voorbereiding. Gelukkig merk ik niks aan hem. Hij maakt de indruk dat hij het aan kan. Vanavond ga ik voor opname naar het ziekenhuis en dan volgen er weer moeilijke dagen. Zware chemokuren en bestraling voorafgaand aan de transplantatie. De vorige keer was dat deel héél moeilijk. Je voelt je na die behandelingen zó zwak. Ik zie er tegenop... Hein, Hein, was je maar hier... Liefste, ik heb je nodig.

20 december 2006
Ik ben weer lekker opgeknapt. Fijn ... dat heb ik aan Pieter te danken!
Hein, via Xavier heb ik wel begrepen dat jij je leven daar goed en stabiel hebt opgebouwd. Ik verwacht niet dat je ooit nog uit jezelf naar huis zal komen. Ondanks dat ik inzie dat ik hier ook een rol in heb gespeeld, doet dit feit toch pijn.

15 april 2007
HelmutetHein@hotmail.com
HelmutundHein@hotmail.com
HelmutisHein@hotmail.com
Wat een geweldig idee hè? Wacht maar, er volgt nog meer. En het geld is voor mij ... Ik krijg je wel, HeinHelmut!

Ik gooi het dagboek van me af. Het klettert op de grond. Enkele medepassagiers kijken me onderzoekend aan. Ik leun met mijn hoofd tegen het koele raam van de trein en probeer mijn ademhaling onder controle te krijgen. Mijn god: Tineke zat achter de chantage. Ongetwijfeld samen met Xavier en Janine ... oh nee, Jeanne heet ze. Totaal overdonderd door deze informatie probeer ik weer tot rust te komen. Ik zie het Franse landschap door het raam verglijden. Het regelmatige geluid van de wielen van de trein en het spoor, maakt dat mijn ogen even dichtzakken. Ik vermoed dat ik even heb geslapen, want ik schrik wakker door een blikkerig geluid. Door de speaker in de trein klinkt een stem. Over tien minuten zullen we aankomen op Gare de Lyon. Ik begin mijn spullen bij elkaar te zoeken en trek mijn schoenen weer aan. Ik zie het dagboek van Tineke naast me liggen. Heel even aarzel ik. Ik zou het natuurlijk kunnen laten liggen en 'vergeten'. Het verraad dat Tineke degene achter alle chantage was, vind ik nog steeds niet te geloven. Eigenlijk ben ik best wel boos hierover. Ik heb ook zo in de zenuwen gezeten het afgelopen jaar. Maar ja, eigenlijk – als ik het verhaal van Tineke zo lees, ben ik ook niet heel netjes geweest. Dan schieten de woorden van de laatste brief weer door mijn hoofd. 'Ik vertrouw erop dat je doet wat het beste is.' Ik pak het dagboek en stop het weer in mijn tas. Straks ga ik de rest lezen. Deze situatie moet weer enigszins rechtgebreid worden. Er moet toch een manier zijn om opnieuw te beginnen met de restjes die nog over zijn.

31

In de Thalys van Parijs naar Amsterdam, 20 oktober 2007

Hein

Het overstappen op de trein naar Amsterdam was nog niet zo makkelijk. Eerst moest ik vanuit Gare de Lyon met de metro naar Gare du Nord reizen. Gare du Nord is het drukste treinstation van Frankrijk, Europa en zelfs de hele wereld. Meer dan honderdtachtig miljoen mensen maken per jaar gebruik van dit station. Vanaf dit station vertrekken treinen naar het noorden van Europa. Het was even zoeken in de chaos van de vele mensen naar het juiste perron voor de trein naar Amsterdam. Maar ik heb het gevonden. Ik zit weer op mijn gemak voor het raam en kijk naar buiten. Nog maar een paar bladzijden te lezen in dat dagboek. Mijn eerste schrik over het feit dat Tineke achter die chantage zat, is wat gezakt. Aan de rol van Xavier en Janine/ Jeanne wil ik niet eens meer denken. Dat gooit al mijn gevoel van de laatste jaren overhoop. Daar ben ik nog niet aan toe. Dat komt later wel. Maar ja, deze informatie roept wel hele andere vragen op. Waar zijn die twee? Zijn ze er echt samen tussenuit geknepen, zoals Brigitte en Jean denken? Of speelt Pieter een akelige rol in deze verdwijning? Hoeveel wist Pieter hier eigenlijk van? Ik had het idee dat hij van begin af aan Xavier niet heeft vertrouwd. Maar ook daar wil ik nu niet aan denken. Dat zal in de nabije toekomst wel eens moeten, maar nu nog niet.

Ik pak het boek weer uit mijn tas. Zal ik verder lezen? Het boek 'brandt' in mijn handen. Vertwijfeld kijk ik weer uit het raam.

Tineke, Tineke. Waarom heb je me niet laten weten dat je op de hoogte was van mijn 'verraad'? Uit je dagboek blijkt wel dat je eindelijk ook je eigen rol in onze problemen in zag. Had me toch een seintje gegeven, dan was alles vast anders gelopen. We hadden het weer goed kunnen maken. Zoals alle andere keren. Je hebt zo geleden onder je ziekte. Dat heeft Pieter me al verteld. Dan had ik er voor je kunnen zijn. Waarom ben je me niet tegemoet gekomen? Wilde je dat niet? Of heb je jezelf wijs gemaakt dat ik niet wilde? De pijn van het verdriet dat nu door me heen golft, wordt me bijna teveel. Wat zijn we allebei dom en koppig geweest. Beiden teveel bezig met onze eigen ellende en schuldgevoelens om nog vanuit de ander te kunnen kijken. Ik blijf me maar afvragen of het anders had kunnen lopen? Was ik maar nooit op het idee van die tweede kans gekomen, alhoewel ...

Ik pak het dagboek en blader het nog eens door voor ik verder lees. Ik heb dus drie kleinkinderen. Wanneer is de oudste ook al weer geboren? Ik zoek in het begin: o ja, 2002... Tjonge, dat is al een heel ventje als ik ineens in zijn leventje verschijn. Als ik die kindertjes maar mag zien van Jan.

En dan toch weer de ziekte van Tineke. Vreselijk wat ze heeft doorgemaakt. Al die medicijnen, steeds naar moe en misselijk. Ik heb weleens gehoord dat jeuk nog erger schijnt te zijn dan pijn. Arme meid. Ik heb met haar te doen, maar tegelijkertijd bekruipt de woede me weer dat ze niets gedaan heeft om het anders te laten lopen. Nou ja, ik weet natuurlijk best dat het vooral mijn eigen beslissing en verantwoordelijkheid was om te gaan. Maar toch, die laatste keer dat we elkaar gesproken hebben, heeft ze toch duidelijk gezegd dat ik niet meer terug hoefde te komen.

Ik kijk nog eens naar buiten, de trein dendert door en Amsterdam komt steeds dichterbij. Ik zucht eens diep. Tijd om ook de laatste bladzijden te lezen:

17 april 2007

Ik ben weer zo vreselijk moe. Irene wil dat ik naar de dokter ga. Maar daar heb ik geen zin in. Ik wil er eigenlijk mee wachten tot Pieter terug is uit Frankrijk. Ik ben zo benieuwd naar zijn verhalen.

20 april 2007

Ik kon gisteren mijn bed niet uit, zooo moe. Jan heeft me mee-
genomen naar de dokter. Het is weer terug. De dokter wil weer
chemo doen, maar ik wil niet meer. Voor wie zal ik steeds mis-
selijk zijn? Daar doe ik niemand een plezier mee en mezelf al
helemaal niet. Ik heb geweigerd. Dan maar wat eerder dood.
Volgens de dokter kan ik nog wel een poosje mee. Hoe lang
dat 'poosje' is, liet hij zich niet over uit. Ik ga dus proberen zo
normaal mogelijk te doen wat ik wil doen.
Hein, ik word nog steeds heen en weer geslingerd tussen wan-
hoop en boosheid. Waarom heb je mij zo in de steek gelaten?

21 april 2007

Jan heeft Pieter terug laten komen. Daar ben ik erg boos over.
Het is niet in overleg met mij gegaan. Ik kan best nog even
mee, nergens voor nodig om die jongen zijn vakantie te on-
derbreken, verdorie.
Van Xavier heb ik begrepen dat je aardig in de war bent, Hein.
Dat doet me toch wel goed. De term 'de wraak is zoet' klopt
hier wel.

22 juni 2007

En Hein: heb je Janine al ontmoet? Zo niet ... dan komt dat
gauw! Lief vrouwtje, hè? Tegen de tijd dat jij dit schrijven onder
ogen krijgt, heeft ze je verschalkt! Althans dat is het plan van
haar en Xavier ... Schrik je daarvan? Ik hoop het. Janine is in
werkelijkheid mijn vriendin Jeanne, voor de gelegenheid heeft
ze een andere naam aangenomen. Jeanne behoorde tot ons
vriendenclubje. Xavier heeft haar ingeschakeld toen duidelijk
werd wie je was! Jeanne was vroeger al gek op toneelspelen en
dit wordt de rol van haar leven, daar ben ik van overtuigd. Ze
walgt van je om wat je je gezin aangedaan hebt. Jammer dat ik
de afloop van dit alles niet meer mee kan maken. Maar neem
van mij aan dat het niet goed af gaat lopen met de Duitser
Helmut, daar gaan mijn vrienden voor zorgen!

21 juli 2007

*Ik ben weer zo vreselijk moe. Nee, het gaat niet goed met me ...
Ik vraag me steeds af of ik niet toch aan de jongens moet vertellen dat Hein nog leeft. Ik heb dat steeds voor me uitgeschoven omdat ik maar blijf denken dat hij ineens weer voor onze neus zal staan. Maar ja, maak ik dat nog wel mee?*

Waren we te jong toen we ons aan elkaar verbonden? Misschien wel, maar IK heb altijd vertrouwen gehad in onze liefde. Wat vreselijk dat jij dat niet had, Hein, want dan had je anders gehandeld. Zelfs mijn ouders, die altijd voor ons klaarstonden, hebben staan rouwen op jouw crematie ... Toen later bleek dat het jouw crematie niet was, heb ik ze dat maar niet verteld. Blijkbaar maak je er iets van daar in de Camargue. Dat is dan voor het eerst in je leven dat je ergens echt voor gaat ... Xavier is steeds erg lovend over de voortgang van zijn bedrijf en daar schijn jij verantwoordelijk voor te zijn. Ik heb altijd wel geweten dat je het in je had, wat vreselijk dat het je nu wel lukt. Nu ik er niet bij ben. Maar wat nou als je terugkomt en ik ben er niet meer?

29 juli 2007

Ik heb Hein een brief geschreven. Iemand zal wel zorgen dat hij die krijgt. Ik ben zó moe.

30 juli 2007

Ik heb tegen Irene gezegd waar dit dagboek ligt. Dat als er onverwachts iets met me gebeurt ze het samen met de jongens moet lezen. Ze keek me achterdochtig aan, maar knikte toch. Ik vertrouw op haar, het is een lieverd en ze zal wel zorgen dat alles gaat zoals het moet gaan.

4 augustus 2007

Ik ben eigenlijk te moe om te schrijven. Ik heb eindelijk de beslissing genomen met de jongens te praten en alles te vertellen. Pieter is dit weekend naar België en zodra hij maandag terug is, gaan we ervoor zitten. Ik heb ze al voorbereid! Want als ik het nu niet doe, ben ik te laat, ben ik bang. Ik kan niet meer...

Verbaasd dat het hier ophoudt, sla ik de bladzijde om ... nee, ook leeg. Verdorie, Tineke, ik wil weten hoe het verder gaat! Met trillende vingers blijf ik het dagboek vasthouden. Tegen beter weten in blader ik nog een keer verder, alsof er ineens op magische wijze meer lettertjes zullen verschijnen. Mijn oog valt op de laatste datum: 4 augustus 2007. Er zal dus echt iets 'onverwachts' met haar gebeurd zijn waar ze in die laatste zinnen al bang voor was. Ik kan mijn tranen bijna niet binnenhouden. De brok in mijn keel is zo groot dat ik bijna niet kan ademhalen. De spijt, het verdriet, de vertwijfeling. Mijn lieve, lieve lieveling is er niet meer.

Ik dwing mezelf het dagboek in mijn tas te stoppen. Het is klaar, uit ... Ik kijk naar buiten. We naderen Brussel, niet zo erg lang meer voor deze reis ten einde is. Een poosje zit ik maar stil in mezelf alles uit het dagboek te herkauwen. De trein rijdt station Brussel binnen en we stoppen. Veel passagiers stappen uit en bijna even zoveel komen weer binnen. Ik kan niet veel anders dan uit het raam blijven staren. Het verdriet is te groot. Ik ben bang dat ik, als ik iets anders ga doen, ga huilen en dan niet meer kan stoppen. De trein rijdt station Brussel weer uit. Nog iets meer dan anderhalf uur rijden.

Ik pak het dagboek weer en blader het door: Tineke ziek, drie kleinkinderen geboren, Tineke de ene keer woedend op me, dan vol wraakgevoelens, dan gekwetst en dan weer begrijpend. Ik heb een stomme, egoïstische streek uitgehaald. Maar ook Tineke heeft hier aan meegewerkt. Waarom jaren zwijgen als je weet waar je man is en je hem bovendien dolgraag zou willen zien? Terwijl je best weet dat je hem weggestuurd hebt? Niet om mezelf goed te praten, want ik weet dat ik fout zat. Maar toch, had toch even wat laten horen, Tineke.

En zomaar ineens schiet Xavier in mijn gedachten. Dat was toch een vriend, dacht ik. Jaja, de vriend van Tineke en Jeanne/Janine maar dat hij míjn vriend was, heb ik me blijkbaar ingebeeld. Naast al mijn verdriet ben ik ineens ook woedend. Mijn emoties pingpongen heen en weer. Het ene moment zegt een stemmetje: Eigen schuld, Hein, je hebt zelf de boel belazerd.

Het volgende moment denk ik: Allemachtig Xavier, je wist dat Tineke ziek was, had desnoods alleen een hint gegeven! Hoe vaak hebben we niet op het terras zitten praten over vrouwen en relaties van vroeger. Ik heb je meerdere keren in vertrouwen verteld dat ik 'mijn vrouw' miste.

Als een stem door de speaker aankondigt dat we station Amsterdam Centraal naderen, zucht ik nog een paar keer diep door. De brok in mijn keel lost heel iets op. Het is gegaan zoals het gegaan is. Ik kan er nu niets meer aan veranderen. Maar zoals ik al tegen Pieter gezegd heb: wat nú nog komt in mijn/ons leven, kan ik anders doen. Dat wìl ik ook, niet alleen omdat Tineke me vraagt om te doen 'wat het beste is'. Maar voornamelijk omdat ik inzie dat het zo moet. Ter nagedachtenis aan Tineke zal ik 't Heuveltje tot grote bloei brengen. Hopelijk samen met mijn zoons. De gebeurtenissen in Frankrijk beginnen te vervagen. Ook Xavier en Jeanne verdwijnen langzaam naar de achtergrond. Misschien kom ik ooit nog achter de waarheid, misschien niet. De trein rijdt station Amsterdam Centraal binnen. Als ik met mijn tassen de trein uit stap, zie ik in de verte Pieter staan. Achter Pieter zie ik Jan en Irene, met drie jonge kinderen. Ik slik en recht mijn rug, ik loop niet meer weg voor mijn leven...

Einde

Alexander en Herman bedankt voor het meedenken.
en
Barend, Ellen, Jennie, Karin en To bedankt
voor al het meelezen en corrigeren.

Benieuwd of Jeanne en Xavier nog leven?
Vraag je je af of Pieter iets met hun verdwijning te maken heeft?
Lees het in ons volgende boek!

FÜR AUTOREN A HEART FOR AUTHORS À L'ÉCOUTE DES AUTEURS MIA KAPΔIA ГIA ΣYГГР
FÖR FÖRFATTARE UN CORAZÓN POR LOS AUTORES YAZARLARIMIZA GÖNÜL VERELIM SZÍ
PER AUTORI ET HJERTE FOR FORFATTERE EEN HART VOOR SCHRIJVERS TEMOS OS AUTO
ZÖINKÉRT SERCE DLA AUTORÓW EIN HERZ FÜR AUTOREN A HEART FOR AUTHORS À L'ÉCOU
ΔΑÇÃO BCEЙ ДУШОЙ К АВТОРАМ ETT HJÄRTA FÖR FÖRFATTARE Á LA ESCUCHA DE LOS AUTOR
MIA KAPΔIA ГIA ΣYГГРАФEIΣ UN CUORE PER AUTORI ET HJERTE FOR FORFATTERE EEN F
ZÖINKÉRT SERCE DLA AUTORÓW EIN HERZ FÜR
ÃO BCEЙ ДУШОЙ К АВТОРАМ ETT HJÄRTA FÖ

De auteurs

RiNi Pietersen is het pseudoniem voor het schrijversduo
Rianne en Nicolette Pietersen. Rianne (1980) woont
in Vaassen en werkt in haar eigen praktijk als
bekkenfysiotherapeut en acupuncturiste. Ze is gehuwd,
heeft twee kinderen en is de dochter van Nicolette
(1950). Nicolette woont in Epe. Ook zij runde haar eigen
fysiotherapiepraktijk en is inmiddels gepensioneerd.
Nicolette is gehuwd en heeft twee kinderen en drie
kleinkinderen. Lezen en schrijven is voor allebei een grote
hobby. Samen volgden ze meerdere schrijfcursussen,
zoals de LOI-cursus Creatief schrijven, de cursussen
Personage en Vertelperspectief van Marije Onstenk en
de training Creatief schrijven van Marlen Visser. Ze deden
mee aan diverse schrijfwedstrijen. Sinds 2013 brachten
ze meerdere verhalenbundels uit. Tijdens hun cursussen
kregen ze inspiratie om een boekidee van jaren geleden
serieus uit te werken. Met als resultaat hun eerste
roman: Weglopen voor het leven.

De uitgeverij

> Wie ophoudt
> beter te worden
> is opgehouden
> goed te zijn!

Op basis van dit motto zoekt uitgeverij novum steeds nieuwe manuscripten! Ondertussen zijn wij in Nederland, Duitsland, Oostenrijk en Zwitserland dé specialist voor nieuwe auteurs.

Elk manuscript dat wij ontvangen wordt gratis door onze redactie beoordeeld.

Meer informatie over onze uitgeverij en over onze boeken kunt u op online vinden onder:

w w w . n o v u m p u b l i s h i n g . n l